FEDERHERZ
VERLAG

COSIMA KINCAID

THE *Wolves* CLUB

SIE GIEREN NACH DIR

The Wolves Club
Band 1 von 3 einer Reihe

Bildmaterial: Shutterstock, Freepik
Korrektorat: Anja Mertens

Bestellung und Vertrieb: Nova MD GmbH, Vachendorf

ISBN: 978-3-96966-495-7

WIRmachenDRUCK GmbH
Mühlbachstr. 7
71522 Backnang
Deutschland

Federherz Verlag
Süntelstraße 70
31848 Bad Münder
www.federherzverlag.de
Instagram: @federherz.verlag

VORWORT

Was du in diesem Buch lesen wirst,
wird dir vielleicht unmoralisch erscheinen.
Neu sein. Dich in eine andere Welt entführen,
in der Dinge möglich sind, denen du im echten Leben
nicht so aufgeschlossen gegenüber bist.
Die Jungs und ich hoffen, dass du trotzdem offen bist und dich
von uns nach Miami entführen lässt.

EIN PAAR MONATE ZUVOR …

It was the continuous dripping of blood
that had me on the edge.

Es war das kontinuierliche Tropfen von Blut auf Beton, das mich an den Rand meiner Selbstbeherrschung trieb.

Nicht die Tatsache, eine ältere, gefesselte Frau kopfüber vor mir hängen zu haben.

Nicht die Tatsache, sie wirres Zeug faseln zu hören.

Nicht die Tatsache, dass sie mir mit ihren Worten unter die Haut ging, obwohl ausgerechnet sie dazu nicht in der Lage sein sollte.

Es war ihr Blut, das aus Schnitten und Wunden an Armen und Beinen in regelmäßigen Abständen nach unten tropfte. Das Geräusch echote in dem weitläufigen Keller. Der kontinuierlich gleich klingende Ton war beinahe ohrenbetäubend laut in der ansonsten herrschenden Stille.

Für einen Moment schloss ich die Augen, atmete die von einem Eisengeruch verpestete Luft tief ein und versuchte, mich meiner Kontrolle zu besinnen.

Tropf. Tropf. Tropf.

Ich lockerte die Krawatte um meinen Hals, kreiste meinen Nacken, bis es knackte, und hoffte, damit einen winzigen Teil meiner innerlichen Anspannung vertreiben zu können. Vergebens. Ich schaute zu den anderen, die nur auf den finalen Befehl warteten.

»Weißt du, Junge, es ist egal, ob ich heute sterbe oder nicht. Es gibt mehr von uns. Und sie werden alle kommen, um euch vom Thron zu stürzen. Euch die Stadt zu nehmen. Und all eure Geschäfte. *Sie werden euch vernichten.*« Sie wirkte unschuldig, sogar nett. Ein wenig wie eine dieser älteren, süßen Ladys, die man im Park antraf. Zumindest, solange man nicht genauer hinschaute.

Sie selbst war eine Lüge, wie alles an ihr. Nichts hätte die Macht besessen, mich darüber hinwegzutäuschen, wem sie angehörte. Welche Position sie dort innehatte.

»Mutig für jemanden, der an den Füßen von meiner Decke baumelt und in den nächsten Minuten stirbt.« Die düsteren Worte kamen aus den Schatten links von mir und wurden prompt vom gehässigen Lachen der Alten begleitet.

»Jedes Kind weiß, dass ihr nicht euer volles Potenzial nutzt. Schwächen habt. Wisst ihr, wie man die Abwesenheit von Macht noch nennt? *Ohnmacht*. Die bringt euch seit Jahren ins Straucheln ... und bald schon zu Fall.« Ihr Husten durchschnitt die Stille. Ihre Worte setzten sich in meinem Geist fest wie ein hartnäckiger Parasit.

Jemand griff nach meiner Schulter, murmelte mir etwas entgegen. »Das sagt sie vermutlich nur, weil sie deine Schwäche kennt.«

»Tötet sie und legt ihren Kopf vor der schäbigsten Bar von Downtown ab. *Damit sie wissen, mit wem sie sich angelegt haben*«, entgegnete ich laut genug, damit es alle hörten.

Dennoch würde mich ihre Aussage bis in den Schlaf und darüber hinaus verfolgen.

BAILEY

There's a high chance I'll go crazy today.

Gab es irgendein Business, bei dem man nicht vierundzwanzig Stunden am Tag zur Verfügung stehen musste? Falls ja, waren es sicher nicht Casinos. Denn die brachten einen Scheißberg an Arbeit mit sich, der niemals kleiner wurde, ganz egal wie viele Stunden man arbeitete. Es gab immer etwas zu tun, selbst wenn man unzählige Mitarbeiter unter sich hatte. Darunter einen Kerl, der den größten Dreck bereits von einem fernhielt.

Beim normalen Tagesgeschäft blieb es natürlich auch nicht. Nein. Irgendwer war auf die glorreiche Idee gekommen, einmal im Monat einen besonderen, exklusiven Poker- und Schachabend zu veranstalten. Wenn ich denjenigen in die Finger bekam …

Ach ja.

Das ging auf mein Konto.

Verdammt.

Mit einem leisen, nicht gerade begeisterten Laut

zwängte ich mich in das weiße Glitzerkleid, das ein halbes Vermögen wert war – und die hochkarätigen Gäste des Abends sicher dazu bringen würde, mehr Kohle auf den Spieltischen zu lassen. So lief das Business eben. Es gefiel mir nicht, aber das Kleid war ein Opfer, das ich nur zu gern erbrachte, wenn ich im Umkehrschluss mit einer guten Bilanz aus dem Abend gehen würde.

Ich schnappte mir meine High Heels und setzte mich auf die Chaiselongue vor dem Buntglasfenster. Liko lag schnarchend darauf, alle vier Pfoten von sich gestreckt. Wieso tat ich es meinem Hund nicht einfach gleich? Mir ein wenig Schlaf gönnen, während mir am besten noch irgendwer den Bauch kraulte und mir mit süßer Stimme Nettigkeiten ins Ohr flüsterte.

Hund müsste man sein.

Gerade als ich mich erhob, erwachte auch Liko, rollte sich herum und sprang mit der Eleganz eines Dobermanns von dem Möbelstück herunter, nur um neben meinen Füßen Platz zu nehmen und in meine Richtung zu gähnen.

»Ich weiß. Es muss wahnsinnig belastend sein, ein paar deiner kostbaren Stunden Schlaf zu opfern, nur um durch ein Casino zu trotten und von jedem gestreichelt zu werden. Aber die Typen haben mehr Respekt vor dir als vor mir, Baby. Also … musst du da wohl oder übel durch.« Konnte von den Kerlen, die sich täglich in meine Etablissements trauten, ja auch keiner ahnen, wie wenig Unterschied in Sachen Gefährlichkeit zwischen Liko und mir bestand.

Ehe wir mein Büro verließen, das im Glockenturm einer alten Kirche lag – das ganze Casino fand seinen Platz in dem modernisierten, ehemals heiligen Gebäude –, warf ich dem Dobermann ein Leckerli zu. Das *Gambling Hell* in Clearwater machte seinem Namen alle Ehre, denn es geriet regelmäßig in den Fokus irgendwelcher religiösen Fanatiker, die es nicht mit ansehen konnten, dass eine ehemals heilige Stätte auf diese Art entehrt wurde.

Allerdings war diese Hölle das Schmuckstück innerhalb meiner Casino- und Hotelsammlung. Bevor ich also vor diesen Verrückten kuschte, froren eher die Florida Keys zu. Und da sie der einzige frostfreie Ort im ganzen Bundesstaat waren, würde das zumindest zu meinen Lebzeiten nicht passieren.

Vor der Tür wartete bereits Morgan, der meine rechte Hand war. Und maßgeblich dafür verantwortlich, dass ich heute überhaupt hier stand. Ich musterte den Mann mittleren Alters kurz, während er mir das Tablet reichte. Selbst in Freizeitkleidung sah man ihm seinen militärischen Hintergrund noch an. Morgan war einer der wenigen Menschen, von denen ich ohne Zögern behaupten würde, niemals als Feind eingestuft werden zu wollen.

»Irgendwelche Vorfälle, von denen ich wissen sollte?«, fragte ich beiläufig, ehe ich mich in Bewegung setzte und durch die Dokumente auf dem Bildschirm scrollte.

Papierkram war mein Hassobjekt número uno und eigentlich beschäftigte ich dafür eine Sekretärin. Leider weigerte die sich, meine Unterschrift zu fälschen.

»Im *Twenties* mussten wir ein paar junge Kerle von den Cops abholen lassen, der Souschef im *La Belle* hat gekündigt, weil sein Freund den Sommelier vögelt, und für drei der Tische für den heutigen Abend fehlen uns die Poker-Dealer, weil Jason das letzte Mal wegen eines Fehlers so ausgerastet ist«, ratterte Morgan herunter, ohne auch nur einmal Luft zu holen.

So sachlich wie er sprach, hätte man meinen können, ihn störte die ganze Misere nicht. Doch ich wusste es besser, immerhin hatte er denselben tiefen Tonfall auch angeschlagen, als wir damals bei einem Einsatz im Iran beinahe draufgegangen wären.

»Perfekt. Klingt wie jeder andere Abend in diesem Drecksladen auch«, murmelte ich, setzte digital die fehlenden Unterschriften unter die Dokumente und reichte ihm das Tablet anschließend wieder.

»Hausverbot, sofort. Stellenanzeige in der hiesigen Kochzeitschrift und gib drei der Mädels vom Service Bescheid, was ihre neue Aufgabe ist«, feuerte ich die Lösungen zurück.

»Zu Befehl, O'Hara!« Mit einem halbherzigen Salut wandte er sich ab.

Ich schüttelte den Kopf und rief ihm hinterher: »Ich hab dir schon mal gesagt, die Idioten hier müssen nicht alles wissen, Vargas!«

Er hob die Hand, den Mittelfinger ausgestreckt. »Ein bisschen Stolz hat noch keinem geschadet, Bailey.«

Das sah ich anders. Vor allem dann, wenn mir die Kundschaft davonlaufen würde, weil sie erfahren hatten, wie viele Jahre die Chefin des Ladens im militärischen Dienst zugebracht hatte.

Innerlich stählte ich mich für den Abend. Und als ich schließlich die hölzerne Doppeltür, die direkt ins erste Stockwerk des Casinos führte, aufstieß, merkte man mir nichts mehr von jenem Stress an, der konstant auf meinen Schultern lastete.

Ich grüßte ein paar alte Gesichter, blendete die Geräusche der Automaten und der Musik aus und konzentrierte mich auf das, was wirklich zählte: Den Gästen des geheimen Turniers einen unvergesslichen Abend zu ermöglichen.

Liko folgte mir, ohne sich von der Hintergrundkulisse ablenken zu lassen. Guter Junge. Vermutlich kostete es ihn genauso viel Selbstbeherrschung wie mich, all die Gerätschaften und Verlockungen um uns herum zu ignorieren.

Ausnahmsweise gelang es mir, das Stockwerk zu durchqueren, ohne ein paar Mal für kurze Gespräche stehenbleiben zu müssen, und als ich die nächste Doppeltür erreichte, stieß ich sie ebenso entschlossen auf. Die Treppe, die ich vor mir erblickte, führte nach unten.

Irgendwann, vor etlichen Jahren, war sie der Zugang zur Krypta gewesen. Inzwischen gab es dort unten keine verwesenden Leichen irgendwelcher Bischöfe mehr. Nicht mal Knochen. Nur noch eine Bar, einige Pokertische und Schachsets, die mehr kosteten als meine Schuhe von Giuseppe Zanotti.

Je weiter ich nach unten stieg, desto ruhiger wurde die Atmosphäre, bis ich nur noch gediegene klassische Musik und leises Stimmengemurmel hörte. High-Class-Spieler und die dazugehörigen Veranstaltungen unterschieden sich so gravierend von dem, was sich oben innerhalb der Kirche bot, dass es fast lächerlich war.

Eine Spielsucht war eine Spielsucht – ob man sie nun im Anzug auslebte oder eingekleidet wie ein Penner. Davon konnte ich nicht nur *ein* Lied singen.

Das gedimmte Licht täuschte nicht darüber hinweg, in was für feinem Zwirn der ein oder andere Spieler heute Abend steckte. Ich sah teure Anzüge, noch teurere Kleider und Schmuck, der vermutlich ansonsten in irgendeinem Tresorfach bei der Bank lag.

Noch bevor ich den ersten Schritt in Richtung eines der Tische machen konnte, befand sich bereits eine der Kellnerinnen an meiner Seite. Zumindest war sie das, solange wir in einem Arbeitsverhältnis zueinanderstanden. Nach Ladenschluss war sie viel eher meine beste Freundin. Auf jeden Fall aber eine der wenigen Frauen, mit denen ich überhaupt zurechtkam. »Ich hab deinen alkoholfreien Sekt hier«, meinte sie diskret und reichte mir ein Glas. »Falls du mehr brauchst, wink mir einfach zu.«

Mit einem Schmunzeln nickte ich. Wunderbar, wenn

alle Abläufe reibungslos funktionierten. »Danke, Jacky. Sorg dafür, dass auch sonst keiner mit leerem Glas herumläuft.«

»Ich mach das nicht zum ersten Mal, Chef.« Mit einem breiten Grinsen zog sie sich zurück, ganz darauf aus, den erstbesten Gast zu bezirzen, damit besonders viel Geld in die Kasse floss.

Damit waren dann auch die letzten Sekunden an Ruhe vergangen, die ich noch gehabt hatte. Man winkte mich an den ersten Tisch, in der Hoffnung, meine Anwesenheit bringe Glück.

Brachte sie nicht.

Newsflash: *Brachte sie nie.*

Danach zog ich weiter, unterhielt mich erst mit einem älteren Herrn und gönnte mir im Anschluss ein paar Minuten bei den Schachspielern, die dank ihrer inneren Ruhe definitiv meine liebsten Gäste waren. Es entspannte mich irgendwie, mir die Züge der Spieler anzusehen und gleichzeitig darüber nachzudenken, wie ich an ihrer Stelle gespielt hätte.

Es dauerte nicht lange, bis meine Aufmerksamkeit auf einem Mann lag, der allein an seinem Tisch saß. Statt das Brett zu studieren, ruhte sein Blick fragend auf mir. Mit einem bedauernden Ausdruck auf dem Gesicht schob ich mich in seine Richtung.

»Ich bin mir sicher, in den nächsten Minuten tauchen weitere Spieler auf«, vertröstete ich ihn. Das wölfische Grinsen, das daraufhin in seinem Gesicht aufblitzte, ließ mich eine Augenbraue heben.

»Das bedeutet wohl, dass *Sie* so lange mit mir spielen müssen.«

»Ich spiele nicht.« Lächelnd verneinte ich das, was wohl eine Aufforderung hatte sein sollen, aber viel eher wie ein Befehl geklungen hatte.

»Diese Antwort kann ich leider nicht gelten lassen.«

»Tut mir leid, Mr.?«

»Nennen Sie mich Bishop.«

»Tut mir leid, Bishop, ich spiele wirklich nicht«, erwiderte ich. »Aber Sie tragen einen interessanten Namen.«

Er neigte den Kopf. »Nicht wahr?«

»Tatsächlich kannte ich mal einen Bishop. Das muss noch im Kindergarten gewesen sein. Netter Junge. Wurde aber immer gehänselt wegen des Namens und seiner Vorliebe für Schach. Zumindest, bis ich mich der entsprechenden Kinder angenommen hatte«, erzählte ich, um die Zeit zu überbrücken, bis weitere Spieler auftauchten. »Er war damals der Grund, warum ich angefangen habe, mich überhaupt für Schach zu interessieren. Später wechselte ich allerdings zu Poker ...«

»Ist das Ihr bevorzugtes Spiel? Poker? Wollen Sie deshalb nicht Platz nehmen?« Sein Blick bohrte sich auf der Suche nach einer zufriedenstellenden Antwort in meinen.

»Nein.« Ich räusperte mich. »Ich hatte mal Probleme mit einer Spielsucht. Seitdem rühre ich keine Karten mehr an. Und vor allem keine Schachfiguren.«

Ich machte keinen Hehl aus meinen einstigen Problemen. Sie waren menschlich, sie verdienten eine gewisse Aufmerksamkeit. Zumindest im allgemeinen Sinn, wenn es darum ging, dass man bestimmte Themen nicht mehr totschweigen musste. Auf meinen Verfehlungen musste das Scheinwerferlicht dennoch nicht unbedingt ruhen ...

»Es würde sich nur um *ein* einziges Spiel handeln. Ich verspreche Ihnen, dafür zu sorgen, dass Sie keinen Rückfall erleiden.«

Das Lachen kam unkontrolliert aus meinem Mund. »Und wie, bitteschön, stellen Sie sich das vor?«

Abwartend starrte ich den Mann an. Dunkelbraune Augen, mahagonifarbige Haare, der Schatten eines Bartes, der seine markanten Gesichtszüge untermalte, muskulöse Arme und viel zu viel Neugierde in seinem Blick. »Ich könnte Sie ein paar Tage ans Bett fesseln und Ihr Verlangen mit Ihnen gemeinsam aussitzen.«

Er sah gut aus. Das war der einzige Grund, warum ich ihn nicht auf der Stelle mit einem Arschtritt aus dem Casino werfen ließ.

BISHOP

She's a fuckin' delight.

In ihren Augen blitzte ein Feuer auf. Für einen kurzen Moment vergaß ich, wo wir uns befanden. Nämlich auf einer öffentlichen Veranstaltung mit unzähligen Anwesenden, von denen der ein oder andere ohnehin schon besorgt in unsere Richtung blickte. Vermutlich wegen der Worte, die ich gerade an sie gerichtet hatte.

Oh bitte, das kratzt noch nicht mal an der Oberfläche, ließ ich die verklemmten Bastarde gedanklich wissen. War doch nicht meine Schuld, wenn sich von denen keiner traute, eine Frau wie sie zum Spiel aufzufordern.

Ich erhob mich direkt vor ihr, um anschließend mit der Hand auf den freien Stuhl gegenüber zu deuten. »Und? Erweisen Sie mir die Ehre?«

Bailey rümpfte die Nase. Suchte sie nach einem Ausweg, um mir zu entkommen? Nun, den würde sie nicht finden. Immerhin war ich einzig und allein ihretwegen hier. Davon wusste sie nur noch nichts.

»Schön«, schnaubte sie schließlich. »Aber auf Ihre Verantwortung.«

Mit einer eleganten Bewegung schob sie sich an mir vorbei, ließ sich auf den unbesetzten Stuhl sinken und begann damit, die Schachfiguren auf ihre vorgesehenen Felder zu stellen. Ich ignorierte das Grinsen, das an meinen Mundwinkeln zupfte, ließ mich stattdessen ebenfalls nieder.

Eigentlich hatte ich mit mehr Gegenwehr gerechnet. Mehr Protest. Vor allem, nachdem sie so beiläufig ihre Sucht in unser Gespräch eingestreut hatte. Eine Lüge womöglich, weil sie es leid war, mit jedem dahergelaufenen Typen spielen zu müssen? Oder die Wahrheit?

Leider waren die Informationen, die Atlas dahingehend aufgetan hatte, wirklich dürftig. Ihr Name war keine neue Information gewesen, immerhin nutzte *Mahina Industries* zumindest den Nachnamen seit Jahren als festen Bestandteil ... auch wenn ihr Vater Verrat begangen und uns auf lange Sicht alle ins Verderben gestürzt hatte. Zumindest glaubte Atlas das, seit die Kubaner-Hexe ihm diesen Unfug ins Ohr gesetzt hatte.

»Ladies first.« Mit einer Handbewegung deutete ich auf die Spielfiguren. Meine Aufmerksamkeit ruhte dabei auf Baileys Gesicht. Falls gerade etwas in ihr vorging, ließ sie es nach außen hin nicht durchblicken.

Wie viele Jahre hatte es gedauert, um dieses Pokerface zu perfektionieren? Aber noch viel wichtiger ... Welche Gedanken beschäftigten sie gerade?

»Die Farben sagen etwas anderes«, tadelte sie prompt. Ihr hellgrauer Blick bohrte sich in meinen. Ohne den Augenkontakt zu brechen, zog ich die erste Figur vor.

Sie tat es mir gleich.

Die nächsten fünf Minuten liefen auf dieselbe Weise

ab. Dann kristallisierte sich allmählich heraus, wer als Sieger aus diesem Match hervorgehen würde. Und das war, nach aktuellem Stand, sicher nicht ich.

»Wie wäre es, wenn wir dem Ganzen noch etwas mehr Spannung verleihen würden?«

»Spannung«, wiederholte sie. »Weil Ihnen dieses Schachspiel nicht aufregend genug ist? Oder weil Sie gerade dabei sind, zu verlieren, und sich dessen bewusst sind?«

Ich überging ihren bissigen Kommentar. »Ich dachte eher an eine Wette. Jeder weiß, wem all die gut laufenden Casinos im Bundesstaat gehören ... Ich finde, wir sollten um eines davon spielen.«

Natürlich wusste ich bereits, wie hoch die Wahrscheinlichkeit war, ihre Einwilligung zu einer solchen Wette zu erhalten. Genau deswegen jedoch pokerte ich so hoch. Im Nachhinein würde jede andere Forderung absolut vernünftig wirken und sie hoffentlich glauben lassen, einen guten Deal gemacht zu haben.

Bailey wirkte ehrlich amüsiert, als sie anfing zu lachen. »Eines meiner Casinos? Der Größenwahn steht Ihnen nicht, Bishop. Außerdem wette ich nicht.«

»Sie haben auch gesagt, Sie würden nicht spielen.«

Bevor ich wusste, was geschah, hatte Bailey sich kopfschüttelnd erhoben. »Das tue ich tatsächlich nicht. Danke für die Erinnerung.«

Ich wollte protestieren, die Situation irgendwie retten, doch bereits in der nächsten Sekunde saß ich wieder allein am Tisch. Angepisst sah ich dabei zu, wie sie mit ihrem Köter im Schlepptau zu einer Kellnerin schwebte, um einige Worte mit ihr zu wechseln.

Tauchte gleich der Sicherheitsdienst auf, um mich nach draußen zu geleiten? *Kritisch.* Wenn Atlas herausfand, dass ich nicht nur die einfachste Aufgabe verkackt, sondern ihm auch noch mehr Arbeit bereitet hatte … ja. Das war keine realistische Option.

Die meisten Frauen stellten sich eine Nacht mit mir schon vor, nachdem sie mich nur zwei Sekunden lang angesehen hatten. Mein Charme funktionierte. Nicht nur bei Frauen, auch bei Männern, wenn ich es darauf anlegte. Warum also war ausgerechnet Bailey immun dagegen?

Sie hatte nicht einmal mit der Wimper gezuckt, als ich sie zu mir gerufen hatte. Spielte sie für das andere Team? War sie vergeben *und* treu? Mein Ehrgeiz erwachte.

Es war keine Option, meinen Auftrag nicht zu erfüllen. Die Fragestellung war sogar denkbar einfach: Besaß sie jenes Mal, das uns allen in die Schulter geschnitten worden war? War sie *unsere* Bailey oder nicht?

Ich biss die Zähne aufeinander und fixierte ihren Rücken, der durch den Stoff ihres Kleides und ihre langen, braunen Haare zum größten Teil verdeckt war. Eines stand fest: Wenn ich mehr herausfinden wollte, musste ich wieder näher an sie heran.

Sehr viel näher. Bevorzugt nahe genug, um ihr auf subtile Weise mitzuteilen, dass jener Bishop aus Kindertagen direkt vor ihr stand, erwachsen geworden und mehr als bereit dazu war, sie mitzunehmen, um Atlas' Sorgen endlich Frieden zu schenken.

Er glaubte, wir brauchten sie, wenn wir weiterhin die Kontrolle über Miami behalten wollten. Eine Stadt führte sich nicht von allein und vor allem diese war ein verdammt heißes Pflaster. So viele Menschen, die glaubten, sie besäßen das Recht, ihre Meinung frei zu äußern. So viele Menschen, die davon ausgingen, ein Teil von Miami gehörte ihnen.

Zu schade nur, dass die Wölfe diese Stadt seit zwanzig Jahren kontrollierten und niemand von uns auch nur daran dachte, das Handtuch zu werfen. Wir gaben das Imperium, welches unsere Väter errichtet hatten, nicht einfach auf.

Wir kämpften dafür.

Wir verteidigten es.

Mit allem, was dafür notwendig war.

Bestechung. Blut. Gewalt. Mord.

Es gab nichts, was wir nicht schon getan hätten. Scheiße, ich war für einen unserer Aufträge mehrere Jahre im Gefängnis gewesen. Also würde ich auch herausfinden, ob diese toughe Frau jene war, die wir benötigten, um zu alter Topform aufzulaufen ... oder ob wir jahrelang ein Auge auf die Falsche geworfen hatten.

Ich richtete meinen Anzug, griff nach dem Glas mit Whisky neben mir und bewegte mich gemächlich in ihre Richtung. Sie durfte ruhig wissen, wer sich ihr gerade entschlossen näherte.

»... sag Morgan, dass ich später mit ihm reden muss, ja? Danke, Jacky«, drangen die letzten Fetzen ihres Gesprächs mit der Kellnerin an mein Ohr.

Mental machte ich mir von beiden Namen eine Notiz, damit Atlas später die entsprechende Recherche dazu einleiten konnte.

Als ich mich räusperte, fuhr sie auf dem Absatz zu mir herum. Der Hund an ihrer Seite legte die Ohren an.

Ein süßes Tier. Allerdings zweifelte ich daran, dass sein Gebiss aus Zahnstochern bestand und dementsprechend relativ ungefährlich war. Messerscharf und kraftvoll waren eher Assoziationen, die mir in den Sinn kamen.

»Was wollen Sie, Bishop? Ich bin nicht hier, um irgendwelche Gäste persönlich zu betreuen. Der Laden gehört mir. Also zeige ich Präsenz, unterhalte mich mit jedem ein bisschen und schaue mir an, an welchem Tisch gewonnen oder verloren wird. Wenn Sie eine weibliche Begleitung für diesen Abend wollen, die Ihnen den Schoß wärmt, hätten Sie sich vorher darum kümmern müssen. Hier bietet niemand solche Dienste an.« Ihr Unterton eindeutig warnend, unterschwellig beleidigend.

Verteidigte sie sich so vor den ganzen Arschlöchern, die sie zweifelsohne den lieben langen Tag ertragen musste?

Ein schmales Lächeln zeichnete meine Lippen, als ich langsam den Kopf schüttelte. »Was ich will, habe ich doch vorhin schon gesagt.«

»Und es war schon vorhin mehr als unverschämt. Unglaublich, dass Sie damit anscheinend bei anderen Frauen Erfolg haben.« War sie sich darüber bewusst, dass sie gerade den Finger auf jene Wunde legte, die sie selbst verursacht hatte? Äußerlich ließ ich mir nicht anmerken, wie sehr es mich ärgerte, bei ihr auf Granit zu beißen. Innerlich wurmte es mich so sehr, dass ich mich fest an den Gedanken klammerte, sie sei tatsächlich lesbisch.

Konträr zu diesem Gedanken formte sich in mir allerdings ein Plan. Wenn sie sich mit Worten nicht um den Finger wickeln ließ …

Gemächlich stellte ich mein Glas auf einem nahestehenden Tisch ab, ehe ich zu ihr zurückkehrte. Den Wachhund zu ihren Füßen ignorierend packte ich sie an der Taille, zog sie hart an mich heran und verschloss ihren bereits zum Protest geöffneten Mund mit meinen Lippen. Ich küsste sie. Mit der leisen Befürchtung im Hinterkopf, der verdammte Hund würde mir gleich in den Hintern beißen.

Tat er nicht. Dafür biss mir allerdings Bailey in die Unterlippe. Hart. Mein Schwanz zuckte, dann riss sie sich mit mehr Kraft von mir los, als ich ihr zugetraut hatte.

Im nächsten Moment klatschte ihre flache Hand ohrenbetäubend laut gegen meine Wange. Und ich hatte die ersten drei Sekunden des Kusses bemerkt haben wollen, wie ihr Körper langsam gegen mich gesunken war, ein Seufzen in der Kehle …

»Nicht hier!«, zischte sie mit gebleckten Zähnen.

Was? *Oh*.

Ich verschränkte die Arme vor dem Brustkorb und beobachtete sie mit leicht schiefgelegtem Kopf. Sie wirkte wütend. Aufgewühlt. Als stünde sie im Zwiespalt mit sich selbst. Zumindest ließ mein Ego sich mit dieser Reaktion besänftigen, denn sie bedeutete, dass ich doch eine *gewisse* Wirkung auf sie hatte. Ob sie es nun zugeben wollte oder nicht.

Ich formulierte meine Frage so nonchalant wie möglich. »Wo sonst?«

Sie nickte kaum sichtbar in eine Richtung. Ich folgte ihrer Bewegung und entdeckte die Tür, die mich früher am Abend hier herunter geführt hatte.

»Ich folge dir«, murmelte ich.

Also hatte ich es doch noch drauf. Mein Charme war nicht eingerostet. Ich hatte auch keinen Knacks weg, der seine Wirkung einschränkte. Wunderbar. Während ich ihr folgte, musterte ich ihre Rückansicht bis ins kleinste Detail, fand dort allerdings noch kein Anzeichen für das Mal. Dafür allerdings wohlgeformte Kurven, die nur schwer darüber hinwegtäuschten, dass sie sich sportlich betätigte. Und nicht aus Langeweile, wenn ich das richtig beurteilen konnte.

Fünf Minuten später fanden wir uns in einem Raum wieder, der wie ein Büro wirkte. Insofern man nur von seiner Ausstattung ausging. Alles andere hatte den unverkennbaren Touch eines Gotteshauses und allein die Existenz dieser Tatsache löste einen leichten Würgereiz bei mir aus.

Kaum war die Tür hinter uns ins Schloss gefallen, wirbelte Bailey zu mir herum, einen Finger erhoben. »Keine

Ahnung, welche Art von Idiotie dich glauben lässt, das Recht zu besitzen, eine Frau einfach zu küssen –«

Irgendwie süß, wie sie sich darüber aufregte. Also packte ich sie mitten in ihrer verärgerten Ansprache noch einmal an der Taille, zog sie wieder an mich heran. Auch auf die Gefahr hin, ein zweites Mal eine Ohrfeige zu kassieren und noch mehr Blut auf der Zunge zu schmecken. Zum Glück hatte sie den Hund auf dem Weg nach oben fortgeschickt.

Ich drängte sie gegen meinen Körper, eine Hand in ihrem Nacken und die Lippen fest auf ihren. Ich war ihr nahe genug, um den betörenden Duft ihrer Haut zu riechen. Sie auf äußerst intime Weise zu schmecken ... auch wenn sich das noch steigern ließ, sobald sie die Beine für mich öffnete und mir das Paradies offenbarte.

Mit meiner Annahme hatte ich mich vorhin nicht getäuscht, im Gegenteil. Ich hatte goldrichtig gelegen, denn Bailey sank gegen mich, ließ mich ihre Brüste durch den nervigen Stoff spüren ... mein Körper reagierte. Hitze schoss in meine Lenden, als sich ihre Zunge durch meine Lippen drängte.

Ihr Atem kam abgehackt. Heiß. Beinahe vergaß ich, weswegen ich eigentlich hier war. Was, wenn ich erst dem plötzlichen Verlangen nachgab, und dann ... Atlas war meilenweit entfernt. Und doch hörte ich sein charakteristisches Knurren im Ohr, als stünde er direkt hinter mir.

Ein Schauder jagte meinen Rücken hinab. Ich zwang mich dazu, Bailey an den Armen zu packen, damit ich sie mit dem Rücken zu mir gegen die nächste Wand pressen konnte.

Aus ihrer Kehle löste sich ein Keuchen, als ihr die Luft aus den Lungen gepresst wurde. Dicht gefolgt von einem Stöhnen, als ich mit den Händen über ihren Körper glitt. In einer flüssigen Bewegung schob ich ihr die langen Haare zur Seite, ebenso die Träger ihres Kleides.

Mein Mund landete automatisch auf ihrem Hals, während ich mich von hinten gegen sie drängte, ihr Arsch auf Höhe meiner Erektion, damit sie genau wusste, was sie in mir ausgelöst hatte.

Bevor ich mich ihren Schultern widmete, löste ich meine Krawatte, nutzte sie, um ihre Hände auf ihrem Rücken zu fesseln. »Damit du nicht noch einmal auf die Idee kommst, mir eine zu scheuern«, raunte ich ihr ins Ohr. »Normalerweise fällt die Strafe dafür höher aus ... aber das konntest du ja nicht wissen.«

Sie wehrte sich nicht. Protestierte nicht einmal, und das, obwohl ich gerade die komplette Kontrolle über sie an mich gerissen hatte. Doch anstatt mich zu fragen, warum das so einfach gewesen war, kehrte ich lieber zu meinem neuen, vorläufigen Lieblingsort an ihrem Körper zurück. Ihrem empfindlichen Hals.

Ich küsste sie, ließ sie Zunge und Zähne spüren, wanderte immer weiter nach unten zu ihrer Schulter, in der Erwartung, dort gleich die rote Wolfskopf-Narbe zu sehen ...

Ich packte ihre Schultern, drehte sie zur Seite und damit in besseres Licht, ließ meinen Blick über ihre nackte Haut gleiten.

Bailey reagierte. Irritiert. Empört. »Hey, was soll das?«

Abermals warf ich einen Blick auf ihre Schultern, suchte nach der Narbe. Aber da war keine.

Keine Narbe. Nicht unsere Bailey

Nicht die Lösung für unsere Probleme. Nicht die Rettung für Atlas.

Scheiße.

Es fühlte sich an, als hätte ich mich an ihr verbrannt, als ich sie so schnell von mir schob, wie ich sie zu Beginn an mich gezogen hatte. Ich rümpfte die Nase, wischte die

Hände gedankenverloren an meiner Hose ab und schüttelte den Kopf.

»Das war ein Fehler«, spuckte ich aus, machte auf dem Absatz kehrt und verschwand, um Atlas auf der Stelle Bericht zu erstatten.

ATLAS

What's the worst thing that could happen today?
Oh, yeah. Right. It's you not being fucking you.

Ich starrte die Wand am gegenüberliegenden Ende des weitläufigen Raumes an. Seit zwei Minuten. Gedanklich wiederholte ich Bishops Worte, versuchte mich an Klang sowie Bedeutung zu gewöhnen.

Hatte er mir gerade tatsächlich erzählt, dass die Frau, die wir seit Jahren beobachteten, nicht jene war, für die wir sie gehalten hatten? Dass ich seit Monaten einer Frau hinterherstellte, nur um jetzt zu erfahren, dass sie nicht das fehlende Teil eines Puzzles war, dessen Existenz ich erst durch den Feind erfahren musste?

Der Muskel unter meinem Auge zuckte.

»Bist du noch dran?«, wollte Bishop gereizt wissen.

Ich brummte. »Und du bist dir absolut sicher?«

»Wenn ich dir sage, dass sie das Mal nicht trägt ... Ich war nahe genug dran, das kannst du mir glauben.« Vermutlich rollte er gerade mit den Augen.

»Sind dir keine Ähnlichkeiten aufgefallen?«

»Zwischen einer Vierjährigen und einer mehr als erwachsenen Frau? Boss, vielleicht sollten wir einfach akzeptieren, dass wir es verkackt haben?«

Aber Wörter wie dieses existierten in meinen Wortschatz nicht und waren demnach keine Option. Ich brauchte Bailey. Unsere Bailey. Hier, in Key Biscayne, in unserem Haus. Und in diesem verfickten Unternehmen, damit die Pechsträhne endlich ein Ende fand und wir unsere Überlegenheit mit neuen Mitteln in die engstirnigen Geister dieser Vollidioten einprügeln konnten.

Ich streckte die Hand und ballte sie anschließend wieder zur Faust. Es konnte doch nicht so schwer sein. Vier Väter, vier Kinder. Ein Verräter. Drei Männer, die Miami kontrollierten und alles mit ihren Lederschuhen zerquetschten, was ihnen an Gefahr in die Quere kam. Eigentlich.

»Beweg deinen Hintern hierher, der Ausflug ist beendet.« Auch wenn Clearwater nur rund fünf Stunden Fahrt entfernt war – zweieinhalb, wenn Bishop den Porsche genommen hatte –, war mir deutlich wohler dabei, sie alle an einem Ort zu wissen, anstatt sie mit Zielscheiben auf den Rücken durch halb Florida spazieren zu lassen.

»Vielleicht muss ich auf dem Weg zurück noch einen kurzen Stopp in einer Bar einlegen und –«

Ich unterbrach ihn mit einem weiteren genervten Laut. Mein Interesse an seinem Sexleben hielt sich wahrhaftig in Grenzen. »Bitte tu mir den Gefallen und tauch nicht jammernd hier auf. Ich will nichts von blauen Eiern hören.«

Ich hörte ihn lachen, doch bevor er irgendeinen dummen Spruch erwidern konnte, legte ich auf, zog stattdessen die Akte heran, die ich über Bailey angelegt hatte. Sie war nicht besonders dick und ein Teil der Infos waren nicht einmal offiziell, sondern lediglich das, was ich dank meines Vaters erfahren hatte. Zum größten Teil also Infos über Ramon O'Hara, der die mieseste Ratte war, die Miami jemals zu Gesicht bekommen hatte.

Wie konnte es also sein, dass die Casinobetreiberin nicht die Frau war, die wir suchten? Ihr Name allein war doch Anhaltspunkt genug, um davon ausgehen zu können, es handle sich um ein und dieselbe Person.

Verdammte Scheiße.

Seit Monaten besuchte ich mindestens einmal die Woche ihr Casino in Little Havana, verbrachte Stunden damit, sie genauestens zu studieren, um herauszufinden, wer sie war. Ob sie zu uns passte. Den Wölfen, denen sie von Geburt an nun einmal angehörte. Ob sie es nun wusste oder nicht.

Ich war mir so sicher, dass sie diejenige wäre, die in dem Machtgefälle für Veränderung sorgen würde. Dass sie die Waage so beeinflussen würde, dass sie wieder zu unseren Gunsten ausschlug, und wir nicht tagtäglich demonstrieren mussten, wer diese verdammte Stadt in der Tasche hatte. Wer die Geschäfte abwickelte, wer das Sagen hatte und ... Mein Puls schnellte in die Höhe.

Mit zusammengepressten Lippen zwang ich mich dazu, einige beruhigende Atemzüge zu nehmen. Ich konnte es mir nicht leisten, den eisernen Griff um meine Selbstkontrolle auch nur ein einziges Mal zu lockern. Wut war gefährlich und nur der Anfang von etwas, das ich lieber nicht näher kennenlernen wollte.

Doch der Gedanke daran, bei der Suche wieder ganz am Anfang zu stehen, sorgte nicht nur für hämmernden Kopfschmerz hinter meinen Schläfen, sondern erschuf den perfekten Nährboden für ein Problem, das ich seit Jahren mehr schlecht als recht kontrollierte.

Ich musste meinen Ärger über diese Neuigkeiten schleunigst vergessen, bevor ich etwas tun würde, was sich nicht mehr rückgängig machen ließ.

BAILEY

Bang, Bang, I shot you down. Oopsie.

Das unangenehme Gefühl in meiner Brust ließ auch nicht nach, als ich den Militärstützpunkt des Marine Corps in Tampa betrat. Eine Sondergenehmigung zur Nutzung des Schießstands machte es möglich – und der Aufenthalt hier war dringend notwendig.

Das Kribbeln in meinen Fingern erinnerte mich noch immer daran, die verdammten Schachfiguren angefasst zu haben. Mein Kopf glich einem Bienenstock. Kaum war der eine Gedanke vorbeigeschossen, folgte bereits der nächste. Und keinem davon traute ich über den Weg, ebenso wenig wie mir selbst.

Ich hatte mich in eine Lage begeben, die ich eigentlich zu verhindern hätte wissen müssen. Mit einem Fremden spielen, obwohl es gegen meine Prinzipien, gegen all meine Regeln verstieß? Das war dumm. Mich von seinem Charisma einlullen zu lassen, ihn mit in mein Büro zu nehmen und durch die Berührung seiner Hände dahinzuschmelzen wie Eis, das ein paar Sonnenstrahlen abbekam? Noch dümmer.

Vor einigen Jahren noch hätte ich die Schuld bei allen gesucht, nur nicht bei mir selbst. Mittlerweile jedoch wusste ich, wer das Problem war. *Was* das Problem war. Meine eigene beschissene Schwäche, die ich zurück in ihre Grenzen weisen musste, bevor sie die Kontrolle über mein Handeln übernahm und mich dazu verleitete, in diesem Hochgefühl, das mir das kurze Schachspiel verschafft hatte, schwelgen zu wollen.

Die Versuchung war da ... ebenso wie die sexuelle Frustration, weil dieser Kerl zunächst dafür gesorgt hatte, dass ich freiwillig vor ihm in die Knie gegangen wäre, nur um mich dann fallen zu lassen und zu verschwinden, während meine Hände noch immer auf meinem Rücken gefesselt waren.

Ein heißer Blitz schoss durch meine Eingeweide. Normalerweise hätte es kein Problem sein sollen, mich selbst zu befreien ... Genau das hatte ich während der Ausbildung hunderte Male geübt. Doch meine Gefühle waren mir im Weg gewesen, der Ärger über mich selbst allem voran, und so hatte ich Morgans Hilfe gebraucht, um mich aus meiner prekären Lage zu befreien.

Was genau mich an den Ereignissen des vergangenen Abends so aufregte, konnte ich nicht einmal genau benennen. Fakt war nur: Ich musste die angestauten Gefühle dringend aus meinem System bekommen, sonst unternahm ich unwillkürlich doch noch den Ausflug an den Rand der Klippen, die ich seit Jahren erfolgreich mied.

Ich schob die Pilotenbrille von meinem Kopf vor meine Augen, zog den Pferdeschwanz fester und griff nach der Tasche auf dem Beifahrersitz, bevor ich die Tür öffnete und ausstieg.

Der *Infiniti Project Black S* wirkte zwischen den typischen Muscle Cars, Familienvans und Militärfahrzeugen dezent fehl am Platz. Er war flach, besaß nur zwei Sitze und einen Hybridantrieb, den man normalerweise nur bei der Formel 1 verwendete. Wie jedes Mal, wenn ich hierherkam, umging ich die offiziellen Wege, um niemandem zu begegnen. Stattdessen nahm ich den längeren Weg zum Schießstand, legte einen kurzen Zwischenstopp in den Umkleidekabinen ein und tauschte mein Freizeitoutfit gegen das grüne Cargo, das mich mit dem Rest der Anwesenden verschmelzen ließ.

Es war schon einige Jahre her, dass Morgan und ich aus dem aktiven Dienst ausgeschieden waren, dennoch vermisste ich die Routine des Militärs manchmal. Die Möglichkeit, sich körperlich so sehr zu verausgaben, dass man gar keine Energie mehr hatte, sich Gedanken über seine Sucht zu machen – oder sie gar zu empfinden.

Wegen Morgan war ich überhaupt erst zum Militär gegangen. Er war nicht nur mein Ausbilder gewesen, sondern hatte mir dabei geholfen, den ganzen Scheißhaufen an Problemen hinter mir zu lassen. Wir waren zusammen auf Auslandseinsätzen gewesen, hatten im gleichen Haus gewohnt und letztendlich waren wir gemeinsam aus dem Dienst ausgeschieden. Und jetzt arbeitete er für mich. Wäre er begeistert zu erfahren, dass ich jahrelange harte Erfolge so leichtfertig aufs Spiel gesetzt hatte? Sicher nicht.

Ich biss die Zähne zusammen und befreite das mitgebrachte Waffenarsenal aus der Tasche, nachdem ich einen der Stände für mich beansprucht hatte. Die Hälfte des Aufbaus lag im Freien, die übliche Geräuschkulisse herrschte vor und half mir allein dadurch schon dabei, einen gewissen Teil meiner inneren Ruhe wiederzufinden.

Bevor ich die Waffe entsicherte und einen festen Stand einnahm, zog ich die Lärmschutzkopfhörer über, die ich mitgebracht hatte. Ich liebte zwar jeden einzelnen Aspekt, wenn es darum ging, ein wenig Spaß mit meiner *SIG Sauer P320 M17* zu haben, aber ein Hörsturz stand nicht auf der Liste der erstrebenswerten Ereignisse des Jahres.

Ich nahm mir einen kurzen Moment und sah dem Soldaten am Stand neben mir zu. Er hatte sich vollständig auf den niedrigen Tisch gelegt, ein *Barrett M82* im Anschlag. Sein Ziel war so weit entfernt, dass ich es mit bloßem Auge nicht einmal ausmachen konnte. Vermutlich würde er trotzdem treffen – ich erkannte einen fähigen Schützen, wenn ich einen vor mir hatte.

Und so prokrastinierte ich durch das exzessive Beobachten der Umgebung … schon wieder. Es war an der Zeit, die nötige Konzentration für das aufzubringen, weswegen ich eigentlich hier war.

Also stellte ich mich breitbeiniger hin, sicherte meinen Stand, indem ich mein Gewicht leicht verlagerte, und lokalisierte anschließend mein Ziel. Die *SIG* lag schwer in meinen Händen, ich hob sie höher, richtete sie ein wenig nach links aus und … Der Rückstoß des ersten Schusses ging durch meine Arme und verlief sich mit angenehmem Druck im Rest meines Körpers.

Ich achtete nicht darauf, ob ich überhaupt traf. Nachdem der erste Schuss gefallen war, löste sich die Blockade in meiner Brust und damit auch die Hemmung in meinem Finger am Abzug. Ich feuerte weiter eine Kugel nach der anderen ab und hielt erst inne, als das ganze Magazin leer und ein Teil meiner Anspannung verschwunden war.

Fuck.

Das war gut, aber bei Weitem nicht ausreichend. Ob sie mir eines der Maschinengewehre ausliehen, wenn ich nett fragte? Oder mich in einer F-16 fliegen ließen, wenn … Während ich darüber sinnierte, hatte ich das Magazin bereits gewechselt und wieder meine ursprüngliche Haltung eingenommen, um direkt die nächste Ladung Metall in einem neuen Ziel zu versenken.

Aus dem unruhigen Gefühl in meinem Magen wurde pure Konzentration. Der Rest der Welt um mich herum verschwand, ich blendete all das aus, was mich ablenkte. Für einen Moment existierten nur noch ich, die Waffe in meiner Hand und das Objekt in einiger Entfernung, das meine gesamten aufgestauten Gefühle zu spüren bekam.

Eine leise Stimme meldete sich in meinem Kopf. Eine Art Alarm, ein kleines rotes Licht, das mich vor irgendetwas warnen wollte. Ich ignorierte es.

An Orten wie diesem gab es keine Gefahren. Mein Hirn wollte meinen Erfolg einfach nur zunichtemachen.

Ich gab den nächsten Schuss ab, zielte statt auf den oberen Teil der Markierung mehr auf die Mitte.

Die Kugel hatte ihr Ziel noch nicht erreicht, mein Finger ruhte bereits wieder neben dem Abzug, als sich alles wie in Zeitlupe zu verlangsamen schien und mir schlagartig bewusst wurde, dass etwas nicht stimmte.

Ganz und gar nicht.

Niemand war befugt, den Schießstand zu betreten, während er benutzt wurde. Niemand sollte sich hinter der fetten Absperrung aufhalten. Nicht, wenn ich und mindestens drei andere Soldaten gerade dabei waren, zu schießen.

Mein Hirn katapultierte mich zurück in die Realität.

Mann. Fünfzehn Meter vor mir. In meiner Schusslinie. Auf dem Boden. Fluchend. Das hieß zumindest, dass er noch lebte.

Mit einem Satz überwand ich die niedrige Absperrung direkt vor mir, stürzte ihm regelrecht entgegen.

Blut quoll zwischen den Fingern hervor, die er gegen seinen Oberarm presste. Ich riss mir die Kopfhörer herunter, knallte sie neben ihm auf den Boden.

»Bist du eigentlich von allen guten Geistern verlassen?«, brüllte ich, holte mit den Armen aus, um ihn darauf aufmerksam zu machen, wo wir uns befanden. »Das hier ist ein Schießstand, kein Wanderweg! Und rate mal – hier schießen Leute mit *echten* Waffen. Das sind keine Platzpatronen oder irgendwelche moderne Computertechnik. Verdammte Scheiße, du hättest hier draufgehen können! Wenn nicht durch meinen Schuss, dann vielleicht durch den Scharfschützen hier neben mir oder durch den Private da drüben, der offenbar keine beschissene Kontrolle über sein *M60* hat!«

Ich holte tief Luft, nur um dann kopfschüttelnd fortzufahren. »Was läufst du hier überhaupt in Zivilkleidung herum? Hattest du einen Todeswunsch oder was?«

Inzwischen war das Leben um uns herum zum Erliegen gekommen. Vage registrierte ich, wie Nervosität aufkam, weil ein Idiot auf den Schießstand spaziert *und* verletzt worden war.

Ich war drauf und dran, den Kerl am Ohr zu packen und auf die Krankenstation zu zerren, als er den Kopf hob, ein fettes Grinsen auf den Lippen. »Halb so schlimm, ist nur ein Streifschuss.«

»Halb so schlimm?«, wiederholte ich, die Luft aus meinen Lungen ausstoßend. *Halb so schlimm?*

Erst ließ ich mich auf ein Schachspiel ein, dann erlaubte ich es einem dahergelaufenen Arschloch, mich zu verführen und fallen zu lassen. Die Krönung der letzten vierundzwanzig Stunden war wohl, beinahe einen Kerl totzuschießen. Aus Versehen. Und der wehrte ab mit den Worten, es sei *halb so schlimm.*

Beinahe rechnete ich damit, dass mir gleich eine Sicherung im Hirn rausknallte. Stattdessen streckte ich ihm die Hand entgegen.

»Wir müssen hier runter, sofort.« Ich schüttelte noch

immer den Kopf, als er meine Hand packte und sich daran hochzog.

Er überragte mich gefühlt um mindestens drei Köpfe, war körperlich mehr als das Doppelte von mir, wenn auch genauso definiert, und alles an ihm wirkte, als käme er direkt von einer der hawaiianischen Inseln. Fehlten nur der leichte Bastrock und die Blumenkette um seinen Hals. Die Tattoos, die sonnengebräunte Haut und die geradezu unverschämt strahlenden Augen besaß er bereits. Nebst einer Haarpracht, die wohl jede Frau vor Neid erblassen ließe, obwohl keine von ihnen jemals in Betracht gezogen hätte, eine Kurzhaarfrisur zu tragen.

Das dunkle Shirt spannte um seine Oberarme und färbte sich auf der einen Seite rasant in einem dunkleren Farbton.

Gerade, als ich ihn abermals dazu auffordern wollte, endlich diesen Ort zu verlassen, wanderte sein Blick über meine Schulter hinweg und fixierte irgendetwas hinter mir, von dem ich nicht wusste, was es war.

Er beugte sich weiter in meine Richtung, die Stimme gesenkt. »Vielleicht sollten wir wirklich verschwinden. Ich schätze, die sind hier nicht so begeistert, wenn sie erfahren, dass es ganz leicht ist, in diesen Standort einzubrechen.«

Ich öffnete den Mund, sagte allerdings nichts. Das meinte er nicht ernst, oder?

»Du scheinst den Blutverlust nicht so gut zu vertragen«, murmelte ich, packte ihn kurzerhand an seinem unverwundeten Oberarm und schob ihn vehement in Richtung der Absperrung. Den sich nähernden Soldaten winkte ich zu. »Keine Sorge, ich kümmere mich schon.«

Das war das Mindeste ... selbst wenn ich nicht diejenige gewesen war, die es für eine gute Idee gehalten hatte, gedankenverloren über einen Schießstand zu laufen.

Ich stieß die Tür zu den Umkleiden auf, verfrachtete

ihn auf eine der Holzbänke und baute mich vor ihm auf, mit verschränkten Armen. »Was sollte das? Welcher halbwegs normale Mensch kommt auf die Idee, einfach vorbeizuspazieren, wenn irgendwer auf unbewegliche Ziele schießt?«

»Ich war in Gedanken«, entgegnete er und hob abwehrend eine Hand.

Ich glaubte ihm kein Wort.

»Und dann führt dein Weg dich zufällig in meine Schusslinie?«

»Muss wohl Schicksal gewesen sein.«

Ich kniff die Augen zusammen, massierte meinen Nasenrücken mit schnellen, starken Bewegungen. Was war das Protokoll für solche Unfälle? Dem Vorgesetzten Meldung geben und darauf hoffen, kein Disziplinarverfahren am Hals zu haben. Aber ich war nicht mehr Teil des Militärs. Nur ein Gast. Wenn jemand erfuhr, was für ein peinlicher Fehler mir unterlaufen war ... verlor ich womöglich den Wisch, der mir erlaubte, überhaupt eine derartige Waffe zu besitzen.

Würden die anderen Anwesenden plaudern? Gab es Überwachungsvideos? Unwahrscheinlich. Beides. Immerhin würden sie ebenso Probleme bekommen wie ich.

»Keine Ahnung, wer du bist, wie du hier reinkommst oder was dein Plan hinter dieser Aktion war, aber ... ich werde deine Verletzung versorgen, und dann tun wir so, als wärst du nie wie ein Geistesgestörter da draußen rumgelaufen.« Ich hatte keine Zeit, mir weitere Gedanken darüber zu machen, was das sollte. Welcher Teil seiner Psyche hatte einen Knacks, dass er gedacht hatte, das wäre eine gute Idee?

»Kade.«

»Schön, Kade. Ich bin Bailey.«

Er nickte, den Blick seltsam unfokussiert. »Wie der Alkohol?«

Genervt stieß ich die Luft durch die Nase aus. »Ja. Genau wie der Alkohol.«

Ich machte mich auf die Suche nach einem Verbandskasten, die sich normalerweise an jeder Ecke finden ließen. Kaum bekam ich einen in die Finger, riss ich den Deckel auf und suchte nach dem Verbandsmaterial sowie dem Nähkit, das standardmäßig enthalten war.

Ohne einen Blick auf die Wunde geworfen zu haben, war ich mir ziemlich sicher, dass er ein paar Stiche brauchte. Bei der Menge an Blut würde es mich wundern, wenn es anders wäre.

»Pass auf, ich bin kein Profi, was das angeht, aber wenn ich dich zu irgendeinem Arzt schicke, war es das mit meinen Privilegien hier, und das wäre wirklich schlecht. Sehr schlecht.«

Er hob die Schultern. »Klar. Kein Thema«, erwiderte Kade. Damit schien das Thema für ihn bereits beendet zu sein, denn er musterte mich erwartungsvoll, bevor sein Blick zu den Utensilien in meiner Hand rutschte. »Hast du das schon mal gemacht?«

»Öfter als mir lieb ist.« Damit schob ich seine Hand von der noch immer blutenden Wunde fort und begutachtete den Schaden, den der Streifschuss verursacht hatte.

Er konnte von Glück reden, dass ich nicht auf den oberen Teil der Zielscheibe geschossen hatte, denn in dem Fall säße er wohl nicht mit einer Verletzung hier, die gut abheilen würde … sondern läge in einem Leichensack.

Es war mir nach wie vor ein absolutes Rätsel, wie er überhaupt auf die Idee gekommen war, doch ich biss mir auf die Zunge und sparte mir die erneute Nachfrage. Mit ruhigen, aber flinken Bewegungen wischte ich das Blut fort und bereitete die Verletzung vor, um sie zu nähen.

Kugeln richteten enormen Schaden an, die zerrissene Haut und das viele Blut bewiesen das eindrucksvoll. Selbst für einen Streifschuss war dieser Anblick heftig. Vermutlich würde trotz der Naht eine kleine Narbe zurückbleiben und ihn für immer daran erinnern, dass er ohne nachzudenken über einen Schießplatz flaniert war.

»Lidocain gibt's keines, also beiß besser die Zähne zusammen.«

»Und wie steht's mit Kokain?«, brummte er mit dunkler Stimme.

Ich hob eine Augenbraue. Irritiert. »Auch nicht.«

»Schade.«

Hatte er gerade von einem Lokalanästhetikum, das Schmerzen verhindern sollte, das Thema auf eine gefährliche Droge gelenkt? Er wollte sich wohl kaum darüber unterhalten, wie verwandt die beiden Wirkstoffe waren, und dass Kokain ein wichtiger Punkt in der Entdeckung und Entwicklung von Lidocain gewesen war. Oder?

Ich schüttelte den Kopf in einem recht misslungenen Versuch, mich auf die Stiche zu konzentrieren. Kade zuckte nicht einmal zusammen, als die Nadel wiederholt durch seine Haut stach. Und das, obwohl ich feststellen musste, wie schlecht ich inzwischen darin geworden war, Wunderstversorgung zu betreiben – und wie hässlich die Naht aussah, die ich da fabrizierte.

Spürte er den Schmerz überhaupt?

Als ich wenige Minuten später den letzten Knoten setzte, bemerkte ich seine geschlossenen Augen und den friedlichen Gesichtsausdruck darauf. Was war verkehrt mit diesem Kerl? Vielleicht tat ich gut daran, ihm auch gleich noch die Telefonnummer der nächsten Psychiatrie aufzuschreiben, damit er sich einweisen lassen konnte.

Erst das Umherwandern, jetzt das Fehlen jeglicher

Schmerzreize ... War dieser Mann womöglich schon auf Drogen?

Andererseits ... eines meiner Casinos befand sich in Little Havana. Nach allem, was ich dort gesehen hatte, fühlte ich mich nicht mehr für jeden Drogensuchti verantwortlich, der mir über den Weg lief. Zumal meine eigene Vergangenheit, was Rauschmittel betraf, auch nicht gerade rosig war.

Ich klatschte übertrieben laut in die Hände. »Fertig. Du kannst verschwinden. Oder nein ... warte. Ich sollte dich vorsichtshalber vom Gelände begleiten.«

»Eine Eskorte? Der Gedanke gefällt mir. Allerdings brauche ich noch einen Moment.«

Gerade als ich fragen wollte, was das zu bedeuten hatte, öffnete er die Augen. Prompt rutschte sein Blick nach unten. Mein eigener folgte seinem und blieb an einer beachtlichen Wölbung in seiner Hose hängen.

Ich öffnete den Mund, nur um ihn direkt wieder zu schließen. Was sollte ich dazu sagen? Für einige Sekunden blieb mir gar nichts anderes übrig, als wie gebannt in die Richtung zu starren, auf magische Weise gefangen von dem Anblick, der sich mir bot.

Wäre dieser Mann mir nicht auf so seltsame Weise über den Weg gelaufen, wäre er mir vielleicht aufgrund seines Aussehens ins Auge gestochen. Oder seine tiefe Stimme wäre mir aufgefallen. Irgendetwas Normales eben, was nichts mit einer Schusswunde und einer Erektion zu tun hatte, die mich unter anderen Umständen sicher wahnsinnig glücklich gemacht hätte.

Bevor ich mich in einer ähnlichen Situation wie mit Bishop wiederfände, ermahnte ich mich. Es gab keinen Grund, ihn anzugaffen, während mir sprichwörtlich das Wasser im Mund zusammenlief und ich darüber nachdachte, wie das, was sich mir da durch den Stoff entgegenreckte, wohl vollständig unbekleidet aussehen würde. *Keinen. Grund.*

Mir entwich ein frustriertes Geräusch, als ich mich dazu zwang, den Blick abzuwenden. »Äh. Ja. Ich schätze, du findest den Weg nach draußen auch selbst. Wenn ... na ja. Schönen Tag noch, Kade.«

Mit einem Räuspern drehte ich mich auf dem Absatz um und stürzte in den Nebenraum, in der Hoffnung, den Anblick zu vergessen. Natürlich hatte er sich längst in mein Gehirn gebrannt, zusammen mit der Frage, wie zur Hölle er in dieser Situation zu einer Erektion kam.

Meine Gedanken schweiften mit einem Mal so weit ab, dass ich mir sicher war, nur zur Normalität zurückkehren zu können, wenn ich mir eine Bibel schnappte und die nächsten Stunden auf den Knien verbrachte.

Scheiße. Nicht hilfreich.

KADE

A little selfishness never killed nobody.

Vielleicht hat Bishop gelogen und will sie einfach nur für sich selbst. Würde mich nicht wundern, du kennst ihn.

Und dich kenne ich auch, Daisy.
Ich muss es selbst nachprüfen.

Mit diesem wunderbaren Plan, dich von ihr anschießen zu lassen?

Das geht auf dich, Süße.

Ich blendete die weibliche Stimme in meinem Unterbewusstsein aus und kratzte die Konzentration zusammen, die ich angesichts der Verlagerung meines Blutes in die unteren Gegenden meines Körpers überhaupt noch besaß.

Schmerz verspürte ich keinen – zumindest nicht am Arm. An anderen Stellen ... durchaus. Allein die Art, wie sie sich kurz mit der Zunge über die Lippen geleckt hatte, als ihr aufgefallen war, was die kurze Tortur durch Nadel und Faden mit mir angestellt hatte.

Gut, es war eine meiner schlechteren Ideen gewesen, in ihre Schusslinie zu laufen und davon auszugehen, dass sie sich anschließend um mich kümmern würde. Aber es hatte funktioniert, oder nicht?

Womöglich täuschte Bishop sich. Und Atlas glaubte ihm vorbehaltslos, weil Bishop normalerweise keine Fehler machte. Oder weil er inzwischen so tief in seinem Aberglauben feststeckte, dass er förmlich nach den schlechten Omen suchte.

Ich verharrte an meinem Platz, bis ich hörte, wie sich ihre Schritte entfernten. Es hatte nicht mehr als den kurzen Weg hierher gebraucht, um mir einzuprägen, wie es klang, wenn sie lief. Leichtfüßig, gleichmäßig, ausbalanciert und jederzeit bereit dazu war, in einen Sprint umzuschalten oder in den Kampfmodus überzugehen.

Keine neue Gangart für mich, ich kannte sie von meiner Mutter, die ebenfalls im Militär gedient hatte. Air Force.

Ich wette, sie steigt gerade unter die Dusche.
Nackt. Das Wasser küsst ihre Kurven,
kleine Tropfen perlen an der Haut ab …
und das Mal auf ihrer Schulter wird gut sichtbar sein.

Ich werde sie nicht beim Duschen beobachten.

Du warst gerade eben noch kurz davor, deinen Schwanz aus der Hose zu holen, sie auf die Knie zu zwingen und ihr das zu geben, was sie wollte.

Daisy.

Was? Ich weiß, dass es so ist. Du hast ihren Gesichtsausdruck gesehen und warst kaum in der Lage dazu, dich zurückzuhalten.

Ja. Vielleicht liegt das daran, dass du durch meine Adern tanzt und mein Hirn für dich beanspruchst.

Und du liebst das Gefühl ...

Mit einem Knurren auf den Lippen sprang ich auf. Scheiß drauf. Ich war in einen Militärstützpunkt eingebrochen, hatte Russisch Roulette auf kreative Weise gespielt ... Was kam es da jetzt noch darauf an, wenn ich diese Göttin von Frau beim Duschen beobachtete?

Zu Recherchezwecken selbstverständlich.

Ich dachte, ich sei deine Gö–

Schnauze, Daisy.

Ich machte den ersten Schritt, ignorierte das kurzzeitige Wanken und bewegte mich in die Richtung, aus der mir bereits der Wasserdampf entgegenkam, durchquerte eine weitere Umkleide und ging um die darauffolgende Ecke.

Die Muskeln in meinem Oberkörper spannten sich automatisch an, je näher ich der Quelle der Geräuschkulisse kam. Einen Moment lang vergaß ich sogar, wie man richtig atmete.

Es war Jahre her, dass man die Duschen in diesem Gebäudekomplex renoviert hatte. Sie erinnerten mich an meine Schulzeit und die Gemeinschaftseinrichtungen. Keine Privatsphäre, schlechter Wasserdruck und die Peinlichkeit, sich vor seinen Mitschülern entblößen zu müssen, wenn man nach dem Sportunterricht nicht stinken wollte wie eine Horde Skunks.

Zu dem Geräusch des laufenden Wassers mischte sich etwas anderes. Etwas, das ich nicht erwartet hatte und mich in meinen Bewegungen stoppte, gerade als ich den Kopf um die Ecke strecken wollte, damit ich mich selbst von Bishops Aussage überzeugen konnte.

Das leise Stöhnen, das von den Wänden widerhallte, konnte nur von Bailey stammen.

Ein Kribbeln jagte über meine Haut. Erinnerte mich mit Nachdruck an die Spannung in meiner Hose. Scheiße.

Du solltest verschwinden.

Oder ich reiße mir die Kleider vom Leib und schließe mich ihr an.

Diesmal schwieg Daisy und ich wagte es, einen Blick in die Duschen zu werfen. Bailey befand sich direkt mir gegenüber. Mit einer Hand stützte sie sich an den Fliesen ab, der Wasserstrahl traf auf ihren durchgestreckten Rücken, lief über ihren wohlgeformten Hintern weiter zwischen ihre Beine ... und tropfte von ihrer anderen Hand schließlich auf den Boden.

Der Anblick nahm mich gefangen, sorgte für einen staubtrockenen Mund und ein so heftiges Ziehen in meiner Lendengegend, dass ich plötzlich richtigen Schmerz empfand.

Wo sollte ich als Erstes hinschauen? Was davon mir als Erstes einprägen? Ihren wahnsinnigen Körper oder die langen Haare, die nass an ihrem Rücken klebten? Die Weise, wie sie sich im Takt der Bewegungen zwischen ihren Beinen wand? Oder die Art, wie sie ihr Verlangen kaum genug kontrollieren konnte, um leise zu bleiben?

Fürchtete sie sich nicht davor, gehört zu werden?

Ich erlaubte mir, mir vorzustellen, meine Hand wäre gerade dabei, sie mit quälend langsamen Bewegungen in den Wahnsinn zu treiben, während ihr Körper sich immer heftiger gegen meinen presste und ihre Finger sich in meinen Unterarm krallten, bis die Erlösung sie endlich so hart erwischte, dass sie kaum noch aufrecht stehen konnte.

Mein Schwanz zuckte. Für kurze Zeit vergaß ich, dass ich nur funktionierte, weil Drogen durch mein System rasten und es bei Laune hielten.

Frauen waren toll – doch keine der Huren, die ich sonst vögelte, besaß auch nur einen Teil der Anziehungskraft, die Bailey in diesem Moment auf mich ausübte. Vermutlich, weil es nicht darum ging. Sie wusste nicht, dass ich sie beobachtete und jede verstreichende Sekunde dabei half, den Anblick nie wieder zu vergessen.

Ich hob die Hand, und obwohl es verführerisch war, sie auf meinen Schwanz zu legen und mir selbst Erlösung zu verschaffen, schob ich sie an meiner rechten Schulter unters Shirt. Mit dem Zeigefinger glitt ich über das vernarbte Gewebe. Den feinen Wolfskopf, den man mir noch als Baby in die Haut geschnitten hatte, auf dass ich niemals vergaß, wer ich war.

Mein Blick glitt vom Boden zurück zu Bailey und ihrer Schulter. Obwohl einige Meter zwischen uns lagen, sollte es kein Problem sein, dieses Mal auszumachen. Doch Bishop hatte recht – mir starrte nicht der altbekannte Wolfskopf entgegen.

Dafür bemerkte ich allerdings die Spuren von Make-

Up, die sich mit dem Wasser mischten und ihren Rücken hinabflossen. Langsam registrierte ich, von wo es kam.

An ihrer Schulter befand sich nicht das Mal der Wölfe, sondern eine hässliche Ansammlung dicker Narben, die sich hell von ihrer sonst so gebräunten Haut abhoben. Nicht nur das, es war ein ganzes Geflecht, das die Stelle zierte, an der sich eigentlich der Hinweis darauf befinden sollte, der sie als Teil unserer Familie outete. Die vollständige Textur ihrer Haut war zerstört.

Meine Erregung verwandelte sich in Wut. War dies das Werk von Ramon O'Hara? Hatte er das getan, nachdem er unsere Väter verraten hatte? Hatte er die einzige Erinnerung an ihre Herkunft ausgelöscht, indem er ihr wehgetan hatte?

Bisher war es niemandem gelungen, das Dreckschwein aufzuspüren, aber würde sich meine Vermutung als wahr herausstellen, würde ich jeden Stein auf dieser Welt umdrehen, bis ich ihn gefunden hätte. Damit er aus erster Hand erfahren würde, wie es sich anfühlte, wenn einem immer wieder mit einem Messer über die gleiche Stelle geschnitten wurde. Vielleicht zöge ich ihm auch die Haut bei lebendigem Leibe ab. Dahingehend wäre ich ebenso flexibel wie meine Wut, die sich seiner Reue anpassen würde.

Bevor ich mich in den aufsteigenden Gefühlen verlieren und einen Fehler begehen konnte, wandte ich mich ab und suchte das Weite.

Erst, als ich an meinem *Bugatti Divo* stand, die kleine Dose mit den Pillen, die das Aussehen von tic tacs hatten, in der Hand, fühlte ich mich wieder halbwegs normal. Ich spielte mit dem Gedanken, meiner üblichen Dosis noch eine Tablette hinzuzufügen, hatte aber keine Lust darauf, aus Daisy – der Stimme in meinem Kopf – eine waschechte Halluzination zu machen, die sich auf dem Beifahrersitz räkelte, obwohl ich meine komplette Aufmerksamkeit auf den grauenhaften Straßenverkehr zwischen Tampa und Miami richten musste.

Ich zückte mein Smartphone und hämmerte auf die Kurzwahltaste.

»Wo zum Teufel steckst du, Kade?«

Ah. Atlas' Laune hatte sich in den letzten Stunden also nicht verbessert.

»Tampa«, antwortete ich verhältnismäßig gut gelaunt.

»Und was treibst du in Tampa?«

»Ich musste Bishops Behauptung überprüfen.«

Ein Seufzen drang durch die Leitung. Vermutlich massierte Atlas sich gerade die Nasenwurzel, weil es ihm langsam genug war, meine Sperenzchen mitzumachen.

»Jedenfalls hat er sich geirrt. Bailey ist *unsere* Bailey.«

»Bishop hat sehr deutlich gemacht, dass es kein Mal gibt, Kade.«

Ich lachte auf. »Ja. Weil dieses Arschloch Ramon alles dafür getan hat, dass es verschwindet. Und sie die Überbleibsel davon unter einer dicken Schicht Make-up versteckt. Ich wette mit dir, dass sie es ist.«

Für einen Moment herrschte Stille. Dann hörte ich ein gepresstes: »Bist du dir absolut sicher?«

»Fuck, ja. Und wenn mir dieses Arschloch zufällig über den Weg läuft, weide ich ihn aus.«

»Ich ... ich überzeuge mich selbst davon. Mach, dass du nach Biscayne zurückkommst.«

Ein Grinsen nahm meine Lippen in Beschlag, als ich auflegte und mich in den Fahrersitz des Divos schwang. Die altbekannte Nervosität setzte sich in meinen Knochen fest. Dieses Auto kostete mehr als acht Millionen Dollar – und existierte nur rund vierzig Mal auf dem gesamten Planeten.

Es war purer Luxus. Gefährlicher, atemberaubender Luxus, der mir einen Teil des Nervenkitzels gab, den ich ansonsten nur erfuhr, wenn ich mir die bunten tic tacs meines russischen Dealer-Kumpels einwarf und ein neuer Rausch mich traf. Hart. Diese Empfindungen prägten mein Leben … vor allem mein Überleben.

Ohne die Pillen würde ich innerhalb kürzester Zeit unter der Erde liegen. Schätzungsweise, weil ich den Respekt vor diesem Auto verloren und es gegen die nächste Betonwand gedonnert hätte, um platt wie eine Flunder zu enden. Paradox.

Und absolut fantastisch.

ATLAS

There's a special place in my mind for you. It's called heaven. Although sometimes it's a frustrating sexual hell.

Little Havana war nach außen hin und für die meisten Touristen ein Ort, der dem sprichwörtlichen Paradies glich. Kubanisches Flair schwebte durch die Gassen, man konnte die Harmonie förmlich spüren und an jeder Straßenecke gab es etwas Neues zu entdecken. Die Augen ruhten nie wegen der vielen Reize, die auf einen einstürmten, sobald man sich in diesem Distrikt befand.

Dass das alles nur eine Fassade war, schien den wenigsten bewusst zu sein. Little Havana war bei Nacht eines der gefährlichsten Pflaster der ganzen Stadt und es gab nicht wenige Einwohner hier, die auf unserer Gehaltsliste standen oder uns dafür bezahlten, damit ihre Geschäfte vor den Bandenkriegen sicher waren.

Auch das Gebäude, in dem sich das *Señorita* befand, erstrahlte in bunten Farben und war nach beinahe einem Jahr meiner wöchentlichen Besuche fast wie ein zweites

Zuhause. Ich kannte den Grundriss. Jede Überwachungskamera, die Angestellten und ihre Schichten. Am allerwichtigsten war jedoch, dass ich genau wusste, wann Bailey hier Präsenz zeigte, wie lange sie sich in ihrem Casino aufhielt und in welcher Laune sie sich an den entsprechenden Tagen befand.

Die intensive Beobachtung brachte einige ... Vorteile mit sich.

Heute allerdings würde ich mich nicht damit begnügen, ein paar flüchtige Skizzen der jungen Frau auf meinen Block zu kritzeln und mir dabei vorzustellen, wie sie machte, was auch immer ich gerade zeichnete – meist irgendwelche Bilder, die viel nackte Haut und eine gewisse Form der Interaktion beinhalteten. Nein. Heute würde ich sie aus ihrer heilen Welt reißen und dafür sorgen, dass sie den Platz einnahm, der ihr zustand, selbst wenn ihr Vater uns alle verraten und sie aus unserer Mitte gestohlen hatte.

Noch während ich das klimatisierte Gebäude betrat, krempelte ich die Ärmel meines Hemdes hoch. Mein Stammplatz, fernab von Tischen, tanzenden Frauen und Spielautomaten, war nicht nur unberührt, sondern wirkte sogar ganz so, als wäre er allein für mich freigehalten worden.

Kaum dass ich saß, schwebte mein Blick auch schon durch den Raum. Eine kurze Bestandsaufnahme später stellte ich fest, wie viele der üblichen Verdächtigen anwesend waren. Ich bemerkte auch den Dobermann, der gelangweilt zwischen den Pokertischen umherschlich und auf die Anwesenheit der Chefin schließen ließ.

Normalerweise interagierten wir nicht. Sie ließ mir keine besondere Behandlung zukommen, duldete meine stille Präsenz und versuchte nicht, den Grund für meine Anwesenheit herauszufinden. Jeden anderen Casinobetreiber in Miami hätte es wohl nervös gemacht, den Kopf der Wölfe in den eigenen vier Wänden vorzufinden, doch Bailey ging erstaunlich souverän damit um. Noch.

Ich zweifelte nicht daran, dass sie wusste, wer ich war, schätzte ihre Diskretion deshalb aber nur umso mehr. Jeder Einwohner dieser gottverlassenen Stadt wusste, wer Atlas Wallin war. Kannte *mein* Gesicht. Fürchtete mein Auftauchen.

Für Bishop und Kade war die Angelegenheit einfacher. Ihre Namen verrieten zwar ihre Zugehörigkeit zu *Mahina Industries*, aber ihre Gesichter tauchten nicht regelmäßig in sämtlichen Medienkanälen des halben Bundesstaats auf.

Vor mir wurde mein Standarddrink – Whisky Sour – hingestellt, ohne dass ich danach verlangt hatte. Zumindest wussten sie, wie man Gäste meiner Größenordnung zufriedenstellte.

Einige Minuten beobachtete ich einfach nur weiterhin das rege Treiben. Menschen kamen und gingen, Touristen verloren den größten Teil ihres Urlaubsgeldes ... Die Automaten standen nie still und kündigten mit ihren Geräuschen öfter die Niederlage der Spieler an, als dass sie einen Gewinn kundtaten.

Auch die Tische waren gut besucht, obwohl es mitten am Tag war. Die Bar, die im kubanischen Stil errichtet worden war, sah regelmäßig Gäste. Meistens nur für Drinks. Selten wurde etwas aus der Küche geordert, obwohl die um Welten besser war als das, was in den meisten Restaurants dieses Viertels serviert wurde.

Bailey O'Hara war Geschäftsfrau durch und durch. Sie wusste, an welchen Enden man sparte und wann man besser die Augen schloss, um nicht zu sehen, wie viel Geld für bestimmte Serviceleistungen vom Konto abging. Meinen Recherchen nach hatte sie sich nie in irgendwelche illegalen Angelegenheiten verstrickt – sah man mal von den inoffiziellen Turnieren ab, die sie regelmäßig veranstaltete – und seitens der Wölfe war nie eine Gefahr für sie ausgegangen. Andere Unternehmer ihrer Größe hätten sicherlich längst Besuch von einem meiner Männer bekommen, der freundlich zur Kasse gebeten hätte …

Wenn überhaupt war diese Frau eine Bereicherung für unsere Sammlung an Assets, mit ihrem Gespür für Erfolg. Nichtsdestotrotz war da auch die leise Hoffnung, dass mit ihrem Übertritt in unsere Familie die anhaltende Pechsträhne ein Ende fand.

Wie auch immer das letztendlich vonstattenging – friedlich oder mit von Blut rot gefärbten Flüssen –, war mir relativ egal. Hauptsache, die Kubaner verschwanden aus meinem Revier und die Chinesen verwarfen ihre Pläne, einen Fuß in meine Stadt zu setzen.

Meine Aufmerksamkeit verschob sich schlagartig von meinen Gedanken auf die Frau, die aus dem hinteren Teil des Gebäudes kam. Ihre Augen streiften mich nur kurz, doch der flüchtige Moment war genug, um die Hand und einen Finger zu heben. Eine stumme Geste, die sie dazu aufforderte, an meinen Tisch zu kommen. Zum ersten Mal überhaupt, denn in all den Monaten hatten wir nicht ein Wort miteinander gewechselt.

Ihre Augenbrauen wanderten nach oben, als sie innehielt. In der nächsten Sekunde änderte Bailey ihren Kurs und kam näher.

Sie hatte ihre Garderobe dem Viertel und den Temperaturen angepasst – ein kurzes Sommerkleid in einem sündhaften Rot, das perfekt an ihrem Körper haftete und doch fehl am Platz wirkte.

Nackt stand ihr besser. Zumindest, wenn ich nach den Bildern in meinem Kopf und den Skizzen auf meinem Zeichenblock ging.

Bailey sank auf den Stuhl mir gegenüber, einen erwartungsvollen Ausdruck auf dem Gesicht. »Wie kann ich Ihnen behilflich sein, Mr. Wallin?«

Glaubte sie, ich hätte mich endlich dazu entschlossen, sie und ihre Casinos ins Auge zu fassen?

Ich setzte ein freundliches Lächeln auf. »Atlas reicht vollkommen aus.«

Meine Erinnerungen an früher waren verblasst, was sie anging. Es gab vage Fetzen von Spielmittagen zu viert, aber darüber hinaus ließ mein Hirn mich so allumfassend im Stich, dass ich mich manchmal gefragt hatte, ob das alles nicht nur Einbildung gewesen war. Dieses Mädchen, das in die Männerdomäne der Wölfe geboren und wie das wertvollste Gut überhaupt behandelt worden war, bis ihr Vater uns alle verraten und uns zum Teufel geschickt hatte.

»Schön, Atlas. Ich wette, du kennst jedes Detail über mich und meinen Laden. Bist du hier, um mich wegen Schutzgeld zu erpressen? Falls dem so ist, muss ich dich enttäuschen. Wird nicht passieren. Ein Blick zu meinen Sicherheitsleuten und sie eskortieren dich nach draußen. Ein Handzeichen zu meinem Hund und er demonstriert die tadellose Ausbildung, die er genossen hat. Mag sein, dass die Wölfe die halbe Stadt unter Kontrolle haben ... Ich werde keine Marionette.«

Überrascht sah ich Bailey an. Ich hatte ihre Energie vollkommen falsch eingeschätzt. Die Note, die sich gerade in mein Bild von ihr eingefügt hatte, gefiel mir.

Beschwichtigend hob ich die Hände. »Kein Grund für unterschwellige Drohungen. Eigentlich würde ich nur gern ein privates Gespräch führen.« Ich nickte in Richtung des Ausgangs.

Doch Baileys amüsiertes Lachen verriet mir ihre Antwort bereits. »Ich bin nicht so dumm, mich mit einem Wolf in ein Auto ohne Zeugen zu setzen. Nein. Wir reden hier oder nirgends.«

Ein Seufzen bahnte sich seinen Weg nach draußen. Eigentlich hätte es so einfach sein können, hätte sie sich nur ein wenig kooperativ gezeigt. Mit einer fließenden Handbewegung befreite ich die Pistole aus dem gut verborgenen Holster und ließ sie auf den Tisch gleiten.

»Ich glaube, du hast mich nicht richtig verstanden. Das war keine Frage. Muss ich mich wiederholen, wird das nicht mehr so freundlich klingen. Entweder du folgst mir und unterhältst dich mit mir oder ich sorge dafür, dass das hier zu einem Ort wird, an dem uns niemand mehr belauschen kann. All die Toten gehen dann allerdings auf dein Konto.« Sie musste ja nicht wissen, dass es eine leere Drohung war. Da ihr einer der mächtigsten Männer des Bundesstaats gegenübersaß, tat Bailey gut daran, meinen Worten bedingungslos Glauben zu schenken.

Sie biss die Zähne zusammen, musterte mich mit zu Schlitzen verengten Augen. Ich kannte diesen Blick – erkannte den Wolf, der in ihr herumschlich und sie zu dem machte, was sie war.

»Ich bin allein hier«, sagte ich. »Nur du und ich. Es gibt kein Auto in dieser Stadt, das sicherer für dich wäre.«

»Oder gefährlicher«, murmelte sie.

Wer gewann? Die Vernunft oder ihr Sturkopf?

Sie erhob sich, beugte sich über den Tisch bis knapp vor mein Gesicht. Ein Hauch ihres natürlichen Duftes erwischte mich. Ließ mich für einen kurzen Moment vergessen, weswegen ich hier war.

»Wenn ich in drei Stunden nicht wieder hier stehe, wirst du dir noch wünschen, nicht nach einem privaten Gespräch gefragt zu haben. Das ist ein Versprechen.« Ihre Hand glitt über meine, die noch immer um die Pistole geschlossen war. »Und ich erkenne eine geladene Waffe, wenn ich eine sehe. Die hier hat vermutlich nicht mal Kugeln im Magazin.«

Der Ausdruck in ihren Augen verriet ganz deutlich, dass sie nicht wusste, was sie davon halten sollte. Ebenso wenig wusste ich allerdings, wie ich es finden sollte, dass sie das erkannt und trotzdem beschlossen hatte, meiner *Bitte* zu folgen.

Ich entzog ihr Waffe und Hand, erhob mich und wies den Weg. »Nach dir, Bailey.«

BAILEY

What the fuck is going on?

Irgendeine leise Stimme in meinem Hinterkopf flüsterte mir zu, wie schlecht meine erste Reaktion damals gewesen war, als Atlas Wallin mein Casino zum ersten Mal betreten hatte.

Er war eine Erscheinung für sich – damals schon. Die tätowierten Finger und Hände und wie die schwarze Tinte auf seiner Haut unter den Ärmeln seines Jacketts oder seines Hemdes verschwand. Ich hatte ihn nie in anderer Kleidung gesehen, dafür allerdings eine gewisse Zeitspanne damit verbracht, ihn aus den Augenwinkeln heraus zu beobachten.

Selbst wenn er konzentriert auf irgendwelche Unterlagen starrte, strahlte er eine gewisse Art von Gefahr aus. In seinem Blick lag allerdings auch etwas, das sich leichtfertig als Anziehungskraft beschreiben ließ.

Wie oft sah er Frauen so an, streckte die Hand aus und befahl ihnen, zu ihm zu kommen? Ich erinnerte mich gut an diese Gedanken – und daran, dass ich sie mir verboten hatte, weil es absolut unprofessionell war, sich über einen Gast solche Fragen zu stellen.

Es war in Ordnung, ihn ab und an zu mustern, nur um sichergehen zu können, dass er immer noch unverschämt gut aussah ... aber alles darüber hinaus ließ ich nicht zu.

Auch nicht, wenn ich mich von seinem knapp zwei Meter großen, athletischen Körper angezogen fühlte.

Ich ermahnte mich, zu meinem eigentlichen Gedankengang zurückzukehren. Ich war nie mit den Wölfen aneinandergeraten, hatte vor ihm nie einen auf meinem Grund und Boden gesehen, auch wenn mir die Geschichten über Schutzgeld, Drohungen und Bestrafungen durchaus geläufig waren.

Ich hatte damals beschlossen, freundlich zu sein. Seine Präsenz zu dulden, wenn er sich benahm. Das hatte er bis heute immer getan. Tatsächlich war er nicht einmal aufgefallen, sondern immer in einer neutralen Position verblieben. Dabei schrie alles an ihm nach Aufmerksamkeit. Der helle Teint, der für Miami absolut untypisch war. Die Kälte, die seinen Augen innewohnte. Die Tattoos, die an seinen Fingerspitzen begannen und in seinen Hemdsärmeln verschwanden ... und mich schon wieder beschäftigten. *Verdammt.*

Wölfe waren majestätische Tiere und das Auge verlangte automatisch danach, sie näher zu betrachten.

Kaum, dass ich den ersten Schritt nach draußen gemacht hatte, spürte ich Atlas' Hand in meinem unteren Rücken. Irritiert zog ich eine Grimasse, ließ mich von ihm aber in eine bestimmte Richtung lotsen. Vorbei an bunten Läden, Palmen und Menschenmengen unterschiedlicher Herkunft.

Little Havana war ein schöner Ort, doch sobald man sich außerhalb der Sicherheit der eigenen vier Wände befand, fühlte es sich immer so an, als würde man aus den Schatten heraus beobachtet werden.

Mit Atlas an meiner Seite wurde es nicht besser, im Gegenteil. Mich überkam das Gefühl, als würden die Blicke nicht nur auf uns ruhen, sondern uns auch bei jedem Schritt folgen.

Er führte mich stillschweigend in einen verlassenen Hinterhof, bei dem normalerweise meine Alarmglocken laut geschrillt hätten. Allerdings wusste ich von der nicht geladenen Waffe und das einzige Auto, das hier parkte, war ein *Aston Martin DB 11*. Wenn sich nicht gerade jemand in dem kleinen Kofferraum versteckte, war es sehr unwahrscheinlich, hier in größerer Gefahr zu schweben als draußen auf dem Gehsteig.

Atlas entriegelte den Wagen, ging ohne Umschweife zur Beifahrerseite und öffnete sie mir mit einer Geste, die mir sagte, ich solle einfach einsteigen, ohne weiter zu protestieren.

Ich glitt auf den Sitz, den Blick auf den Mann hinter der Tür gerichtet, der mit seiner kühlen, fast emotionslosen Fassade und dem Anzug nicht ganz in das Bild von Little Havana passte.

Zwischendurch hatte ich mir die Frage gestellt, was er überhaupt in meinem Casino verloren hatte, wenn er nicht da war, um mir das Leben zur Hölle zu machen. Er wirkte nicht wie jemand, der das Leben und all seine sonnigen Seiten in vollen Zügen genoss. Eher im Gegenteil.

Atlas schloss die Tür, umrundete den Wagen und ließ sich auf dem Fahrersitz nieder. Sekunden später erwachte der Motor zum Leben.

Ich wartete noch, bis er sich in den Straßenverkehr eingefädelt hatte, bevor ich den Mund öffnete. »Ich schätze, ich habe meinen Standpunkt klargemacht, oder nicht?«

Falls er glaubte, in einer intimeren Atmosphäre mehr

Erfolg mit einer Drohung zu haben, würde er bald lernen, dass ich weder vor kleinen Gangsterbossen kuschte noch vor einem ausgewachsenen Wolf mit scharfen Reißzähnen.

Mein Erfolg hatte mich Einiges gekostet. Mein ganzes Leben war mehr oder weniger ein Desaster gewesen, bis ich Morgan kennengelernt und der Army beigetreten war. Nun würde ich sicher nicht erlauben, dass jemand das zerstörte, was ich mit Blut, Schweiß und Tränen aufgebaut hatte.

Diese Casinos waren mein Leben. Sie hielten meinen Verstand klar und bewahrten mich davor, in alte Verhaltensmuster zurückzufallen. Mit jedem Tag, den ich in den heiligen Spielhallen verbrachte, vergaß ich einen weiteren Teil der Jahre vor dem Wendepunkt in meinem Leben.

Die Wölfe mochten ein Imperium ihr Eigen nennen und meinetwegen auch Miami, aber meine Erfolge würden sie nicht für sich beanspruchen.

»Es liegt nicht in meinem Interesse, von dir zu profitieren. Ich glaube, wir haben genug Assets in unserem Portfolio, um auf ein paar Casinos verzichten zu können«, erwiderte er ruhig, ohne den Blick von der Straße zu nehmen.

Wir näherten uns der Küste und langsam fragte ich mich, was unser Ziel war.

»Es gibt Gerede. Schwindender Einfluss. Fehlende Macht. Die Gerüchteküche brodelt.« Mochte sein, dass ich mich mit dieser Aussage weit aus dem Fenster lehnte, aber ich saß schon in einem Auto mit Atlas Wallin – schlimmer würde es mit Sicherheit nicht mehr werden.

»Einiges davon entspricht sicher der Wahrheit. Ein paar vorwitzige Idioten glauben, unsere Zeit wäre abgelaufen.«

Verwundert sah ich zu ihm. Hatte er gerade zugegeben, dass es den Kubanern gelungen war, die Machtstellung der Wölfe zu untergraben? Zumindest teilweise?

»Wenn man den anderen kursierenden Geschichten glauben darf, enden sie doch ohnehin tot vor irgendeiner Bar. Bevorzugt natürlich nur Einzelteile, nicht wahr?«

Ein Schmunzeln zupfte an Atlas' Mundwinkeln. »Diese alte Hexe hatte es nicht anders verdient. Unsere normale Vorgehensweise ist das allerdings auch nicht.«

Wieso sprach er derart offen mit mir? Wusste er, dass ich später nicht mehr in der Lage sein würde, über das zu berichten, was ich gehört hatte? Oder war er den offensichtlichen Gefahren gegenüber so blind, dass er glaubte, vor ihnen gefeit zu sein, einfach nur weil er einer der Wölfe war?

»Das geht mich nichts an. Und ehrlich gesagt möchte ich davon auch nichts wissen.« Irgendwie musste ich ihn davon abhalten, mir all diese Informationen freizügig zu erzählen. Als würden wir über mein Frühstück reden, nicht darüber, dass seine Familie auch mordete, um ihren Standpunkt klarzumachen.

»Wie blauäugig. Miami war schon immer ein gefährlicher Ort und ich bin mir sicher, dass das auch nicht spurlos an der Frau vorbeigeht, die so viele Casinos, Restaurants und Hotels besitzt. In ganz Florida, wohlgemerkt.« Nun, zumindest hatte er eine ordentliche Recherche betrieben.

Ganz unrecht hatte er auch nicht. Nur weil mich die Wölfe bisher in Ruhe gelassen hatten, hieß das nicht, alle anderen Probleme wären nonexistent. Die Kubaner ließen mich wegen einer alten Verbindung in Ruhe. Kleinere Banden und Möchtegern-Gangster hatten keine Chance. Am Ende einer Shotgun oder eines Baseballschlägers machten sie sich letztendlich alle in die Hose.

»Ich habe einfach Glück«, murmelte ich, auch wenn ich sehr wohl wusste, wie groß diese Lüge war.

»Natürlich«, erwiderte er mit einem Lachen. »Glück hat

noch niemanden wirklich erfolgreich gemacht. Oder vor Neidern geschützt.«

»Ich will wissen, warum ich hier bin. Nicht darüber philosophieren, warum ich heute da stehe, wo ich nun einmal stehe.« Meine Worte verließen meinen Mund bissiger als ursprünglich beabsichtigt.

Doch entweder er bemerkte es nicht oder er war schlichtweg gut darin, solche emotionalen Reaktionen zu ignorieren.

Besaß er sie überhaupt, diese sogenannten Gefühle? Allein von seinem Auftreten hätte ich die Frage mit *Nein* beantwortet. Atlas wirkte wie ein gut programmierter Roboter. Nicht wie jemand, der sich auch mal Vergnügen erlaubte.

»In fünfzehn Minuten sind wir da. Dann können wir offen reden.« Damit hüllte er sich in Schweigen und steuerte den Wagen in Richtung der ersten Brücke, die nach Virginia Key führte. Was wollte er dort draußen?

Erst der verlassene Parkplatz, jetzt die Inseln. Was plante er? Und wieso machte er so ein verdammtes Geheimnis aus dem Thema des Gesprächs, das er unbedingt mit mir führen wollte?

Ich zog mein Smartphone aus der Tasche, die sich seitlich an meinem Kleid befand, versteckt zwischen all den Falten, die der untere Teil warf, und rief den Chat mit Morgan auf.

Er hatte mir bereits geschrieben und wollte wissen, was Sache war. Leider war ich in dieser Hinsicht genauso unwissend wie Morgan. Also schrieb ich ihm, dass ich nicht wisse, wie ich die ganze Begegnung insgesamt bewerten solle. Ob Gefahr für mich bestehe.

Wir ließen Virginia Key hinter uns, was nur heißen konnte, dass sich unser Ziel irgendwo auf Key Biscayne befand. Von der Insel kam man nur wieder herunter, wenn man den Weg zurückfuhr, den wir gekommen waren, und ich glaubte kaum, dass Atlas im Kreis fuhr, um Zeit zu schinden.

Ich richtete den Blick nach draußen und scannte die Umgebung. Von den besser besuchten Straßen kamen wir schnell ab und bogen stattdessen in den Harbor Drive ein, der unübersehbar als Privatstraße gekennzeichnet war.

An meinem Fenster zogen Häuser und Villen vorbei, die einzeln vermutlich drei, wenn nicht sogar vier Mal so viel kosteten wie meine Casinos. Selbst wenn ich keine geeigneten Gebäude fand und alles von Grund auf finanzieren musste ... ich wettete, diese Häuser kosteten trotzdem noch mehr.

Wir bogen in eine Auffahrt ein, die rechts und links von Bambus und Palmen gesäumt war und in unmittelbarer Nähe zur Haustür endete. Ein bisschen hatte es den Anschein von einem Hotel. Die Auffahrt, das lang gezogene Vordach aus dunklem Holz und Stein, die große Doppeltür und der Kerl im Anzug, der davor postiert war.

Ich konnte nicht behaupten, dass mein Kontostand zu wünschen übrig ließ, das hier jedoch war ein ganz anderes Level an Zurschaustellung des eigenen Luxus. Und ich hatte bisher nur den kleinsten Teil des Hauses gesehen.

Bevor Atlas wieder auf Gentleman machte, stieg ich hastig aus. Die schwülheiße Luft Miamis schlug mir prompt entgegen. Ich hatte angenommen, die üppige Begrünung würde einen Teil der Hitze schlucken.

»Willkommen zurück, Sir. Wenn Sie mir die Schlüssel –«

Ich hörte, wie etwas durch die Luft flog, und im nächsten Augenblick glitt der Sicherheitsmann bereits hinter das Steuer des *Aston Martins*.

»Danke, Alvaro.« Unbeirrt setzte Atlas seinen Weg fort,

schritt auf die Haustür zu und öffnete sie mithilfe eines Fingerabdruck-Scanners.

Er erwartete offenbar, ich würde ihm einfach folgen. Mein Blick allerdings hing noch immer an dem *Aston Martin*, den Alvaro in rund fünfzig Metern Entfernung auf einem Parkplatz abstellte. Direkt neben einer ganzen Reihe anderer Fahrzeuge, neben denen mein *Infiniti* eher wie ein klappriger *Toyota Prius* gewirkt hätte.

Kopfschüttelnd drehte ich mich um, sprintete die Treppenstufen hinauf und schlüpfte durch die Haustür, bevor sie sich automatisch hinter mir schloss.

Ich fühlte mich erschlagen von all den Eindrücken, die umgehend auf mich einstürmten.

Atlas war weiter durch den offenen Wohnraum gelaufen und stand bereits in der Küche, die nahtlos in das Wohnzimmer überging, welches wiederum ohne sichtbare Begrenzungen zur Außenterrasse wurde. Direkt dahinter erspähte ich einen lang gezogenen, von Palmen gesäumten Pool und noch einige Meter dahinter ... das Meer.

In eben diesem Moment registrierte ich auch, dass das Rauschen, das ich hörte, nicht irgendeine Klimaanlage war, sondern es waren die Wellen, die sanft gegen das Ufer brandeten.

Es gefiel mir nicht, dass man mir mein Staunen – und die Bewunderung – anmerken konnte. Doch beides war vollkommen gerechtfertigt.

Das Interieur schrie *Geld*, egal wohin man blickte. Dunkles Holz, glatte Oberflächen aus teuren Materialien. Schwarz, dunkelgrau. Akzente in Weiß. Zwischendurch ein wohlplatzierter Farbklecks.

Mit einem Mal realisierte ich, wo ich mich befand. Nicht in irgendeinem Haus, das man eben ausgewählt hatte, um mit mir über was auch immer zu reden. Nein. Das hier war ein Zuhause. Das Zuhause der Wölfe.

Und damit eines der größten Geheimnisse, die diese Stadt zu bieten hatte. Niemand wusste, wo sie lebten. Bisher war es keinem gelungen, ihr Hauptquartier ausfindig zu machen. Es gab Vermutungen, Gerüchte, aber keine bestätigten Informationen.

Ich schluckte so hart, für einen Moment schmerzte mein Hals.

»Ihr setzt jahrelang alles daran, nicht gefunden zu werden und Privatsphäre zu wahren, und dann …«

»Bringe ich dich ohne Umschweife in mein Heim? Ja«, rief er aus der Küche, also löste ich mich aus meiner Schockstarre und durchquerte den Wohnbereich, um ihm zu folgen.

Die ersten paar Meter der Terrasse waren überdacht und es wunderte mich nicht, dort einen lang gezogenen Tisch zu entdecken, der offenbar nicht nur zum Essen genutzt wurde. Irgendwer entfremdete ihn auch als Büro, und wenn ich wetten müsste, würde ich wohl Atlas bezichtigen.

»Ich verstehe immer noch nicht, was das alles soll. Das ist zu viel Aufwand, um mich um die Ecke zu bringen. Und genauso ist es zu viel Aufwand, um ein Geschäftsgespräch mit mir zu führen«, sagte ich, den Blick auf Atlas gerichtet, der inzwischen ein Glas mit schimmernd brauner Flüssigkeit in der Hand hielt.

»Sie glaubt, wir wollen sie umbringen?«

Atlas hob den Blick. Ich fuhr herum, um auszumachen, woher die zweite männliche Stimme gekommen war. Auf der riesigen Couchlandschaft entdeckte ich einen muskulösen, tätowierten Kerl, der den Arm über dem Gesicht liegen hatte.

War er gerade eben schon da gewesen? Und warum zum Henker trug er nicht mehr als kurze graue Sweatpants, die viel zu eng saßen?

Ich wollte gerade zu einer bissigen Antwort ansetzen,

als mir etwas einfiel. »Moment mal«, stieß ich zwischen zusammengebissenen Zähnen hervor, trat näher an die Couch heran.

Im gleichen Moment setzte er sich schlagartig auf. Präsentierte sein Gesicht – und bestätigte damit meine Vorahnung.

»Du!«, knurrte ich in seine Richtung stürzend. »Du Arschloch hast mich gefesselt in meinem Büro stehen lassen!«

Bishop kam nicht dazu, die Hände beschwichtigend anzuheben. Ich war schneller. Und donnerte ihm so fest eine ins Gesicht, dass ich spürte, wie seine Zähne aufeinanderschlugen.

Hinter mir hörte ich Atlas leise lachen, doch ich war noch nicht fertig mit dem Mann vor mir. Ich beugte mich so dicht an sein Gesicht, dass sich unsere Nasen fast berührten.

»Ich hoffe, mindestens ein Knochen in deiner Visage ist gebrochen. Meine Casinos? Tabuzone für dich. Und solltest du auch nur noch einmal mit dem Gedanken spielen, wie die göttliche Verführung selbst vor mir rumzulaufen, garantiere ich für nichts. Ganz besonders nicht für dein Wohlergehen.« Wo sich am Anfang noch Wut in meiner Stimme fand, war sie am Ende todernst. Ebenso wie der Ausdruck auf meinem Gesicht.

Die Zeit, in der ich mich von Männern hatte herumschubsen lassen, mitgemacht hatte, was auch immer sie getan hatten – die lag lange zurück. Wenn man es genau nahm, ebenso lange wie mein Suchtproblem. Mit dem ersten Tag beim Militär war alles anders geworden und ich erlaubte niemandem, mich wieder auf einen Weg zu bringen, der nur nach unten führen konnte.

»Du weißt nicht mal, mit wem du gerade redest«, zischte er mir entgegen.

Ein warnendes »Bishop« drang an mein Ohr, doch wir beide ignorierten es.

»Du hast gerade einen Wolf bedroht.« Seine Stimme war dunkel. Eine Warnung für sich.

Ich lachte herzhaft auf, ihm direkt ins Gesicht. »Oh nein. Ist das der Moment, in dem sich alle anderen ins Höschen machen? Tut mir leid, damit kann ich leider nicht dienen.«

Als ich mich aufrichtete, lachte ich noch immer. Mochte sein, dass halb Miami sich in seine Häuser flüchtete, sobald der große böse Wolf auftauchte, aber diese Art von Unterwürfigkeit stand mir nicht. Wenn Atlas erwartet hatte, dass ich zu Kreuze kroch, weil er mich in das Revier der Wölfe brachte, war seine Kalkulation wohl grundlegend falsch gewesen.

»Sie ist gut«, mischte sich eine dritte Stimme ein. »Ihre Eier sind zumindest größer als die des Kerls, um den ich mich vorhin gekümmert habe. Der hat angefangen zu quieken wie ein Schweinchen, als ich ihm einen Schritt zu nahe kam.«

Um diesen Tonfall zu erkennen, musste ich mich nicht umdrehen. Ich wusste instinktiv, dass der Verrückte vom Schießstand in Tampa keine drei Meter hinter mir stand.

Wunderbar. Also hatte ich in den letzten Tagen nicht Kontakt zu einem Wolf gehabt – sondern zu dreien. Zufälle sahen anders aus. Ganz zu schweigen davon, dass ich mich mit zweien von ihnen in prekäre Situationen gebracht und mein Körper ihrer Anwesenheit hinterhergetrauert hatte, als gäbe es Verlangen und Lust plötzlich nur noch in ihrer Gegenwart.

Fuck.

»Nein. Nein, nein, nein«, wiederholte ich mehrfach und warf die Hände in die Luft. »Ich weiß nicht, was ihr von mir wollt, aber ... ich bin raus.«

Mit einem Schritt rückwärts versuchte ich, aus der unmittelbaren Reichweite der beiden Männer zu kommen, stieß mit dem Rücken aber nur gegen Kades Brustkorb. Wunderbar.

Sein warmer Atem traf auf meine nackte Schulter, das tiefe Grollen aus seiner Kehle vibrierte für einen kurzen Moment in meinen Knochen wider. »Wir haben noch nicht mal mit dem Grund für deinen Besuch hier angefangen. Also ... setz dich.«

Kade verpasste mir einen Stoß in Richtung des Tisches draußen auf der Terrasse. Atlas sah mich erwartungsvoll an. Was Bishop trieb, war mir egal. Bevor ich ihn wieder eines Blickes würdigen würde, wüchse vor meiner Nase eher der Mount Everest aus dem Boden.

Mit zusammengebissenen Zähnen legte ich die kurze Strecke zum Tisch zurück, ließ mich auf den Stuhl am Kopfende fallen und verschränkte die Arme.

Das hier gefiel mir nicht. Ganz und gar nicht.

Mit den drei Männern am Tisch erschien auch eine Pistole auf eben jenem. Dieses Mal war ich mir sicher, dass sie geladen und entsichert war.

Einige Sekunden lang hielt ich den Blick auf die Knarre gerichtet, dann sah ich zu Atlas. Nach allem, was ich wusste, war er hier der Boss. Außerdem erschien er mir der Vernünftigste zu sein, zumindest was ein ruhiges Gespräch anging.

Bishop war immer noch damit beschäftigt, sein Gesicht abzutasten und ab und an ein schmerzerfülltes Zischen von sich zu geben. Kade schien gedanklich abwesend zu sein.

»Was weißt du über deinen Vater, Bailey?«, fragte Atlas. Beinahe klang es beiläufig.

Mit seinen Worten saß ich plötzlich aufrecht auf meinem Stuhl. Ich schüttelte den Kopf. »Hat er Schulden bei euch? Ich bin nicht für ihn verantwortlich. Sucht ihn und klärt das persönlich.«

Ich musste ihnen ja nicht auf die Nase binden, dass sie mit diesem Unterfangen erfolglos sein würden. Ramon O'Hara verrottete in einem namenlosen Grab in Nevadas Wüste. Seit Jahren.

»Wir sind nicht …«, begann Atlas, ließ die Finger knacken und atmete angestrengt aus.

»Ich werde nicht für seine Schulden einstehen oder Wiedergutmachung für irgendetwas leisten, was er getan hat«, hielt ich dagegen.

Wenn überhaupt schuldete mein sogenannter Vater mir Wiedergutmachung für all das, was er mir im Laufe der Jahre angetan hatte. Was ich wegen ihm durchlebt hatte. Aber er war tot – und das war in mancher Hinsicht Vergeltung genug. Allein das Wissen, dass er nie wieder mitten in der Nacht in meinem Zimmer stehen würde, um mich entweder zu einem illegalen Turnier zu zerren oder mich seinen ekelhaften Freunden vorzustellen, ließ mich nachts sehr viel ruhiger schlafen.

»Biologisch mag ich zwar seine Tochter sein, aber darauf beläuft es sich dann auch. Entschuldigt mich, Jungs.« Es brauchte nicht mehr als eine schnelle Bewegung und einen Satz nach hinten und ich hatte die Waffe, die sie so großzügig auf dem Tisch in meiner Reichweite platziert hatten, an mich genommen.

Alle drei von ihnen sprangen in der gleichen Sekunde auf, bereit dazu, mit vereinten Kräften auf mich loszugehen.

»Militärerfahrung. Nehmt es mir nicht übel, bitte – aber ich brauche ein Ticket hier raus. Ihr bedroht mich nicht, ich bedrohe euch nicht, wir tun so, als wäre ich nie hier gewesen, und alles andere klärt ihr mit meinem Vater«, sagte ich ruhig und deutete mit dem Lauf auf Kade, der mir am nächsten stand. »Du gehst voraus. Nimm den Schlüssel von deinem Wagen mit. Sobald ich sicher im *Señorita* bin, kannst du umkehren. Und sag Alvaro, dass er besser nichts versuchen soll.«

Kade zuckte mit den Schultern, meinen Anweisungen bereits folgend. Mein Blick huschte noch einmal zu Atlas, der mit verschränkten Armen am Tisch stand. Amüsiert. »Das wäre absolut nicht nötig, Bailey, und wenn du nur eine Minute zuhören würdest …«

»Kein Interesse. Danke. Und jetzt beweg dich, Kade.« Mit vorgehaltener Waffe machten wir uns auf den Weg zur Haustür, meine Aufmerksamkeit galt zu gleichen Teilen Kade und Atlas sowie Bishop, der als einziger so aussah, als wolle er mich von den Füßen reißen und in die nächste Wand donnern.

Realistisch gesehen hatten die drei Männer sogar bessere Chancen und ihr krimineller Hintergrund war mit Sicherheit auch nicht zu leugnen … doch für den Moment fühlte es sich zumindest so an, als läge mein Schicksal komplett in meiner Hand. Ich hatte alles unter Kontrolle.

Kade öffnete die Haustür, grüßte Alvaro ruhig und schickte ihn fort, ehe er sich grinsend zu mir umwandte. »Schon mal in einer *Hellcat* gefahren?«

»Nein, aber ich kann's kaum erwarten«, erwiderte ich sarkastisch und wies mit dem Kopf in Richtung des Parkplatzes. Die anderen beiden Männer hatten sich nicht einen Zentimeter bewegt. Und auch wenn ich ihnen die Handlungsunfähigkeit nicht abkaufte, kam sie mir doch gelegen.

KADE

Hey Kaiulani. You chose the wrong one for this.

Bailey verkörperte die Art von Naturgewalt, die perfekt zu Key Biscayne passte. Zu uns. Und trotzdem schien sie nicht das Bedürfnis zu verspüren, länger als ein paar Minuten in unserer Villa zu verbringen.

Ich fragte mich, wieso Atlas sie überhaupt mitgebracht hatte. Dieser Ort war heilig, die genaue Location nur wenigen ausgewählten Menschen bekannt. Wenn wir verraten würden, wüssten wir es innerhalb von Sekunden – und ebenso, wer dafür verantwortlich war.

Bailey also hierherzuschleppen statt in eines der Appartements in der Stadt, barg ein gewisses Sicherheitsrisiko. Angesichts ihrer Reaktion glaubte ich auch nicht, dass sie sich gegenüber einer eventuellen Drohung unsererseits sonderlich aufgeschlossen zeigen würde.

Es hatte sie überrascht, uns alle in diesem Haus zu sehen, und noch mehr, als sie unsere Verbindung zueinander durchschaut hatte, doch darüber hinaus schien sie nicht besonders beeindruckt.

In mir kochte das Bedürfnis hoch herauszufinden, was sie genug reizte, um sich etwas anmerken zu lassen. Nach außen hin wirkte sie gefasst und gut sortiert, aber es musste Situationen geben, in denen sie …

»Wie lange kann ein Mensch eigentlich brauchen, um einen Wagen zu entriegeln?«, fauchte sie in meine Richtung und riss mich damit aus meinen Gedanken.

Lässig ließ ich die Hand in die Hosentasche gleiten, nahm den Schlüssel heraus und öffnete das Auto. In der nächsten Sekunde stand sie neben mir, hatte den Schlüssel aus meinen Fingern gewunden und gestikulierte in Richtung der Beifahrertür. »Ich fahre. Also steig ein.«

Mit einem wehmütigen Blick auf den Fahrersitz ging ich um den Wagen herum und tat genau das, was sie gesagt hatte. Normalerweise nahm ich keine Befehle entgegen außer von Atlas. Manchmal von Bishop, wenn ich wusste, es handelte sich um die klügere Entscheidung. Aber von fremden Frauen, die ich bisher nur auf Fotos und einmal in der Realität gesehen hatte?

Du nimmst Befehle von mir entgegen.

Weil du mir keine Wahl lässt. Bitch.

Das war der vollkommen falsche Zeitpunkt dafür, dass Daisy einen großen Auftritt hinlegte. Ich brauchte meine Gehirnzellen. Alle davon. Um Bailey dazu zu bewegen, Atlas zuzuhören, anstatt etwas äußerst Dummes zu tun.

Ich übersprang den Schritt mit dem Anschnallen, beobachtete stattdessen Bailey dabei, wie sie auf den Ledersitz glitt und den Wagen startete. Der laufende Motor ließ die *Hellcat* schnurren. An jedem anderen Tag hätte es mir Spaß gemacht, die Frau neben mir beim Fahren zu beobachten und herauszufinden, wie sie sich im Straßenverkehr verhielt. Heute bereitete es mir Unbehagen, vor allem, weil sie die Waffe so platziert hatte, dass ich nicht herankam – sie aber sehr wohl bei mir hätte Schaden anrichten können, wenn sie es darauf anlegte.

Bailey musste sich anhören, was Atlas zu sagen hatte. Daran führte kein Weg vorbei, wenn ich wollte, dass er endlich wieder zur Vernunft fand und nicht weiter in seinem Aberglauben badete wie in einer üppig mit Schaumzusätzen gefüllten Wanne.

»Hast du dich nicht gefragt, warum du uns allen einzeln begegnet bist?«, begann ich, in der Hoffnung, sie in ein Gespräch verwickeln zu können, noch bevor wir vom Parkplatz bogen.

Sie gab ein belustigtes Geräusch von sich. »Nein. Gut, bei euch beiden wusste ich nicht, dass ihr zu den Wölfen gehört. Aber Atlas? Sein Gesicht ist überall in den Medien. Ist schwer, jemanden wie ihn zu übersehen. Ich wusste, wer er ist, da hatte er noch nicht mal den zweiten Fuß in meinem Casino. Und das ist Monate her. Allerdings hat er sich nie auffällig verhalten, also habe ich ihn ebenfalls in Ruhe gelassen.«

Ich hob eine Augenbraue. Seit Monaten? Atlas hatte nicht erwähnt, schon eine halbe Ewigkeit so nahe an Bailey dran zu sein. Was hatte er getrieben? Gehofft, ihre Anwesenheit würde seinen imaginären Fluch in Luft auflösen?

»Das beantwortet meine Frage nicht.«

»Ihr wollt an meinen Vater ran, das hab ich schon kapiert, keine Sorge. Aber wie gesagt – ich bin dafür die falsche Anlaufstelle.« Bailey legte den Rückwärtsgang ein, den Blick stur nach draußen gerichtet. Sie würdigte mich nicht mal eines flüchtigen Seitenblickes.

Du musst dir was einfallen lassen.
Sonst seid ihr im Nu in Miami und sie verschwindet.

Ach wirklich? Danke, Daisy.
Das hätte ich jetzt nicht gedacht.

Im gleichen Moment, da ich Daisys Stimme hörte, spürte ich auch die Pillendose in meiner Hosentasche. Neben *meinen* Drogen fanden sich darin auch ein paar experimentelle Substanzen, die Nikolaj mir als kleines Präsent hatte zukommen lassen. Sie alle sahen aus wie tic tacs, ließen sich einzig durch die Farbe unterscheiden. Wenn mich nicht alles täuschte, waren die gelben jene gewesen, die für einen besseren Schlaf sorgen sollten. Zumindest waren das Nikolajs Worte gewesen – so, wie ich ihn kannte, hieß das eher so viel wie: *Die würden auch einen Elefanten ins k. o. schicken.*

Ich schüttete die bunten Pillen auf meine Handfläche, sorgfältig darauf achtend, nichts anderes dazwischen zu haben, und hob sie Bailey unter die Nase. »Willst du auch welche?«

Tatsächlich erwartete ich alles. Alles, außer dass sie danach griff und sich zwei auf die Zunge warf, ohne den Blick von der Ausfahrt von unserem Grundstück abzuwenden.

Wow. Unerwartet. Und gleich zwei auf einmal. Wie die Wirkung in dem Fall wohl ausfallen würde? Ich würde es sicher in Kürze herausfinden.

Ich tat so, als würde ich ebenfalls welche nehmen, und packte den Rest zurück in meine Dose. »Eigentlich geht es nur zum Teil um deinen Vater«, sagte ich schließlich.

Das bescherte mir zumindest einen Seitenblick mit gehobener Augenbraue.

»Na ja. Wenn du dich ein bisschen mit der Historie der Wölfe beschäftigt hast, weißt du sicher auch, dass es ursprünglich vier Gründungsmitglieder gab.«

»Historie der Wölfe? Als würde man in der Schule etwas über euch lernen! Ich hab keinen blassen Schimmer, wovon du redest.« Sie schüttelte den Kopf.

Natürlich nicht. Atlas erkannte sie an seinem Aussehen, aber alles darüber hinaus juckte sie nicht. Damit machte sie es sich einfach – immerhin hatte sie die ganzen Jahre als Casinobetreiberin nur ihre Ruhe vor uns gehabt, weil wir mehr oder weniger sicher gewesen waren, dass es sich bei ihr um Ramons Tochter handelte.

Ich presste die Lippen kurz fest aufeinander, bevor ich sprach. »Die Wölfe bestanden ursprünglich aus vier Männern. Graysen Harris war der Anführer. Atlas' Vater. Außerdem gab es noch Declan Walsh und Nikolao Kalakova, mein Vater. Und dann ... dann gab es noch Ramon O'Hara. Da klingelt's bei dir vielleicht, hm?«

Ich hielt die Augen stur auf ihr Gesicht gerichtet, versuchte, dort irgendwelche Regungen zu erkennen. Stattdessen bemerkte ich nur, wie fahrig ihre Bewegungen wurden, mit denen sie den Wagen lenkte, und wie es ihr immer schwerer fiel, die Augenlider oben zu halten. Sie blinzelte mehrfach.

»Mein Vater ... Wolf?« Sie klang, als wäre sie betrunken. An der Grenze zum Blackout.

»Richtig, *Mele*. Er hat unsere Väter verraten und dich aus unserer Mitte entführt.« *Rebellische Frau*. Wieso fiel es ihr so schwer, erst zuzuhören und dann zu handeln?

Eine Antwort darauf erhielt ich nicht mehr. Im nächsten Moment sackten ihre Schultern nach unten, ihr Kopf sauste Richtung Lenkrad. Der Wagen machte einen heftigen Schlenker. Katapultierte uns beinahe auf die andere Straßenseite und in die in der Privatstraße geparkten Autos.

Ich fluchte, die verschiedenen äußeren Reize fuhren Achterbahn mit mir und Daisy grölte in meinem Hinterkopf vor Spaß. Fünf Sekunden später hatte ich die *Hellcat* unter Kontrolle und zum Stehen gebracht. Adrenalin donnerte durch meine Adern. Ein Griff ins Lenkrad, ein bisschen Geschick mit der Handbremse ... vielleicht hätte ich Stuntman werden sollen.

Netter Ausflug.
Dabei hast du es gar nicht weit geschafft.

Und das hier ist nicht das Ende.

Vielleicht solltest du noch
ein wenig mit ihr herumfahren.

Sie ist bewusstlos.

Na und? Es geht ja um dein Vergnügen,
nicht um ihres.

Atlas braucht sie.

Ich schüttelte den Kopf, um die Stimme loszuwerden, zumindest temporär. Erst dann stieg ich aus der *Hellcat*, ging außen herum und öffnete die Fahrertür, um die bewusstlose Bailey herauszunehmen und auf die Rückbank zu legen.

Bevor ich selbst hinters Steuer stieg, machte ich mir nicht die Mühe, zu kontrollieren, ob uns möglicherweise jemand gesehen hatte. Selbst wenn dem so war, würde derjenige eher den Mund halten, als sich mit uns anzulegen. Mit mir im Besonderen. Bishop war zwar derjenige, der Jahre hinter Gittern verbracht hatte, aber die Tat, für die er die Strafe verbüßt hatte, war nicht von ihm begangen worden.

»Tja, Bailey. Wärst du mal geblieben und hättest dir angehört, was Atlas zu sagen hatte. Jetzt kann ich dir leider gar keine Wahl mehr lassen.« Während ich sprach, legte ich den Rückwärtsgang ein, wendete mitten auf der Straße und raste die wenigen hundert Meter zurück zum Anwesen.

Ich hielt vor der Haustür, nickte Alvaro zu, der wieder an seinem Posten stand, und warf ihm noch im Umrunden des Autos den Schlüssel zu. Nachdem ich die Tür zur Beifahrerseite wieder geöffnet hatte, zog ich Bailey heraus und warf sie mir über die Schulter, den Arm um ihre Schenkel geschlungen, damit ich ihren schlaffen Körper nicht aus Versehen fallen ließ.

Sie war schwerer, als sie aussah. Kein Wunder bei den Muskeln, die ich unter ihrer Haut spürte.

Ich stieß die Tür auf, marschierte hinein. Schon nach wenigen Schritten hörte ich die Stimmen meiner Brüder und konnte mir das fette Grinsen nicht verkneifen, als ich in den Wohnbereich trat, Bailey noch immer über der Schulter.

»Bin zurück und hab ein Geschenk dabei«, verkündete ich, um ihre Aufmerksamkeit zu erlangen.

Atlas fuhr herum, die Situation innerhalb einer Sekunde analysierend. Sein Gesichtsausdruck verriet mir bereits, wie begeistert er von meiner spontanen Aktion war.

»Was hast du mit ihr angestellt, Kade?«, verlangte er zu wissen, den Finger drohend erhoben.

Ich rollte mit den Augen. »Tu nicht so, als wäre ich eine

unberechenbare Gefahr. Ich hab ihr ein paar Drogen untergejubelt, damit sie einpennt und ich sie zurückbringen kann.«

»Dafür wird sie dir den Arsch aufreißen«, murmelte Bishop kaum hörbar.

Ich registrierte es am Rande, meine volle Konzentration lag jedoch auf Atlas, der mich wütend ansah. »War das wieder eine von Daisys glorreichen Ideen?«

Mir entfuhr ein Schnauben. Daisy. Wieso glaubte er, dass jede meiner Handlungen von ihr bestimmt wurde? Ich hörte ihre Stimme. Sie übernahm nicht einfach die Kontrolle über das, was ich tat. Fällte keine Entscheidungen für mich. Wenn überhaupt, beeinflusste sie diese Dinge – mehr allerdings auch nicht. Solange ich aufpasste, nicht zu viel von dem Zeug zu schlucken.

»Bevor sie weg war, hab ich ihr übrigens gesagt, dass ihr Scheißvater uns verraten hat. Also: Viel Spaß, wenn sie wieder zu sich kommt. Vielleicht schaffst du es ja dann, ihr das zu sagen, was uns seit Monaten belastet. Arschloch.« Bevor Atlas etwas erwidern konnte, setzte ich mich bereits wieder in Bewegung.

Hier unten konnte ich Bailey nicht lassen, egal ob sie bewusstlos war oder nicht, also ging ich nach oben. Die Gefahr war zu groß, dass sie einfach aufsprang und floh. Ein zweites Mal würde ich sie für Atlas sicher nicht einfangen. Ganz zu schweigen davon, dass sie ohne mich noch immer glauben würden, wir hätten Jahre auf die falsche Frau verschwendet.

Ich rümpfte die Nase. Atlas war ein guter Anführer, solange er sich nicht von seinen kruden Gedankengängen blenden ließ.

Bailey war hier. Hatte keine andere Wahl, als mit ihm zu reden. Was wollte er mehr?

Mit einem weiteren Schnauben stieß ich die Tür zu

einem der Gästezimmer auf, bettete die weiterhin bewusstlose Bailey auf die Matratze des Doppelbetts und ging dann rückwärts hinaus. Die Tür zog ich hinter mir zu, wohlwissend, dass die Fenster keine Möglichkeit zur Flucht boten und es auch keinen Ausweg aus dem Bad gab.

Anstatt mich nach unten zu begeben und die Sache mit Atlas auszudiskutieren – was auch immer sein Scheißproblem war –, verzog ich mich ans andere Ende des Flurs in mein eigenes Reich.

Die Tür war kaum hinter mir zugefallen, als ich die Pillendose bereits in der Hand hatte. Sekunden später lag mein persönliches Lieblings-tic tac auf meiner Zunge und entfaltete seinen altbekannten Geschmack.

Nikolaj lieferte mir die Droge seit Jahren, die Zusammensetzung ein striktes Geheimnis. In ihrer Grundform ließ sie sich mit THC vergleichen, war aber viel feiner in ihrer Wirkung, kaum auf regulären Drogenscreens nachweisbar und darüber hinaus so gut auf meine persönlichen Präferenzen abgestimmt, dass ich ihm jeden Preis zahlte, den er verlangte. Er wusste, was er tat.

Schon nach wenigen Minuten setzte die Wirkung ein und brachte mich zurück auf das vorherige Level von Gelassenheit. Zumindest teilweise, denn den Ärger über Atlas' Reaktion fühlte ich noch immer. Stärker sogar. Er war schlichtweg ein Idiot, wenn er glaubte, ihr auf andere Weise die Wahrheit näherbringen zu können.

Als ob sie sich freiwillig noch einmal mit ihm getroffen und ihm zugehört hätte. Bailey war stur, so viel ließ sich nach der kurzen Zeit auf jeden Fall sagen.

Ich hab dir doch gesagt, du sollst dir die Zeit nehmen, noch ein bisschen allein mit ihr zu sein.

Und ich hab dir gesagt, dass du verdammt noch mal deine Klappe halten sollst.

Du willst sie.

Und du hasst es normalerweise, wenn ich einer anderen Frau auch nur in die Augen sehe.

Aber ich liebe es, wie du leidest. Dich quälst. So wie letztes Mal, als du gern unter die Dusche zu ihr gegangen wärst, aber noch lieber ein Gentleman bleiben wolltest. Ist das nicht eigentlich Atlas' Aufgabe? Oder hast du Angst, sie hält dich für einen degenerativen Neandertaler, der sich nur mit den Fäusten wirklich artikulieren kann?

Ich kniff die Augen zusammen. Das war er, der Nachteil an dieser gottverdammten Droge. Daisy. Und ihre Art, sich auf toxische Weise in meine Gedanken zu fressen und wie ein Schatten an mir zu kleben, einen Kommentar zu allem auf der Zunge.

Verdammt noch mal. Mit einem Fluchen donnerte ich die Faust gegen die Wand neben mir. Die bereits vorhandene Delle vertiefte sich ein kleines Stück.

Atlas ist nicht der Ritter in strahlender Rüstung. Nicht in dieser Geschichte. Wenn überhaupt, ist er der Schlimmste von uns. Wir alle sind Monster –
er ist allerdings Ungeheuer genug, um alle anderen ebenfalls im Zaum zu halten. Du glaubst immer,
ich wäre der Einzige mit Dämonen, Daisy.
Aber das ist ein Trugschluss. Nur weil du meine beim Spielen beobachten kannst, heißt das nicht, dass die anderen frei von ihnen sind.

Mein süßer, süßer Kade.
Du hast immer noch nicht begriffen, dass es mir nicht um die anderen geht, oder? Ich bin einzig und allein an deinem Niedergang interessiert.

»Natürlich. Und ich kann den Tag kaum erwarten, da ich deine Stimme das letzte Mal vernommen habe, du dämliche Fotze«, stieß ich zwischen zusammengebissenen Zähnen aus, verärgerter als zuvor.

BISHOP

You think you have big balls? Wrong. Think again.

»Sie wird ihm die Eier dafür abreißen«, wiederholte ich zum zweiten Mal, da Atlas sich weiterhin weigerte, mir seine Aufmerksamkeit zu schenken.

Kades Aktion war nötig gewesen, um das zu bekommen, was wir wollten. Nichtsdestotrotz würde es nicht für Baileys Kooperation mit uns sorgen. Nicht nach dem, was sie über ihre Sucht angedeutet hatte.

Mit verschränkten Armen musterte ich Atlas, der scheinbar weiterhin in seiner Gedankenwelt gefangen war. Ich fragte mich, was in seinem Kopf vorging. Hatte es damit zu tun, was Kade getan hatte? Oder überlegte er zum millionsten Mal, wie er ihr am geschicktesten beibrachte, dass sie nicht irgendwer war – sondern die Wölfin. Das fehlende Teil in unserem Puzzle? Der fehlende Teil, der unsere Macht wiederherstellen und uns zurück an die Spitze der Nahrungskette katapultieren würde?

»Sie wird uns *allen* die Eier abreißen, wenn sie die Gelegenheit dazu bekommt«, murmelte Atlas, das erste Anzeichen dafür, mir überhaupt zugehört zu haben.

Ich hob die Augenbrauen. Irgendwie klang das gar nicht so schlecht, denn im Umkehrschluss bedeutete es auch, ich würde ihr wieder näherkommen. Vielleicht sah sie mich dabei genauso hasserfüllt an wie vorhin, aber damit konnte ich leben, wenn sie ihre grazilen Finger dabei um meine Eier schloss ... und bevorzugt auch um den anderen Teil, der sich ihr nur zu gern hingegeben hätte, nach dem schwachen Moment in ihrem Büro.

Im Nachhinein ärgerte es mich, nicht geblieben zu sein. Wie auch immer mir das Narbengeflecht auf ihrer Schulter entgangen war, zumindest den Spaß hätte ich mitnehmen können. Immerhin hatte Bailey das in jenem Moment genauso sehr gewollt wie ich.

»Das meine ich gar nicht«, erwiderte ich, lehnte mich gegen die Kücheninsel und verschränkte die Arme. »Sie hatte da wohl mal so ein kleines Suchtproblem. Zumindest hat sie was in die Richtung angedeutet. Sie war schon wütend, als ich versucht habe, ihre Grenzen diesbezüglich auszureizen. Aber Kade ...«

»... hat den Vogel abgeschossen. Schon klar.« Atlas schüttelte den Kopf. »Er hätte die Füße stillhalten und sie machen lassen sollen. Wie wir.«

Damit hatte er zumindest nicht unrecht. Allerdings konnte Atlas kaum bestreiten, nicht ebenso gehandelt zu haben, hätte er die Gelegenheit dazu bekommen.

»Und was sieht dein Plan jetzt vor?« Es sollte keine provokante Frage sein, dennoch klang es so. Die letzten Wochen waren hart gewesen, für jeden von uns.

Kade, der mehr und mehr Leute mit dem richtigen Maß an Gewalt auf der Spur halten musste. Atlas, der an allen Ecken und Enden Brände zu löschen hatte, die sich zumeist mit irgendwelchen Geschäftspartnern befassten, die sich Sorgen machten, weil die Konkurrenz so hartnäckig auftrat. Ich ... weil ich zwischen beiden Welten gefangen war und mich in keiner davon wohlfühlte. Sie waren meine Familie, keine Frage. Aber es hatte Zeiten gegeben, in denen ich mich wohler gefühlt hatte. Sehr viel wohler.

»Wir warten, bis sie aufwacht. Je nachdem, wie sie das Ganze aufnimmt, machen wir weiter.«

Ich zuckte mit den Schultern. »Na ja. Die wichtigste Info hat sie bereits. Jetzt kann es nur noch einfacher werden.«

Vermutlich hatte Atlas ihr die Sache mit ihrer Herkunft schonend beibringen wollen und nicht mit dem Kopf voraus durch die Wand, wie Kade es letztlich getan hatte. Da es nun aber zu spät dafür war, ließ sich nur noch Schadensbegrenzung betreiben.

»Ich fürchte, wir haben demnächst ganz andere Probleme. Sie hat Vorsichtsmaßnahmen getroffen, falls sie bis zu einer gewissen Uhrzeit nicht zurückkehrt.« Mit einem amüsierten Geräusch wandte Atlas sich das erste Mal während des Gesprächs in meine Richtung. »Wer war ihre rechte Hand noch mal?«

»Morgan Vargas. Soll ich ihm einen Besuch abstatten?«

»Nicht nötig. Ich werde ihn anrufen und ihm erklären, dass Bailey erst einmal bei uns bleibt. Solange tut er, was wir ihm sagen.«

Ich verzog zustimmend den Mund. »Klingt nach einem Plan.«

Die allerwenigsten Menschen weigerten sich, wenn ein Wolf eine Anweisung gab. Gut, in letzter Zeit war die Reihe an Verweigerern gewachsen, doch angesichts der Tatsache, dass wir ein verdammt gutes Druckmittel besaßen, sollte es in diesem Fall keine größeren Komplikationen geben. Und falls doch, konnte ich immer noch meine Lieblingswaffe und Kade einpacken, damit wir dem Idioten die Nachricht persönlich überbringen konnten.

»Sorg du währenddessen dafür, dass keiner irgendwas Dummes tut. Und aktivier das Sicherheitsprotokoll. Vor allem für die Waffenkammer«, wies Atlas an, sein Smartphone bereits in der Hand.

Ah ja, die Waffenkammer. Ich wettete, dass sie gefundenes Fressen für Bailey wäre, so schnell wie sie die Situation vorhin an sich gerissen hatte.

Atlas war blauäugig genug gewesen, um zu glauben, dass sie die Waffe einschüchtern würde. Stattdessen hatte er ihr den Schlüssel, der sie aus der Situation befreite, quasi in die Hand gedrückt.

Geistig machte ich mir eine Notiz. *Keine Waffen in Baileys Gegenwart.* Andernfalls riss sie mir die Eier vielleicht nicht ab, sondern verpasste ihnen ein Piercingloch der Größe neun Millimeter. Eine Körpermodifikation, auf die ich definitiv keine Lust verspürte.

BAILEY

My heart is beating so fast, maybe I'll die from overstimulation.

Ich erwachte in einem Raum, der aussah wie aus einem dieser teuren Nobelhotels, die sich überall in Miami befanden. Nur, dass es kein Hotel war und ganz sicher nicht eines der Zimmer aus einem meiner Hotels. Nein, der Blick aus dem bodentiefen Fenster verriet meinen Aufenthaltsort sofort.

Ich hatte schon einmal den ewig langen Pool gesehen, die Palmen und das Meer dahinter, das sanft ans Ufer brandete. Also befand ich mich noch immer in der Villa der Wölfe, obwohl das Letzte, woran ich mich erinnerte, eindeutig der Moment war, in dem ich in die *Hellcat* gestiegen war, um hier wegzukommen.

In meinem Magen regte sich etwas. Ein ungutes Gefühl schoss meine Speiseröhre nach oben ... und in der nächsten Sekunde lag ich auf dem Bauch, hing mit dem Kopf über dem Boden statt auf der Matratze und kotzte mir die Seele aus dem Leib.

Ein Kribbeln schoss durch meine Adern, dicht gefolgt

von einem unbestimmten Gefühl, das mir jedoch genau verriet, was ich brauchte, um meinen Körper aus dem elenden Zustand zu katapultieren, in dem er sich gerade befand.

Ich versuchte, irgendwie meine flatternden Nerven unter Kontrolle zu bringen. Tiefes Einatmen half nicht gerade dabei und noch weniger, mir einzureden, dass ich mit meiner Vermutung unrecht hatte. Damit beleidigte ich nur meinen Verstand. Und all die Jahre, die ich dagegen gekämpft hatte, um nicht mehr so aufzuwachen.

Kalter Schweiß brach auf meinem Rücken aus, dicht gefolgt von einem Feuer in meinen Eingeweiden. *Ich brauchte ...*

Es kostete mich einiges an Willenskraft, mich vollends vom Bett und auf die Beine zu kämpfen. Mein Stand fühlte sich wackelig und unsicher an, doch es reichte aus, um mich zu bewegen.

War das draußen vor dem Fenster der Sonnenuntergang? Oder der Sonnenaufgang? Mir ging es so bescheiden, ich konnte es nicht einmal sagen, obwohl ich es irgendwann einmal gelernt hatte. *Fuck.* Wie lange war ich weggetreten gewesen? Und was war überhaupt passiert, dass ich mich am Rande eines Rückfalls im Anwesen der Wölfe wiederfand?

Glücklicherweise entdeckte ich das Badezimmer in dem Moment, in dem mich der nächste Würgereiz überwältigte. Ich schaffte es rechtzeitig bis zur Dusche, ehe ich den Rest meines dürftigen Mageninhalts loswurde und die Symptomatik von eben abermals durchlebte. Diesmal hartnäckiger.

Innerlich verfluchte ich sie alle. Jeden einzelnen dieser Männer, die ungebeten in mein Leben getreten waren und mit ihrer bloßen Anwesenheit Jahre meiner hartnäckigen Willenskraft zerstört hatten.

Als ich mich wieder aufrichten konnte, nahm ich einen Schluck Wasser aus dem Hahn des Waschbeckens, dann taumelte ich geradewegs zur Tür, in der Erwartung, sie verschlossen vorzufinden. Sie ließ sich öffnen.

Mit zusammengekniffenen Augen wankte ich in den Flur und überlegte, meiner Wut einfach freien Lauf zu lassen. Allerdings brauchte ich die Kräfte, die ich darauf hätte verschwenden müssen, später vielleicht noch. Ich gab mich also damit zufrieden, den Gang entlangzuschleichen, auf der Suche nach einem Ausweg oder zumindest Treppen, die nach unten führten.

Als ich sie fand, brach ich mir beinahe ein paar Knochen. Meine Koordination war scheiße. Vergleichbar scheiße mit der von jemandem, der zu viel Alkohol konsumiert hatte. Nur, dass ich nicht trank.

Irgendwie schaffte ich es in den Wohnbereich und von dort aus durch die offenen Türen auf die Terrasse. Den Tisch, an dem ich kürzlich noch mit den drei Männern gesessen hatte, würdigte ich keines Blickes. Stattdessen kämpfte ich mich weiter bis zum Pool. Schwimmen? Keine gute Idee. Es würde mir wohl kaum gelingen, mich über Wasser zu halten, bei meinen aktuellen Koordinationsproblemen würde ich eher ertrinken.

Ich schaffte es bis zu dem kleinen Gebäude am einen Ende des Swimmingpools, bevor mich ein Räuspern innehalten ließ. Zorn ließ mich meine Hände zu Fäusten ballen, als ich herumfuhr. Ich blitzte Atlas an, der keine zwei Meter entfernt stand, immer noch – oder wieder? – in eine Anzughose gekleidet, die Ärmel seines Hemdes über die Unterarme nach oben gekrempelt, sodass die dunklen Tattoos perfekt sichtbar waren.

»Was für Arschlöcher setzen einen unter Drogen und entführen einen, wenn sie nur *reden* wollen?« Beim Wort reden malte ich mit den Fingern Anführungszeichen in die

Luft zwischen uns. Ich wünschte, meine Stimme wäre ruhig und gelassen.

Angesichts der Tatsache, dass man mir etwas untergejubelt hatte, was mich Jahre meiner Abstinenz und Willenskraft kostete, klang ich allerdings eher aufbrausend. Um es nett zu formulieren. Gerade war ich auch noch nicht bereit zuzugeben, dass ich freiwillig danach gegriffen hatte. Im guten Glauben, er bot mir wirklich nur tic tacs an.

»Das war Kades Entscheidung.«

Ich lachte. »Vollkommen egal. *Ihr* seid die Wölfe. Also war es eine verdammte Gruppenentscheidung. Aber vermutlich ist es euch genauso egal, was das für mich bedeutet, wie es euch egal ist, was ich eigentlich wollte. Nämlich in Frieden zurück zu meinem Casino fahren.«

»Und ich wollte mich mit dir unterhalten. Allerdings hast du uns dann mit einer Waffe bedroht, Bailey, und –«

Ich unterbrach Atlas, bevor er noch mehr sagen konnte, was das Blut in meinen Adern zum Kochen brachte. »Weil ihr mir keine andere Wahl gelassen habt. Es interessiert euch nämlich nicht, was jemand außer euch will. Ich will weder hier sein, noch mit euch reden. Ganz zu schweigen davon, dass ich überhaupt gar nichts mit euch zu tun haben will. Mit keinem von euch. Kein seltsames Erscheinen mehr irgendwo, wo ich gerade bin, verstanden?«

Mit jedem Satz, den ich hervorbrachte, fiel es mir schwerer, überhaupt einen klaren Gedanken zu fassen. Mein Herz raste. Meine Hände waren nass. Meine Eingeweide standen in Flammen, obwohl sich auf meinem Rücken wieder der kalte Schweiß bildete und die Klamotten an meinem Körper festklebten. Irgendwer hatte das Kleid gegen ein Top und Shorts ausgetauscht. Ich wollte gar nicht wissen, wer von ihnen mich halb nackt gesehen hatte.

Ich suchte Halt an der Wand des Poolhauses, schneller atmend, als es gut für meinen Kreislauf war. »Was habt ihr mir gegeben, hm?«, verlangte ich zu wissen, mit einem Mal nicht mehr fähig, den Blick auf Atlas zu fokussieren, um meinen Worten Nachdruck zu verleihen.

Mit der anderen Hand rieb ich über meinen Brustkorb, fühlte das unregelmäßige Klopfen meines Herzens, nach wie vor viel zu schnell. In meinen Ohren klingelte es.

»Das sind nur Nebenwirkungen. Die vergehen.«

Arschloch. »Ich war mal Junkie, *hijo de puta*, und jetzt sag mir, was verdammt noch mal ihr mir gegeben habt, bevor ich …« Ich schluckte. Keine Zeit für Drohungen. »Ich brauche Morgan. *Bitte*.«

Ihm war es schon einmal gelungen, den Sumpf, den die Drogen in mir entstehen ließen, zu durchbrechen – und damals war ich schon so tief darin versunken gewesen, dass es vermutlich nicht mal mehr drei Monate gedauert hätte, bis man mich mit dem berühmt-berüchtigten goldenen Schuss tot in irgendeiner dunklen Seitengasse gefunden hätte. Jetzt war es noch nicht einmal annähernd so spät – außer, sie legten es darauf an. Außer, sie pumpten mich immer weiter mit dem Zeug voll. Ließen mich irgendwann unbeaufsichtigt gehen … Und keinen interessierte es, ob mein erster Zwischenstopp auf dem Weg nach Hause beim hiesigen Dealer war.

»Bitte«, wiederholte ich mit zittriger Stimme. Meine Knie gaben nach. Ich schmeckte Galle. Und kotzte Atlas Wallin, dem Kopf der Wölfe, direkt auf die arschteuren Businessschuhe.

Als ich wieder erwachte, fühlte ich mich wie in einem Remake von *Täglich grüßt das Murmeltier*. Mit dem feinen Unterschied, dass es diesmal ein Sonnenstrahl war, der mich weckte. Er schien direkt in mein Gesicht, kitzelte meine Nase und ließ mich auf subtile Art wissen, es war an der Zeit, aufzustehen.

Von der Übelkeit, die mich das letzte Mal geweckt hatte, fehlte jede Spur. Dafür entdeckte ich eine Kanüle in meinem Arm und die Überreste einer Infusion neben dem Bett. Ich kniff die Augen zusammen, kratzte meine Erinnerung an die letzten Stunden zusammen.

Ich war aufgewacht, hatte mich elend gefühlt. Mir war klar gewesen, dass Drogen durch meine Adern flossen, und als ich Atlas darum angefleht hatte, Morgan anzurufen, hatte er nicht darauf reagiert. Ich hatte ihm auf die Schuhe gekotzt ...

Ein bisschen machte mich die Erinnerung stolz, auch wenn sie zeitgleich die Fragen hervorrief, was zum Teufel sie mir nun verabreicht hatten und warum ich mich wie ein neugeborener Mensch fühlte. Es war eine Farce, so viel war mir klar. Irgendein Medikament, das das Suchtgefühl maskierte, vermutlich auch Flüssigkeit, weil ich mir die Seele aus dem Leib gekotzt hatte und man fürchtete, ich könnte dehydrieren.

Die Wut von gestern schwelte noch immer in meinen Eingeweiden, also schwang ich die Füße aus dem Bett und riss die Kanüle aus meinem Arm, damit sie mir nicht noch einmal einfach so irgendwelche Flüssigkeiten verabreichen konnten. Abermals fand ich die Tür unverschlossen vor, sodass ich ungehindert nach unten stürmen konnte.

Der Duft von Frühstück wehte mir entgegen, besänftigte einen Teil meines Ärgers und rief stattdessen Hunger hervor, den ich bis eben gerade nicht verspürt hatte. Im Wohnbereich angekommen, stellte ich fest, dass man draußen ein üppiges Festmahl aufgetischt hatte. Beinahe wie in einem Ferienresort irgendwo in der Karibik.

Natürlich saßen die drei Wölfe schon versammelt am Tisch, vertieft in ihre jeweils eigenen Angelegenheiten.

Kade hatte es offensichtlich nicht einmal geschafft, sich mehr als eine lockere Shorts anzuziehen, bevor er sich mit seinem Laptop an den Tisch gesetzt hatte. Atlas steckte wie immer in einer Anzughose und einem Hemd mit hochgekrempelten Ärmeln und Bishop … nun ja. Der setzte dem Anblick die Krone auf, denn die *Calvin Klein*-Boxer verbargen nichts von dem, was er zu bieten hatte.

Wunderbar. Und bei dieser Aussicht sollte ich nun ernst und wütend bleiben, anstatt mir vorzustellen, wie …

»Ah, Bailey. Guten Morgen. Ich hoffe, es geht dir besser?« Atlas' Stimme durchbrach meinen Gedankengang und feuerte gleichzeitig meine Wut wieder an.

»Keine Ahnung. Das entscheide ich, wenn ich weiß, was ihr mir die ganze Zeit ohne mein Einverständnis gebt.« Mit verschränkten Armen trat ich auf die Veranda. Mein Blick wanderte zum Poolhaus, doch von meinem Zusammenbruch gestern – es war doch gestern gewesen? – war nichts mehr zu sehen.

Er hob nicht einmal den Blick, als er antwortete. »Setz dich doch und iss etwas.«

Kaum hörbar äffte ich seine Aussage nach, was ein belustigtes Grunzen von Kade zur Folge hatte. Widerwillig zog ich mir einen Stuhl unter dem Tisch hervor und nahm Platz, mit genügend Abstand zu den drei Männern.

»Es tut mir wirklich leid, dass Kade dich unwissenderweise unter Drogen gesetzt hat«, sagte Bishop und drehte sich in meine Richtung, den Blick von der Zeitung hebend.

Ich verzog das Gesicht. »Na, wie schön, dass du dich für das Verhalten anderer entschuldigen kannst, aber nicht für dein eigenes. Immerhin warst du der Erste, der sich über meine Grenzen hinweggesetzt hat.«

»Das tut mir ebenfalls leid.«

»Zu spät. Und alles andere als angebracht«, erwiderte ich. »Aber vielleicht ist einer von euch dazu in der Lage, jetzt mitzuschreiben. Keine Spiele, keine Drogen, kein Alkohol. *Been there, done that.* Hab kein Bedürfnis, das zu wiederholen und noch mal Jahre im Militär zu verbringen, um meine Probleme in den Griff zu bekommen.«

Probleme, die sich über Jahre hinweg aufgebaut hatten, ließen sich nicht innerhalb weniger Tage bekämpfen. Vielleicht kam ich dieses Mal mit einem blauen Auge davon, wenn ich all diese bösen Wörter – Glücksspiel, Alkohol, Drogen – komplett aus meinem Wortschatz strich und standhaft blieb, mich ablenkte und daran festhielt, stärker als meine schlimmsten Dämonen zu sein. Dazu musste ich allerdings hier weg, weit weg von diesen Männern, die keinen Respekt vor anderen besaßen.

»Es war keinem von uns bewusst, dass es so ein ernsthaftes Problem ist«, schaltete sich Atlas ein, der noch immer mit seinem Teller beschäftigt war.

»Ist es aber«, fauchte ich. »Und ihr sorgt besser dafür, dass Morgan herkommt und mich abholt.«

Diesmal schoss Atlas' Blick in meine Richtung, allerdings nur flüchtig. »Ich habe mit Morgan gesprochen und ihn darum gebeten, die Stellung zu halten, während du nicht da bist.«

Ich stieß ein Lachen aus. Das war nicht das, was ich gemeint hatte.

»Er war nicht gerade freundlich.«

Diesmal breitete sich ein Grinsen auf meinen Lippen aus. Bevor ich sprach, begann ich damit, eine Orange zu schälen. »Ich kann mir genau vorstellen, was er dir gesagt hat. Nämlich dass du dich ins Knie ficken sollst und er keine Befehle entgegennimmt. Von niemandem. Außer von mir.«

Morgan hatte genauso wenig Angst vor den Wölfen wie ich. Ein Anruf von Atlas schüchterte ihn nicht ein. Genau genommen gab es nach Afghanistan recht wenig, was ihm überhaupt noch Angst machte.

Ich ließ den Blick über die Runde gleiten, und obwohl die anderen beiden Männer so taten, als wären sie immer noch in ihre eigenen Angelegenheiten vertieft, war ich mir ganz sicher, sie verfolgten jedes Wort des Gesprächs.

»In welcher Beziehung stehst du zu Morgan, Bailey?« Eine dünne Schicht Eis hatte sich über Atlas' für gewöhnlich warm klingende Stimme gelegt.

Ich hob eine Augenbraue. »Was spielt das für eine Rolle? Er tut, was ich sage, und nicht das, was ein dahergelaufener Straßenköter von ihm verlangt. Aber das gefällt dir nicht, oder? Weil du es gewohnt bist, dass jeder nach deiner Pfeife tanzt. Es irritiert dich, wenn Menschen Nein zu dir sagen.«

Provozierend schob ich mir einen kleinen Teil der Orange in den Mund. Ich schmeckte die natürliche Süße kaum, so sehr war ich darauf konzentriert, Atlas mit meinem Blick zu fixieren.

Äußerlich ließ er sich nichts anmerken, doch innerlich musste ihn beschäftigen, was ich gesagt hatte. Ich fragte mich, was passierte, wenn seine sonst so glatte Fassade anfing zu bröckeln. Was verbarg er darunter?

»Vögelst du ihn? Wird er glauben, den Helden spielen zu müssen, wenn du ein paar Tage verschwunden bleibst?«, bohrte Atlas weiter.

Ich schüttelte den Kopf, rollte mit den Augen. »Wenn du es ganz genau wissen willst: Morgan ist der Vater, den ich nie hatte. Er hat mir das Leben gerettet, nachdem ich wegen dem anderen Arschloch beinahe aufgegeben hätte. Er war mein Ausbilder im Militär, wir haben zusammen gedient und jetzt ist er meine rechte Hand. Wenn ihr plant, ihn irgendwie zu verletzen ... entweder er nimmt euch auseinander oder ich tue es.«

Es gab nicht viel, was ich auf diese Art beschützen würde – mit Gewalt und allen Mitteln, die mir zur Verfügung standen –, doch Morgan gehörte definitiv dazu. Ich vertraute ihm mit meinem Leben, dementsprechend sicher musste ich ihn wissen.

»Wie passend, dass du deinen Vater erwähnst«, schloss Atlas nahtlos an meine Aussage an. Entweder interessierte es ihn schlichtweg nicht, wenn ich ihn bedrohte, oder er war klug genug, es sich nicht anmerken zu lassen.

Seufzend ließ ich den Rest der Orange auf meinen Teller fallen. »Das Thema hatten wir doch schon.«

»Kade meinte, ihr hättet während der kurzen Fahrt noch ein kleines Gespräch über deinen Vater geführt.« Erwartungsvoll sah er mich an.

Ich starrte zurück. Zunächst unwissend, worauf er hinauswollte. Doch dann kehrte die Erinnerung mit einem Schlag zurück und ließ mich wieder einmal lachen. Ein wenig hysterisch. »Ich erinnere mich. Er wollte darauf hinaus, mein Vater wäre einer der ursprünglichen Wölfe gewesen. Das ist absolut lächerlich.«

»Und wieso sollte das lächerlich sein?« Bishop sah mich direkt an und kam mit seiner Frage den anderen beiden Männern zuvor, die aussahen, als wären sie von meiner Aussage mindestens ebenso beleidigt.

»Ramon O'Hara war vieles, aber sicher kein Teil des Wolfsrudels.« Ich biss die Zähne aufeinander und versuchte, eine Erklärung zu finden, die das untermauerte. Doch nichts davon wollte ich laut aussprechen, nicht vor diesen drei Männern.

Was machte es auch für einen Unterschied? Als würde es sie überzeugen, wenn ich ihnen davon erzählte, dass er mich ausgenutzt hatte, um illegale Spiele für sich zu entscheiden. Wenn ich fallen ließ, dass es ihm gleichgültig gewesen war, wenn seine ekelhaften Freunde mich mit

Drogen und Sex bekanntmachten, obwohl ich mehr als minderjährig gewesen war.

So viele Gerüchte über die Wölfe auch im Umlauf waren, irgendein Teil von mir war sich sehr, sehr sicher, dass keiner von ihnen das Niveau meines Vaters erreichte. Mit nichts, was sie taten. Mein Hirn grenzte diese mir absolut unbekannten Männer automatisch von alledem ab, was mein Vater getan hatte. Redete mir ein, dass sie mehr Anstand im kleinen Finger besaßen als Ramon O'Hara im ganzen Körper.

»Er gehörte zu uns, bis er uns alle verraten hat«, hielt Atlas dagegen. »Und du als seine Tochter hast einen Anspruch auf den Platz in unserer Familie.«

Ich hob die Hand. »Ich will das alles gar nicht hören. Selbst wenn es wahr sein sollte, selbst wenn er zu euch gehört hat und ich für eine gewisse Zeit ebenfalls ... *Ich will es nicht.* Mag sein, dass er euch verraten hat. Mich hat er durch die Hölle geschickt und zu dem Zeitpunkt hat es keinen interessiert, wer ich bin. Und plötzlich soll es eine Rolle spielen? Ja. Nein. Ohne mich. Mein Leben funktioniert auch ohne das hier ganz gut.«

Hatte es die letzten Jahre über. Würde es in den nächsten Jahren weiterhin, sobald ich vergessen hatte, einige Stunden mit diesen Männern verbracht zu haben. Was sie sagten, war lächerlich. Ein dummes Spiel oder ein Irrtum, irgendwas, aber sicherlich nicht das, was sie behaupteten.

Für einen Moment kehrte Ruhe ein und alles, was diese Stille noch durchbrach, war das Rauschen der morgendlichen Wellen und das Schreien der Möwen über unseren Köpfen.

Schließlich räusperte Bishop sich. »Wenn es nicht wahr ist, wieso kannst du dich dann an mich erinnern?«

Er hob die Hand, im nächsten Moment flog etwas in

meine Richtung. Ich fischte es aus Reflex direkt aus der Luft, bevor es zu Boden fallen konnte. Als ich die Finger öffnete, lag die schwarze Königin eines Schachspiels in meiner Hand. Aus Metall, abgegriffen und trotzdem noch so filigran in ihren Details wie am allerersten Tag nach ihrer Herstellung.

Eine meiner Augenbrauen wanderte nach oben. Die Spielfigur war mir nicht unbekannt, im Gegenteil. Irgendwo, tief in meiner Sockenschublade, lag der dazugehörige weiße Läufer.

Das war Bishops Geschenk an mich gewesen, nachdem ich ihn vor den Fieslingen der Klasse beschützt hatte – eine Geschichte, die ich dem Bishop links von mir erst vor wenigen Tagen erzählt und die er sich interessiert angehört hatte – ohne auch nur einmal durchblicken zu lassen, dass er …

Kade riss mich aus meinen Gedanken. »Ich hab die Narbe auf deiner Schulter gesehen. Das ist die Stelle, an der wir unser Mal tragen.«

Ich hob die Finger an meine Schulter und glitt über die unebene Haut. Die Erinnerung an *diese* Nacht würde ebenfalls für immer in meinem Geist weiterleben, um mich in den dunkelsten Stunden heimzusuchen.

»Und meine Schuld ist es, dass du hier sitzt und wir dir abverlangen, uns zu glauben. Wir haben schon längere Zeit Probleme, unsere Machtposition zu halten, und ich fürchte, es liegt an deiner Abwesenheit. Zu viert war das Rudel immer stark und unbesiegbar, zu dritt bieten wir eine Angriffsfläche, die der Feind nur zu gern ausnutzt.«

Das, was Atlas da sagte, klang nach ausgemachtem Bullshit. »Und dann zwingt ihr mich, hier zu sein, gebt mir Drogen und tut so, als wäre das vollkommen normal. Als würde euch das ans Ziel bringen.«

Bishop hob die Schultern. »Hätten wir vor deiner Wohnung aufkreuzen sollen, in der Hoffnung, du lädst uns zum Tee ein?«

Ich schüttelte den Kopf. In mir herrschte das reinste Chaos und ich war weiterhin nicht bereit, auch nur ein Wort von dem zu glauben, was sie da von sich gaben. »Tut mir leid. Das ist mir zu viel«, stieß ich aus und erhob mich.

Anstatt die Schachfigur auf den Tisch zu donnern und davonzustürmen, drehte ich sie zwischen den Fingern und wandte mich langsam ab, unsicher, wohin ich überhaupt gehen sollte. Das hier war fremdes Terrain und trotzdem hatten die Wölfe zwischen den Zeilen klargemacht, dass ich so bald nicht wieder gehen würde.

Also zog ich mich an den einzigen Ort zurück, den ich bisher gut kannte. Das Gästezimmer.

Als ich das Zimmer betrat, starrte ich auf die Königin in meiner Hand. Bishop war einmal ein verdammt guter Freund gewesen, mein bester, wenn man es so wollte. Seinetwegen hatte ich meine Talente entdeckt, und nachdem mein Vater mich in einer Nacht-und-Nebel-Aktion ins Auto gepackt und fortgebracht hatte, hatte ich ihn tatsächlich vermisst.

Ich zwang mich, in meiner Erinnerung weiterzuwühlen, eine jüngere Version von Atlas und Kade zu finden, doch irgendwie gelang es mir nicht, sie von den vielen anderen Kindern zu unterscheiden, mit denen ich Zeit verbracht hatte.

KADE

If you'd listen to me ...

Mir fehlte die Empathie, um Baileys Wut uns gegenüber zu verstehen. Sie hatte einen Gratistrip bekommen, der angesichts der Zeit, die sie bewusstlos gewesen war, richtig gut gewesen sein musste, und nun versuchte sie, uns deswegen immer wieder die Hölle heißzumachen.

Sucht. Dass ich nicht lachte. Als wüsste sie, wovon sie sprach, wenn sie seit Jahren nichts angerührt hatte. War sie überhaupt richtig tief drinnen gewesen, wenn sie es herausgeschafft und so lange abstinent gewesen war?

Ich weiß, dass diese Gedanken
von dir kommen, Daisy.

Du denkst darüber nach, dich bei ihr zu entschuldigen. Wie so ein reumütiger kleiner Junge, der seine Entscheidung plötzlich bereut.

Ich bereue gar nichts.

Es tat mir nur leid, dass ich sie unwissend in eine Situation gebracht hatte, in der sie eigentlich nicht hätte sein müssen. Zu sehen, wie sie sich übergab, wie ihr Körper auf die Droge reagierte und dass es einen Arzt und mehrere Infusionen gebraucht hatte, um sie in einen halbwegs normalen Zustand und Schlaf zu versetzen ... das hatte mir nicht behagt. Ebenso wenig wie die Aussage, die sie beim Frühstück getroffen hatte.

Normalerweise scherten wir uns nicht um die Konsequenzen unseres Handelns. Wir waren die Wölfe, es gab Leute, die eben jene Konsequenzen ausbadeten. Doch im Falle von Bailey ... Wenn wir wollten, dass sie blieb und den Posten einnahm, den Atlas für sie vorsah, konnten wir uns Ausrutscher wie diesen nicht leisten.

Sie sollte uns nicht hassen, ihre Abneigung nicht so offen zur Schau tragen müssen. Dass sie mit ihren Aussagen recht gehabt und einen wunden Punkt getroffen hatte, musste ihr ja niemand auf die Nase binden.

Mit verschränkten Armen lehnte ich an der Wand gegenüber der Tür des Gästezimmers, in dem sie sich befand. Sie hatte es seit heute Morgen nicht verlassen und weder Atlas noch Bishop machten Anstalten, sich mit ihr zu unterhalten. Als ob sich das Problem von selbst löste, wenn sie es nur lange genug ignorierten.

Nimm noch eine deiner kleinen Pillen und dann geh zurück auf dein Zimmer. Ist nicht deine Aufgabe, dich mit ihr zu unterhalten.

Daisys Stimme glitt durch meinen Geist und für einen Moment glaubte ich tatsächlich, dass es die bessere Idee war. Dann klopfte ich auch schon an die Tür, riss sie in der gleichen Sekunde auf und lehnte mich in den Rahmen, nur um in Baileys schockiertes Gesicht zu sehen, die aus ihrer liegenden Position auf dem Bett hochgefahren war, um zu sehen, wer sie da störte.

Ihre langen Haare waren noch immer durcheinander, hauptsächlich, weil Atlas mir verboten hatte, sie zu kämmen, als Bailey weggetreten gewesen war. Ich fragte mich, wie seidig sie sich zwischen meinen Fingern anfühlen würden.

»Verschwinde«, murmelte Bailey mehr oder weniger deutlich. »Ihr könnt mich nicht auch noch dazu zwingen, eure Gesellschaft auszuhalten, wenn ich schon auf unbestimmte Zeit hierbleiben soll.«

Ich zuckte mit den Schultern. »Die Tür ist nicht verschlossen, du weißt, wo der Ausgang ist. Niemand hält dich fest, oder?«

»Als würde Alvaro nicht draußen darauf warten, sobald er mich auch nur im Augenwinkel sieht, Alarm zu schlagen. Und dann gibt's sicher wieder eine nette Dosis dieser Drogen ... Ich hab nicht mal eine Ahnung davon, was für ein Tag heute ist.«

»Es ist zwei Tage her, seit Atlas dich mitgebracht hat.«

Bailey riss die Augen auf. »Zwei Tage? Und ich war die meiste Zeit weggetreten. *Mierda*.«

»Was hauptsächlich meine Schuld ist und mir leidtut«, erwiderte ich. Normalerweise entschuldigte ich mich nicht, für nichts.

»Lügt mich doch nicht ständig an, Kade.« Für einen Moment klang sie verzweifelt. »Ihr sagt mir all diese Dinge und meint, ich würde sie glauben, einfach nur weil ihr sie sagt. Dabei tut ihr in der nächsten Sekunde immer irgendwas, das mir verrät, ich sollte euch ganz und gar nicht vertrauen. Oder ist es etwa normal, sich anschießen zu lassen, nur weil man näher an eine Person ran will?«

Ich fuhr mir durch die Haare. Für mich war das in der Tat verhältnismäßig normal. Vermutlich aber auch nur, weil es im Vergleich zu all den anderen Sachen, die ich tat, keine Besonderheit war.

Mit einem Mal lag die Pillendose in meiner Hand. Ich schüttelte sie, gut sichtbar für Bailey. »Die nehm ich seit Jahren. Ohne wäre ich längst unter der Erde.«

Sie hob die Augenbrauen, bevor sie sich wieder aufs Bett fallen ließ. Eben jenes Bett, an dem ich heute Nacht noch gesessen hatte, um sicherzustellen, dass sie nicht irgendwelche Nebenwirkungen erlitt, die sie vielleicht das Leben kosteten. »Klingt so, als würdest du den Scheiß freiwillig nehmen.«

Ich gab ein zustimmendes Geräusch von mir. Mehr oder weniger.

»Tja, und das ist der Unterschied. Ich habe damals nicht freiwillig damit angefangen. Das war keine bewusste Entscheidung, die ich für mich getroffen habe. Kein *Cool, Drogen. Will ich testen. Gefällt mir. Nehme ich weiter.* Das Gegenteil war der Fall. *Nimm sie, damit du ruhig bist. Damit du meine Geschäfte nicht störst. Mich nicht störst. Nimm sie, damit du nicht mitbekommst, was alles passiert.* Und danach? Hatte ich auch keine Wahl mehr, weil ich sie plötzlich brauchte, um all diese Dinge wieder zu vergessen, um irgendwas zu fühlen, was nicht absolut grauenvoll war. Es hat ewig gedauert, bis ich die Kontrolle über mein Leben zurückhatte und wieder wusste, dass ich die Einzige bin, die Entscheidungen für mich trifft.« Diese Worte allein waren schon Schläge in meine Magengrube. Doch der Roundhouse-Kick kam erst noch. »Und dann kommst du und entscheidest einfach für mich, dass es besser ist, mich unter Drogen zu setzen, damit Atlas seinen Willen bekommt. Genau wie Bishop, der aufgetaucht ist und mich gefesselt in meinem Büro hat stehen lassen, nachdem er glaubte, ich wäre wohl doch nicht diejenige, die er suchte. Und Atlas selbst ... der seit Monaten in mein Casino kommt, um Beobachtungen anzustellen. Ihr seid egoistisch. Also kannst du dir deine Entschuldigung in den Hintern schieben.«

Ich stieß die Luft aus, die ich unbewusst angehalten hatte, unfähig, irgendetwas dazu zu sagen. Vermutlich machte ich es nur noch schlimmer, also konnte ich es von vorneherein sein lassen. »Trotzdem ist es keine Lüge, was Atlas gesagt hat. Du bist eine Wölfin, ob es dir gefällt oder nicht.«

»Ich erinnere mich an Bishop, aber nicht an dich oder Atlas«, gab sie zurück. Sie klang müde. Als würde sie das Thema auslaugen.

»Tja, ich erinnere mich auch nicht an dich, *Mele*, aber trotzdem war ich mir von Anfang an sicher, dass du es bist. Auch wenn die anderen beiden zwischenzeitlich gezweifelt haben.« An dieser Tatsache würde sich auch nichts ändern, egal, wie vehement sie sie leugnete und abstritt.

»Ich werde nicht mein Leben aufgeben, weil Atlas glaubt, ich sei die Lösung für seine Probleme.« Ihr Schnauben stand eine ganze Weile als einzige Reaktion auf ihre eigene Aussage im Raum.

Und ich verstand sie. Wenn man Atlas und seine Dämonen nicht kannte, hielt man seine Denkweise automatisch für verrückt. Doch im Grunde genommen waren seine Befürchtungen gar nicht so weit hergeholt und seine Lösungen einfach das, was am naheliegendsten für ihn war. Die Prägung durch seine abergläubische Mutter war stark. Vielleicht brauchte es eine bodenständige, realistische Stimme wie die von Bailey, um ihn auf einen anderen Weg zu lenken. Einen, der uns die Kubaner und ihre Konsorten in die Flucht schlagen ließ.

Ich trat in den Raum, schloss die Tür hinter mir und ging geradewegs auf das Bett zu, um es mir am Fußende bequem zu machen. Ich streckte die Beine in ihre Richtung aus, die Arme hinter meinem Kopf verschränkt, während ich mich mit dem Rücken gegen das Holzteil am unteren Ende lehnte.

»Hatte ich nicht gesagt, du sollst verschwinden?«, knurrte Bailey, versuchte aber nicht, mich anderweitig loszuwerden. Außerdem blieb sie liegen – was mich noch mehr darin bestätigte, ihre Reaktion einfach zu ignorieren.

»Du redest mit mir, also bleibe ich.« Ich zuckte mit den Schultern, obwohl es in meiner aktuellen Position alles andere als einfach war. »Atlas' Mutter ist eine kluge, großartige Frau. Allerdings stammt sie ursprünglich aus Schweden und ist in einer sehr religiösen Familie aufgewachsen – unter dem alten Glauben. Atlas hat aber immer nur Teile dieses Glaubens kennengelernt, nie das gesamte Bild gesehen, weil Graysen, sein Vater, ihn ohne Einflüsse erziehen wollte. Ohne allerdings seine Frau in ihrer Freiheit einzuschränken. Sie war gefestigt. Mit beiden Beinen in der Realität. Atlas ist das ... manchmal nicht.«

»Auf mich wirkt er sehr bodenständig«, murmelte Bailey.

»Weil er will, dass alle das glauben.« Ich wusste, was unter der sorgfältig erschaffenen Fassade vor sich ging – und ebenfalls, dass ich nicht sehen wollte, was passierte, wenn sie aufbrach.

»Und er glaubt, ich wäre die Lösung für eure Probleme.« Anhand ihrer Stimme hörte ich, dass sie diese Feststellung zum Schmunzeln brachte.

»Er glaubt es, seit man ihm sagte, dass uns ein Teil unserer Macht fehle. Für ihn war der logische Schluss daraus, dass drei von vier Wölfen nicht genug sind.« Vielleicht steckte ein Funken Wahrheit darin. Denn wenn ich mir Bailey ansah und die Art, wie sie bestimmte Dinge anging ...

»Ich bin keine kriminelle Gangsterbraut.«

Dass sie das Potenzial dafür in sich trug, ließ sich allerdings nicht abstreiten. »Du könntest es werden. Das Militär war auch nur eine Weise, all die angestauten Gefühle und Konflikte zu kanalisieren.«

»Und woher genau willst du das wissen?« Bailey lag noch immer auf dem Rücken, den Blick vermutlich gen Decke gerichtet.

So ungern ich es auch zugab, ich mochte es, mich mit ihr zu unterhalten. Sie nahm kein Blatt vor den Mund, verschleierte ihre ehrliche Meinung nicht. Bailey sagte einfach, was ihr in den Kopf kam, und machte sich, wenn überhaupt, erst im Anschluss Gedanken darüber, was das zu bedeuten hatte.

»Meine Eltern waren beide ebenfalls beim Militär.« *Waren.* Weil meine Mutter sich das Leben genommen hatte, nachdem man ihr eines schönen Sommertages die Nachricht überbracht hatte, dass ihr Mann gefangen genommen und schließlich getötet worden war.

Seitdem pflegte ich ein inniges Verhältnis zu Daisy, weil sie das Einzige war, was mich noch daran erinnerte, am Leben zu sein. Ohne sie fühlte ich ... *nichts.* Nichts mehr, seit ich meine leblose Mutter in unserem kleinen Ferienhaus auf Moloka'i gefunden hatte und nie mehr dorthin zurückgekehrt war.

Bailey gab ein nachdenkliches Geräusch von sich, ehe eine Weile Stille einkehrte. Genug Zeit für mich, um innerlich wieder eines der zwiespältigen Gespräche mit Daisy zu führen.

Nach einer Weile drehte ich den Kopf wieder in ihre Richtung, um ihre Aufmerksamkeit auf mich zu ziehen. »Was hältst du von einem Deal? Du bleibst zwei Wochen, schaust dir unser Leben an und lernst uns kennen ... Und wenn du am Ende immer noch sagst, du passt hier nicht rein, sorge ich dafür, dass dich niemand am Gehen hindert.«

Ich hatte keine Ahnung, ob sie so etwas überhaupt in Betracht zog und wie ich Atlas und Bishop gegenüber erklären sollte, was ich ihr versprochen hatte – und vor allem, dass ich plante, eben jenes Versprechen auch einzuhalten, egal, ob es ihnen nun gefiel oder nicht.

Ihre erste Reaktion war ein missbilligendes Geräusch. »Und was ist so ein Deal mit dir wert, Kade?«

»Ich halte mein Wort immer. Jeder von uns, wenn man es ganz genau nimmt.« Bei Gelegenheit sollte ich ihr vielleicht erzählen, wie ich für Atlas die Drecksarbeit gemacht hatte und Bishop für mich ins Gefängnis gegangen war. Möglicherweise glaubte sie dann, was man ihr sagte.

»Zwei Wochen. Keinen Tag mehr. Und du sorgst auch dafür, dass ich meine Geschäfte von hier aus regeln kann, inklusive eines Telefonats mit Morgan. Oh ... Wenn du Extrapunkte willst, bringst du Alvaro dazu, Liko herzuholen.«

»Ein Mensch?«, fragte ich vorsichtig nach.

Viel mehr wunderte mich jedoch, wie leichtfertig sie den Deal einging. Hatte sie insgeheim womöglich bereits Gefallen am Anwesen des Rudels gefunden?

»Nein. Mein Hund.«

Ich zog eine Augenbraue in die Höhe. »Ich bin mir nicht sicher, ob das Sinner und Saint gefällt.«

»Andere Hunde?«, hakte sie neugierig nach.

»Unsere beiden Schlangen.«

Sie verzog das Gesicht, in einer Mischung aus Ekel und Faszination. »Ihr habt Schlangen?«

»Wenn man's genau nimmt, haben wir auch Alligatoren. Aber die leben in den Everglades und es sind zu viele, um sich alle Namen zu merken.«

»Aha«, sagte sie und lachte, diesmal ehrlich amüsiert.

»Ist eine längere Geschichte. Aber gut, wenn dir der

Hund wichtig ist, schaue ich, was ich tun kann.« Bailey musste ja nicht wissen, dass ich aktuell in der Laune war, ihr jeden Wunsch zu erfüllen, den sie möglicherweise hätte äußern können.

Zum ersten Mal, seit wir das Gespräch begonnen hatten, richtete sie sich auf und sah mich direkt an. »Danke. Und möglicherweise bist du gar nicht so schlimm, wie mein zweiter Eindruck es mir vermitteln wollte.«

»Zweiter Eindruck?«, hakte ich irritiert nach.

»Na ja, der erste Eindruck entstand auf dem Schießplatz.«

Erinnerungen schossen prompt durch meinen Kopf. Bailey, wie sie nackt unter der Dusche stand, sich an der Wand abstützte und währenddessen die andere Hand zwischen ihren Beinen hatte. Ihr sanftes Stöhnen, das von den Wänden widergehallt und bis an meine Ohren getragen worden war. Hitze breitete sich in meiner Lendengegend aus, dicht gefolgt von dem Bedürfnis, zu handeln und aus dem vagen Gefühl eine steinharte Erektion zu machen, die ich anschließend an ihr reiben konnte, bis sie mich darum anflehte, sie endlich zu nehmen.

Sie würde dich nicht mal mit einer Kneifzange anfassen.

Nach Daisys Kommentar verschwand meine Erregung sofort. Ich räusperte mich. »Was war denn dein Eindruck?«

»Ich habe mich gefragt, wie krank man sein muss, um über einen Schießstand zu spazieren, der gerade genutzt wird. Allerdings hast du mich dann auch eiskalt mit deiner Erektion erwischt. Schmerzen scheinen dein Ding zu sein, was?« Sie funkelte mich schelmisch an.

Wohlwissend, dass sie mich nur reizen wollte, um Grenzen auszutesten, hob ich die Hände leicht an. »Wenn du darauf eine Antwort haben willst, musst du schon selbst aktiv werden.«

Bailey zwinkerte mir zu. »Ich verzichte. *Vorerst.* Gegen eine Roomtour hätte ich allerdings nichts einzuwenden.«

Vorerst. Dieses eine Wort brannte sich in meine Gehirnzellen ein wie kein anderes zuvor.

»Ich glaube, dafür ist dann eher Atlas der richtige Ansprechpartner«, meinte ich. Außerdem musste ich die nächsten Stunden damit verbringen, meinen Schwanz unter Kontrolle zu halten.

»Atlas hat einen Stock im Arsch. Und wenn du mir jetzt Bishop vorschlägst ... der hat es sich mit mir schon vor Tagen verscherzt. Außerdem finde ich diese selbstverliebte Art unerträglich.«

Für ihren ersten offiziellen Tag in unserer Mitte war Bailey ganz schön voreilig damit, Einschätzungen über andere abzugeben.

»Als Kinder wart ihr sehr gut befreundet«, erinnerte ich sie.

»Ja«, sagte Bailey mit einem Schnauben. »Das war, bevor er versucht hat, mich zum Glücksspiel zu überreden. Bevor er mich verführen wollte und in letzter Sekunde einen Rückzieher gemacht hat, nur um mich gefesselt in meinem eigenen Büro stehen zu lassen wie eine vollkommene Idiotin.«

Keine Ahnung, was Bishop mit ihr vorgehabt hatte, aber der Informationsfetzen, dass sie sich von ihm hatte fesseln lassen, sprach einen anderen Teil von mir an. Fiel es ihr leicht, beim Sex die Kontrolle abzugeben, wenn sie sie doch in sonst jedem Bereich ihres Lebens so offensichtlich an sich gerissen hatte? Oder war es ein Kampf mit ihrem Bewusstsein, das man erst dazu zwingen musste, sich für eine bestimmte Zeit unterzuordnen?

»Für mich klingt das eher so, als wäre er der Idiot gewesen.« Immerhin war er nahe genug an sie herangekommen, um die Möglichkeit zu haben, mit ihr zu schlafen. Warum er sich doch anders entschieden hatte und sie einfach hatte stehen lassen, war mir ein absolutes Rätsel.

Bailey hob eine Augenbraue.

»Wie auch immer. Bücher beurteilt man nicht nach ihrem Äußeren, also solltest du das bei den Wölfen auch nicht tun«, erklärte ich vage und erhob mich von meinem Platz auf dem Bett. »Ich kümmere mich um deine Bitten. Du kannst dir entweder von Atlas das Haus zeigen lassen oder warten, ob zufällig etwas anderes Spannendes passiert.«

Bevor sie protestieren konnte, war ich aus dem Zimmer verschwunden. Vor der Tür richtete ich erst einmal meinen Schwanz, der bereits ein Eigenleben entwickelt hatte, nachdem sie Bishops verschenkte Chance erwähnt hatte. Das Problem wurde nicht besser, je näher ich meinen eigenen Räumlichkeiten kam. Stattdessen drehte meine Vorstellungskraft immer weiter durch und zeigte mir ganz genau, was ich mit Bailey getan hätte, wäre ich an Bishops Stelle gewesen.

ATLAS

Don't wake up the monster in me – it'll come out to play a dangerous game.

Unglaublich, dass es ausgerechnet Kade zum zweiten Mal gelungen war, Bailey zum Bleiben zu überreden. Zwei Wochen. Strenge Bedingungen, hohe Einsätze. Gefühlt stand alles auf dem Spiel. Es gefiel mir nicht, ihr die Möglichkeit zu lassen, nach den zwei Wochen einfach zu gehen.

Bailey war Teil des Wolfsrudels, ihr Platz war an unserer Seite, und wenn sie glaubte, uns jemals loszuwerden, so täuschte sie sich gewaltig. Ja, ihre Anschuldigungen hatten eine nicht weg zu argumentierende Grundlage gehabt – aber wir alle waren damals nur Kinder gewesen, kaum alt genug für ein richtiges Bewusstsein. Ich bildete mir zwar ein, mich an das Mädchen mit den hellen, mandelförmigen Augen und den langen, dunklen Haaren zu erinnern, doch genauso gut konnte es sich um einen Trick meines Hirns handeln.

Es wäre an unseren Eltern gewesen, sie aus den Klauen

ihres Vaters zu befreien. Der Verrat allerdings hatte zu schwer gewogen und die Nachwehen hatten unsere Familien noch monatelang hart mitgenommen. Außerdem war es unmöglich, Ramon O'Hara zu finden. Selbst jetzt, Jahre später – er war Meister im Verschwinden und Spuren verwischen. Nie waren wir auch nur annähernd nahe genug an ihn herangekommen, um ihn ausfindig zu machen.

Bailey selbst war erst mit ihrer Volljährigkeit und dem Eintritt ins Militär wieder auf der Bildfläche erschienen und während dieser Zeit jahrelang unter unserem Radar unterwegs gewesen. Vor allem, weil mein Vater es für unnötig gehalten hatte, sie näher im Blick zu behalten. Erst, seit er die Führung der Firma und damit die volle Verantwortung auf mich übertragen hatte, war es mir gelungen, einen größeren Fokus auf sie zu legen. Auf ihre Entwicklung, ihren Werdegang. Zu dem Zeitpunkt hatte sie das erste erfolgreiche Casino bereits aus dem Nichts erschaffen.

Als hätte ich sie mit meinen intensiven Überlegungen herbeigerufen, tauchte sie plötzlich mit verschränkten Armen in der Tür zu meinem Büro auf. Ihr Blick glitt durch den Raum, blieb an den dunklen Möbeln hängen, an den deckenhohen Regalen und dem Sammelsurium an Akten, Unterlagen und Errungenschaften der letzten Jahre.

Ich sperrte den Computer mit einer schnellen Tastenkombination, damit ich ihr meine volle Aufmerksamkeit schenken konnte. »Mir ist zu Ohren gekommen, du planst deinen Aufenthalt zu verlängern.«

Sie schob den Kiefer zur Seite und musterte mich eindringlich. »Ich hatte nicht das Gefühl, eine andere Wahl zu haben.«

Nun, damit hatte sie wohl unwissend recht. Sie hatte keine andere Wahl, als den Platz an unserer Seite zu akzeptieren, anzunehmen und auszufüllen. Ich hegte nicht einen

Zweifel daran, dass sie in dieser Rolle aufgehen würde wie in keiner anderen.

»Und jetzt würdest du dich gern in deinem neuen Zuhause umsehen, meinte Kade?«, wechselte ich nonchalant das Thema.

»Zuhause würde ich das nicht gerade nennen«, gab sie zurück. »Allerdings ist es auch kein Gefängnis. Vielleicht eher ein Luxusresort mit fünf Sternen.«

Amüsiert hob ich eine Augenbraue und stand auf, um ihr entgegenzukommen, blieb allerdings nicht vor ihr stehen, sondern positionierte mich hinter ihr, sodass ich ebenfalls in den Raum blicken konnte.

»Mein Büro kennst du ja jetzt«, sagte ich leise. »Die Tür da hinten führt zu meinem Schlafzimmer. Die hier vorne zu unserem Waffenarsenal. Ist über ein komplexes Sicherheitssystem verriegelt ... falls du dich das gefragt hast.«

Ich war ihr so nahe, dass ich ihren natürlichen Duft riechen konnte. Ihren Haaren haftete eine blumige Note an und ich nahm an, dass sie bereits in den Genuss der Dusche in ihrem Bad gekommen war.

Entweder sie war sich meiner Nähe nicht bewusst oder sie ignorierte sie geschickt, denn äußerlich konnte ich keinen Hinweis darauf erkennen, dass sie mich registrierte.

»Eigentlich sind nur eine Handvoll Dinge für mich wichtig. Ein Fitnessraum, funktionierendes Internet, ein bequemes Bett, eine gut ausgestattete Küche und Ruhe. Ich kann die Arbeit nicht zwei Wochen liegen lassen«, erklärte sie beiläufig.

»Ich dachte, Morgan kümmert sich in deiner Abwesenheit darum?«

»Er ist gut darin, den Überblick zu behalten, und noch besser darin, mir den Rücken freizuschaufeln. Irgendwer muss trotzdem delegieren und dafür sorgen, dass die Geschäfte laufen. Und das bin ich. Außerdem stecken wir mitten in der Abschlussphase eines Großprojekts in Orlando.« Irgendwoher kam mir diese Professionalität bekannt vor.

»Warum hast du dich dazu entschieden, die zwei Wochen zu bleiben? Es machte ganz den Anschein, als wärst du versessen darauf, von hier zu verschwinden«, wechselte ich erneut das Thema, bereit, tiefer nachzubohren.

Mit einem Mal drehte sie sich um. Wir fanden uns Nase an Nase wieder und ich mich im Angesicht ihrer Wut, die in ihren Augen aufloderte wie eine Stichflamme.

»Ich habe eine Chance gesehen und sie ergriffen. Würde ich jetzt gehen, würdet ihr mich nicht in Ruhe lassen. Also könnt ihr euch die nächsten zwei Wochen davon überzeugen, wie furchtbar ungeeignet ich für euren lustigen, kleinen Verein bin und lasst mich dann freiwillig und mit Kusshand davonziehen. Ganz einfach.« Ihr Zischen ging mir durch Mark und Bein.

Glaubte sie wirklich, es war so einfach? Selbst wenn sie sich wie die Prinzessin auf der Erbse anstellte, würde ich sie nicht fortschicken. Dazu war sie zu wertvoll. Dazu war sie zu sehr Wolf. Zu wichtig für unsere Familie.

Ich fletschte die Zähne, packte ihre Oberarme und donnerte sie gegen die nächste Wand, drängte meinen Körper umgehend gegen ihren, damit sie nicht die Gelegenheit bekam, die überlegene Position einzunehmen.

Schwer atmend sah Bailey zu mir auf. Pures Feuer schoss aus ihren Augen.

»Hör gut zu, Bailey. Ich kann wirklich sehr lange ein angenehmer Mensch sein, aber irgendwann ist der Punkt erreicht, an dem es mir egal ist, ob jemand meine andere Seite kennenlernt oder nicht. Wer mich herausfordert, muss zwangsläufig damit rechnen, sich irgendwann der Gefahr gegenüberzusehen. Und das endet niemals schön.«

Die Kontrolle, die ich über meine Dämonen besaß, war ein fragiles Konstrukt.

Allein die Tatsache, dass ich bemerkte, wie ihr Puls unter der dünnen Haut an ihrem Hals schlug, kräftig und ein wenig zu schnell, ließ mich an das Verlangen denken, das tief in meinen Knochen hauste und mich stetig daran erinnerte, was meine Hände eigentlich tun wollten. Sie wollten nicht harmlos um ihre Oberarme liegen und Bailey an der Wand fixieren, nein. Sie wollten sich viel lieber um ihren zerbrechlichen Hals legen und so lange Druck darauf ausüben, bis das Leben langsam aus ihren Augen wich. Meine Dämonen wollten herausfinden, wie es sich anfühlte, wenn sie sich gegen meinen Angriff wehrte, und wie das Adrenalin durch meine Adern peitschen würde, sobald der letzte Atemzug ihre Lippen verließ.

Aber ich ließ meine Dämonen nicht von der Leine, niemals. Nicht einmal zum Spielen. Ich lebte mit ihnen. Hielt sie in Schach. Und betete dafür, niemals als Mörder in die Realität zurückzukehren.

Baileys Zeigefinger bohrte sich Aufmerksamkeit suchend in meinen Brustkorb. »Ich erinnere dich nur zu gern daran, dass du mich hier haben willst. Also wirst du dich wohl oder übel mit mir arrangieren müssen.«

Direkt im Anschluss verpasste sie mir einen kräftigen Stoß, befreite sich damit aus meinem Griff und brachte einige Meter Abstand zwischen uns. Bailey schüttelte sich. »Und jetzt gib mir eine Führung durch das verdammte Schloss, das ihr bewohnt, oder lass es bleiben.«

Sie funkelte mich noch immer wütend an, jedoch sehr viel beherrschter. Es fühlte sich nicht mehr an, als würden Feuer und Wind aufeinandertreffen, um sich zu einem verheerenden Tornado zu vereinen.

Ich richtete mein Hemd, obwohl es absolut unnötig war, und ging voraus, nachdem ich einen tiefen Atemzug genommen hatte. Bailey kostete mich jetzt bereits mehr Nerven als ich für möglich gehalten hätte. Mit einigen Schritten Abstand folgte sie mir.

»Den Wohnbereich kennst du, die Küche ebenfalls und mit dem Außenbereich sollte es ebenfalls keine Probleme geben«, begann ich. Tatsächlich fühlte es sich seltsam an, die Details unseres Zuhauses preiszugeben. Kaum einer kannte diesen Ort, und auch wenn er purer Luxus schrie, war es mir ein wenig unangenehm, ihn auch noch zu benennen und zur Schau zu stellen.

Ich war in ähnlichen Verhältnissen aufgewachsen und nichts anderes gewohnt, trotzdem hatte meine Mutter immer besonders viel Wert darauf gelegt, dass dieser Luxus mich nicht zu einem überheblichen Ekel werden ließ, der glaubte, Geld regelte jedes Problem. Wenn überhaupt, war es eine Bequemlichkeit, die das Leben sehr viel einfacher gestaltete, aber ganz sicher kein Allheilmittel.

»Unten im Keller haben wir verschiedene Trainingsmöglichkeiten und einen Sicherheitsraum ... für den Fall, dass doch mal irgendein Idiot herausfindet, wo wir leben, und meint, er müsse uns hier angreifen.« Als hätten sie bei unserem Heimvorteil überhaupt irgendeine Chance.

Bailey hatte inzwischen zu mir aufgeschlossen und starrte die Treppe nach unten, die nun im Dunkeln lag. »Ich brauche den Sport, um in Form zu bleiben.«

»Du leitest ein Casino. Wofür brauchst du überhaupt *irgendeine* Form?« Der sarkastische Kommentar war raus, bevor ich ihn zurückhalten konnte.

Sie schnalzte mit der Zunge. »Damit ich Leuten wie dir in den Hintern treten kann, wenn sie sich aufführen wie Arschlöcher. Bevor ich zum Militär gegangen bin und in Form kam, war ich schwach. Zu dieser Schwäche werde ich nie wieder zurückkehren.«

»Wenn das so ist ... die Räumlichkeiten stehen dir zur

freien Verfügung.« Eine dumme Antwort, doch eine andere fiel mir nicht ein. Es hatte mich unvorbereitet erwischt, wie sie eine weitere Information über ihre Vergangenheit beiläufig eingestreut hatte.

Mir gefiel das Bild nicht, welches sich allmählich vor meinem inneren Auge zusammensetzte.

»Wir haben diverse Gästezimmer. Bishop hat Räumlichkeiten, Kade ebenfalls. Alvaro wohnt auch hier. Er ist der Sicherheitschef. Selbstverständlich gibt es einige Badezimmer, eine Bibliothek ... ein Projekt, das unsere Mütter gemeinsam verfolgt haben, bevor ... egal. Kennst du deine Mutter?« Es gab ohnehin keine sensible Art, diese Frage zu stellen, also machte es keinen Unterschied, sie geradeheraus auszusprechen.

Trotzdem schoss mir Bailey dafür einen missbilligenden Blick zu. »Nein. Aber wenn ich bin, wer ihr behauptet, müsstet ihr sie ja gekannt haben.«

Ich spannte die Muskeln meines Kiefers an. Eigentlich hätte ich mir denken können, dass sie keinen blassen Schimmer hatte. »Das ist ein kompliziertes Thema.«

Sie hob die Schultern. »Mein Vater hat euch verraten, aus was für einem Grund auch immer. Komplizierter kann es wohl kaum sein.«

Wieso war sie so? Konnte sie nicht einfach den Teil ihres messerscharfen Verstandes außen vor lassen, der mich immer wieder in Erklärungsnot brachte?

»Niemand kannte sie. Aber als sie Ramon erzählt hat, dass sie schwanger ist, ist er wohl ziemlich übel ausgerastet. Er war der Meinung, dass ein Kind nicht bei ihr aufwachsen könnte, und hat ihr eine verboten hohe Summe gezahlt, damit sie ihre mütterlichen Ansprüche vergisst und dich in seine Obhut übergibt.« Mir fiel es nicht schwer, diese Geschichte zu erzählen. Immerhin war es die Wahrheit, egal, wie bescheiden sie auch klang.

Bailey reagierte anders als erwartet mit einem gleichgültigen Schulterzucken. »Tja, wenn mein Leben mit einer Unsumme Geld begonnen hat, wundert es mich nicht, dass es sich so durchgezogen hat. Geld war ihm immer wichtig, um jeden Preis. Aber dass ich nicht bei ihr hätte aufwachsen können, halte ich, auch ohne nähere Details zu kennen, für einen Witz. Hätte nicht schlimmer als bei ihm sein können.« Sie drehte sich im Kreis, noch einmal in jede Richtung sehend. »Noch irgendwas, das ich wissen sollte?«

»Für den Anfang nicht, schätze ich«, entgegnete ich perplex.

Was war nach dem Verrat und ihrer Entführung aus dem Rudel geschehen, was sie solche Aussagen treffen ließ? Und noch viel wichtiger: Wie bekam ich sie dazu, diese Erlebnisse mit mir zu teilen? Mein allererstes Mittel zum Zweck war immer der Zwang, doch in diesem Fall fürchtete ich, damit nicht sonderlich weit zu kommen.

BISHOP

She could, without a doubt, destroy us all.

Im einen Moment träumte ich noch von Baileys Zunge in meinem Mund, im nächsten erwachte ich, weil mir irgendetwas übers Gesicht leckte. Sabbernd. Mit einem Atem, der mich an die Gerüche am Hafen in Miami erinnerte.

»*Was zum Teufel*?!«, rief ich und katapultierte mich in eine aufrechte Position, nur um mich einem riesigen Vieh gegenüberzusehen, das mich aus dunklen Augen neugierig anstarrte. Und dann anfing zu hecheln, was ungefähr so wirkte, als würde es mich für meine Reaktion auslachen.

Wie war dieser Hund hier reingekommen? Wieso war er so groß wie eine Kuh? Und warum glaubte er, es war notwendig, mich wach zu lecken?

Erst jetzt drang auch das belustigte Lachen in mein Bewusstsein und ließ mich im Sitzen herumfahren. Kade lehnte im Übergang zur Küche und schien sich prächtig über die Szenerie zu amüsieren, die sich ihm bot.

»Darf ich vorstellen? Unser neuer Mitbewohner«, sagte er und deutete auf den Hund, der noch immer vor mir saß.

Ich legte die Stirn in Falten. »Unser neuer ... *was*?«

Was hatte ich in den letzten Stunden verpasst, dass irgendeiner dieser beiden Vollidioten die Entscheidung gefällt hatte, einen Hund anzuschaffen? Einen Hund!

Mit einem Grollen erhob ich mich von der Couch, damit ich einen angemessenen Sicherheitsabstand zwischen das Viech und mich bringen konnte. Noch einmal brauchte ich seine Zunge nicht in meinem Gesicht. Vor allem dann nicht, wenn ich im Traum gerade dabei war, Bailey mit meiner Zunge zu verführen.

»Bailey hatte ein paar Bedingungen für ihren verlängerten Aufenthalt. Atlas weiß auch noch nichts davon.« Doch anstatt schuldbewusst auszusehen, dass er Bailey erlaubt hatte, ihren Hund anzuschleppen – dem ich nach unserer ersten Begegnung ohnehin nicht über den Weg traute –, wirkte Kade stolz.

Unglaublich. »Ich wiederhole, diesmal laut: ein Hund!«

Kade nickte. »Ich find ihn super. Ist ein Dobermann. Hört auf den Namen Liko. Zumindest bei ihr, mich ignoriert er. Aber sie hat ihm ein paar interessante Dinge beigebracht.«

Freute er sich gerade wirklich darüber, dass wir einen Hund von der Größe eines Ponys im Wohnzimmer hatten?

»Ach ja, bevor ich es vergesse. Du bist dran mit babysitten. Heute Abend gehört sie allein dir, Atlas und ich haben zu tun.« Das verschwörerische Grinsen, das auf seinen Lippen auftauchte, sagte mir ganz genau, was die beiden *zu tun* hatten. Vermutlich würde Blut fließen und irgendwer im Krankenhaus landen. Im besten Fall. Im schlimmsten Fall würde am Ende der Nacht der Leichenbestatter vorbeischauen und das einsammeln, was von dem Kerl übrig war, den sie sich vorknöpften. Nicht dass Atlas den aktiven Part bekleiden würde. Er war nur da, um den guten Cop zu mimen und am Ende doch derjenige zu sein, der den finalen – verbalen – Stoß erteilte, wenn sie nicht das erfuhren, was sie wissen wollten.

Einen Augenblick lang war ich beleidigt. Normalerweise war das die Art von Jobs, die Kade und ich gemeinsam angingen, während Atlas in seinem Büro saß und irgendwelche Geschäftspartner an ihre Pflichten erinnerte.

Ich sollte auf Bailey *aufpassen*? Nachdem ich es auf so grandiose Weise mit ihr verkackt hatte? Verdammt, es würde einem Wunder gleichen, wenn sie überhaupt ein Wort mit mir wechselte.

»Wieso nehmt ihr sie nicht mit? Dann weiß sie gleich, wie der Hase hier läuft«, murrte ich. Ich würde mir sicher nicht den ganzen Abend ansehen, wie sie in einen Bildschirm starrte und so tat, als gäbe es eine Million wichtigere Dinge.

»Weil wir langsam anfangen.« Kade klang nicht begeistert darüber, dass ich die Frage überhaupt gestellt hatte. »Viel Spaß.«

Bevor ich mich weiter darüber beschweren konnte, war er verschwunden und ließ mich mit dem Wissen, den restlichen Tag und Abend mit Bailey verbringen zu müssen, allein.

Klasse. Wie lange würde es wohl dauern, bis sie die Gelegenheit nutzte, um mir geradewegs an die Eier zu gehen? Ich glaubte nicht, dass ich durch unsere frühere Freundschaft noch irgendwelche Bonuspunkte bei ihr hatte. Nicht nach dem, was sie gesagt hatte und was ich – dummerweise, das musste ich schon zugeben – getan hatte.

Vielleicht ließ sie sich besänftigen, wenn ich mir irgendetwas halbwegs Nettes überlegte. Ein kleiner Ausflug in die Stadt? Es gab da noch einen Restaurantbesitzer, den ich dringend besuchen musste, denn er schuldete uns noch das Schutzgeld für den aktuellen Monat. Außerdem wollte ich wissen, ob die Kubaner wieder aufgetaucht waren, um ihn zu bedrohen.

Ich ging die Treppe zum oberen Stockwerk zur Hälfte hinauf. »O'HARA!«, brüllte ich. »In anderthalb Stunden machen wir einen Ausflug. Stell dich drauf ein!«

Baileys Verhalten gab mir Rätsel auf. Ich hatte mit Protest gerechnet, mit Beschwerden, mit Anfeindungen. Stattdessen saß sie ruhig neben mir im Auto, stellte keine Fragen und wartete einfach ab, was als Nächstes passierte. Bislang hatte ich nicht versucht, ein Gespräch zu beginnen, und dabei würde es wohl auch bleiben.

Kade musste ihr nicht nur den Hund gebracht haben, sondern auch einen Teil ihres Kleiderschranks – und ihr Smartphone, denn in den letzten fünf Minuten war sie in ein Gespräch verwickelt.

Wenn ich raten müsste ... mit diesem Morgan Vargas, den ich schon aus Prinzip nicht ausstehen konnte. Er stand ihr zu nahe und in Zukunft würde sie außer uns niemanden mehr brauchen.

»Keine Sorge, sie halten mich nicht gegen meinen Willen fest. Im Gegenteil, ich versuche, ihnen etwas zu beweisen. In zwei Wochen bin ich wieder da, bis dahin erreichen mich alle eben nur via Mail oder Videocall.«

Süß, dass sie das glaubte. Selbst ich wusste, dass sie nach Ablauf der zwei Wochen nirgendwohin gehen würde. Mit ihrer Zustimmung zu Kades Deal hatte sie unwissend einen Vertrag auf Lebenszeit geschlossen. Ob sie es wollte oder nicht, sie hatte sich auf uns eingelassen und es gab nicht einen Grund, sie noch einmal gehen zu lassen.

»Morgan, es gibt keinen Grund, Anweisungen und Befehle von Atlas zu befolgen. Das habe ich auch mit keinem Wort gesagt! Wenn er versucht, mir die Eigentumsrechte an meinen … ja. Ja, meinetwegen darfst du das dann tun. Wir hören uns demnächst wieder.« Damit legte sie auf und verstaute ihr Smartphone wieder in der hinteren Tasche ihrer schwarzen ripped Jeans, die sie mit Combat Boots und einer Lederjacke über einem dünnen Top abgerundet hatte.

Keine Ahnung, was *sie* vorhatte, aber auf mich machte dieses Outfit ganz den Eindruck, als würde sie in den nächsten Stunden jemanden verprügeln wollen. Möglicherweise hätte ich ihr vorab einen Zettel mit der Notiz zukommen lassen sollen, dass wir den Restaurantbesitzer nur zum Reden besuchten. Alternativ wäre sie wohl wirklich besser an Kades und Atlas' Seite aufgehoben gewesen. Dafür war es nun allerdings zu spät.

»Scheint ja ein nettes Gespräch gewesen zu sein«, murmelte ich, um mich wenigstens eine Sekunde lang von dem zähfließenden Verkehr in Miami abzulenken. Obwohl die Sonne bereits untergegangen war, dachten die vielen Urlauber nicht daran, in ihre Hotels zurückzukehren. Im Gegenteil, sie schienen alle extra auf die Straßen zu strömen, um mir den Weg zum Restaurant in einen Hindernisparcours zu verwandeln.

»Geht dich nichts an«, erwiderte Bailey. Sie klang zwar neutral, aber der bissige Unterton entging mir nicht.

»Wolltest du ihm nicht von deinem kleinen Rückfall mit Kades Drogen erzählen?« Sofort war sie da, meine provokante Seite, die den Finger grundsätzlich in die Wunden steckte, die am meisten schmerzten.

»Hab nicht das Bedürfnis, meine Gefühle und Empfindungen darzulegen, während du da rumsitzt, lauschst und dich an all den Sachen aufgeilst.«

Nun gut, diese Art des Schlagabtauschs mit ihr war ich

ja schon gewohnt. »Das Ding ist – es interessiert mich nicht. Die Einzige, die daraus ein riesen Drama macht, bist du.«

»Wow. Arrogant, egoistisch und abgehoben. Ein Wunder, dass du es in deiner eigenen Gegenwart aushältst.« Sie klang ehrlich abgestoßen von mir, doch das glaubte ich ihr nicht.

»Zum Glück komme ich gut mit mir selbst klar. Wäre ja schrecklich, wenn ich mich selbst für solche Kleinigkeiten hassen würde.« Ich war mir durchaus bewusst, wie dünn das Eis war, auf dem ich mich gerade bewegte. Trotzdem konnte ich es nicht lassen. Sie forderte es doch geradezu heraus, sie auf die Palme zu treiben.

»Aber das ist doch überhaupt kein Thema«, säuselte sie so bittersüß, dass es mir eiskalt den Rücken hinablief. »Ich hasse dich einfach für uns beide. Problem gelöst.«

Damit erstarb der kurze Schlagabtausch auch schon wieder. Vor allem, weil ich nicht wusste, was ich darauf erwidern sollte. Sie *hasste* mich? *Mich*? Ich war mir ziemlich sicher, dass es eine Zeit gegeben hatte, in der das nicht der Fall gewesen war. Gut, diese Zeit lag Jahre zurück und es gab sicherlich nicht die Option, noch einmal in unsere vergleichsweise unbeschwerte Kindheit zurückzukehren, doch Hass war wirklich eine starke Emotion …

Ich spannte den Kiefer an und beschloss, ihre Worte zu ignorieren. Sie hatte gar keinen Grund, mich *wirklich* zu hassen. Im Großen und Ganzen war ich ein netter Kerl. Gut, vielleicht war meine Persönlichkeit zu groß, um sich mit ihrer im gleichen Wagen aufzuhalten, aber das stellte nun wirklich kein großes Problem dar.

Fehler konnte man verzeihen, vor allem, wenn sie im Endeffekt nicht ganz so gravierend waren, wie man zu Beginn vielleicht dachte. Wie schlimm konnte mein kleiner Fauxpas schon für sie gewesen sein? Die Fesseln war sie sicher im Handumdrehen wieder losgeworden, und wenn sich ihr Ego von so einer kleinen Aktion bereits ins Wanken bringen ließ, musste sie große Probleme mit ihrer Selbstwertschätzung haben.

Und du wirst jetzt zum Hobbypsychologen, oder wie?, fragte ich mich selbst tadelnd. Zu gern hätte ich nämlich behauptet, dass es mich kalt gelassen hätte, wenn ich in ihrer Rolle gesteckt hätte. Allerdings war eher das Gegenteil der Fall. Ablehnung dieser Art kam niemals gut an, vor allem dann nicht, wenn man ohne weitere Erklärung einfach stehen gelassen wurde.

Trotzdem hat sie keinen Grund, mich zu hassen, beschloss ich gedanklich, um zurück auf den richtigen Weg zu kommen.

Immerhin war ich im Recht – und nicht die Frau neben mir, die mich mit ihrer Art viel zu sehr an das sture Mädchen erinnerte, das maßgeblich dafür verantwortlich war, dass ich heute überhaupt so etwas wie ein Ego besaß.

Was wäre aus mir geworden, hätte sie mich den Mobbern überlassen? Sicher kein wertgeschätztes Mitglied des Wolfsrudels.

Meine Laune war dementsprechend gedämpft, als ich den Wagen auf den Parkplatz lenkte und abstellte. »Ich übernehme das Reden.«

Ich stieg aus und ging geradewegs auf den Hintereingang des Gebäudes zu. Wie immer fand ich ihn unverschlossen vor, und als ich eintrat, lag der beinahe steril wirkende Gang in Richtung der Küche und des eigentlichen Restaurants vor mir.

Verschiedenste Essensdüfte strömten mir entgegen, ebenso das Stimmengewirr der anwesenden Gäste. Ich wartete, bis Bailey an meiner Seite auftauchte, bevor ich die Tür zufallen ließ und weiter in das Gebäude vordrang.

Kurz stieß ich die Tür zur Küche auf, um den Koch zu grüßen. »Alles klar, Jim? Ist dein Chef heute Abend da?«

Für einen Moment erstarb die Geschäftigkeit im Raum, denn innerhalb von zwei Sekunden waren alle verschwunden, die nicht auf den Namen Jim hörten.

Jim selbst war weniger beeindruckt, als er die Hand zum Gruß hob. »Mr. Walsh, dürfen wir Sie heute Abend als Gast begrüßen? Ich bin mir sicher, mein Chef kommt Sie dann sogleich an Ihrem Tisch besuchen.«

Eigentlich hatte ich nicht geplant, länger als nötig zu bleiben, doch nun, wo er es vorschlug, klang es gar nicht so schlecht.

»Wieso nicht«, erwiderte ich mit einem Schulterzucken. »Du kennst meine Standardbestellung, Jim.«

»Ist in wenigen Minuten bei Ihnen.«

Damit schloss ich die Tür und hörte fast gleichzeitig, wie die anderen Angestellten zurückkehrten und ihre liegengelassene Arbeit wieder aufnahmen. Es hatte seine Vorteile, wenn man als das erkannt wurde, was man war.

»Wir essen hier«, teilte ich Bailey mit und wies geradeaus.

Sie schob sich an mir vorbei und ging voraus. Bailey bewegte sich, als würde ihr das gesamte gottverdammte Gebäude gehören. »Ich bin nicht taub«, sagte sie und ich konnte das Augenrollen sogar in ihrer Stimme vernehmen.

Als ich vorne ankam, saß sie bereits an einem Tisch, die Beine lässig überkreuzt und den Arm über der Rückenlehne, sodass sie sich ungeniert im gesamten Lokal umsehen konnte. Normalerweise sah ich diesen Blick nur auf Kades Gesicht – immer dann, wenn er die komplette Gegend nach irgendwelchen Gefahren abcheckte, um sicherzustellen, dass uns niemand auflauerte.

Ich ließ mich auf den Stuhl ihr gegenüber fallen, absolut darauf vertrauend, dass sie mir schon mitteilen würde, wenn ihr etwas auffiel. Die Waffe, die ich bei mir trug, war ihr sicherlich nicht entgangen – dazu hatte sie zu den verschiedensten Gelegenheiten bereits bewiesen, wie aufmerksam sie war. Wie geschult ihr Auge war.

»Und der Kerl bezahlt euch, damit er unter eurem Schutz steht?«, hakte sie beiläufig nach, die Stimme so weit gesenkt, selbst ich konnte sie kaum verstehen.

»Hast du dir mal die Gegend hier angesehen?«

Sie schenkte mir ein so breites Grinsen, dass ich ihre Zähne sehen konnte. »Drei Straßen weiter ist mein Casino. Ich kenne die Gegend verdammt gut. Aber ich bezahle niemanden für Schutz.«

»Weil du eine von uns bist.«

Bailey schüttelte den Kopf. »Nein. Weil ich zu gleich mehreren Gelegenheiten bewiesen habe, dass ich kein leichtes Opfer bin. Die wissen, was passiert, wenn sie sich mit mir anlegen.«

»Sie wissen auch, was passiert, wenn sie sich mit uns anlegen. Deshalb gibt es Leute, die uns für unseren Schutz bezahlen. Wir zwingen niemanden dazu.« Gut, das war nur die halbe Wahrheit, denn es gab durchaus Leute, die wir sehr wohl zwangen. Allerdings hatten wir auch unzählige Unternehmen auf unserer Gehaltsliste, also glich sich das doch irgendwie wieder aus.

Ich beobachtete sie dabei, wie sie nach der Flasche Wasser griff, die standardmäßig auf jedem Tisch stand. Sie schenkte sich in eines der Gläser ein und trank, bevor sie den hellen Blick wieder auf mich richtete. »Versuch nie wieder, mir einzureden, dass ich es so weit gebracht habe, weil ich irgendwie zu euch gehöre, Bishop. Wir beide wissen, es stimmt nicht.«

Meine Andeutung in diese Richtung schien sie wirklich zu verärgern. Gewissermaßen hatte sie allerdings auch recht, selbst wenn es mir schwerfiel, das zuzugeben. Nur weil wir sie beobachtet, irgendwie auf dem Schirm gehabt hatten, hieß das noch lange nicht, dass wir irgendetwas Gutes für sie getan hatten.

Das hatten wir nämlich nicht. Ansonsten wäre sie niemals dazu gezwungen gewesen, bei ihrem Arschloch von Vater aufzuwachsen.

»Er bezahlt uns aber nicht nur. Er versorgt uns auch mit Informationen, wenn ihm etwas zu Ohren kommt. Die Kubaner-Mafia wechselt ihre Treffpunkte ständig.«

Bailey lehnte sich interessiert vor, die Unterarme auf dem Tisch abgestützt. »Von denen redet ihr ständig. Aber das Problem habe ich noch nicht ganz verstanden.«

Ich war mir nicht sicher, ob es meine Aufgabe war, sie in all die Details einzuweihen, aber jetzt, wo sie gefragt hatte, konnte ich schlecht ausweichen. »Miami war vor der Herrschaft der Wölfe ein einziger Sumpf an Kriminellen und Möchtegern-Gangstern. Unsere Väter haben die verschiedenen Gruppen zerschlagen und dafür gesorgt, dass die Stadt ein halbwegs friedlicher Ort wird. Mit eiserner Hand, Blut, Gewalt und viel, viel Geld. Sie waren und sind keine Heiligen, ebenso wenig, wie wir es sind, aber sie wussten, was sie taten. Die ersten paar Jahre lief es gut für uns, alles blieb beim Alten. Bis ein paar Leute der Meinung waren, wir hätten uns lange genug an diesem Drecksloch von Stadt bereichert. Seitdem konspiriert die Mafia gegen uns – mit dem Ziel, die Stadt für sich zu beanspruchen. Noch sind sie nicht sonderlich gut darin, aber ich zweifle nicht daran, dass es ihnen irgendwann gelingt, den ersten wirklich verheerenden Schlag zu landen.«

Atlas kannte meine Bedenken, jedes Detail davon und meine Meinung dazu ohnehin. Wir hielten nicht das Paradies am Laufen, sondern eine Stadt, die von jeher kriminell geprägt gewesen war.

»Der Rückgang der Kriminalitätsrate in den Neunzigern …«, begann Bailey.

»… medientaugliche Propaganda von Graysen. Sie haben den hiesigen Drogenbaronen den Rang abgelaufen und die Drogen, genau wie die Geldwäscherei, unter einem netten kleinen Deckmantel verborgen. Nach außen hin wurde Miami sicher. Im Inneren faulte es weiter.«

Bailey hob eine Augenbraue. »Ich war nie blind für das, was hinter den Kulissen passiert, aber …« Sie ließ ihren Satz unbeendet und schüttelte den Kopf.

»Wir bauen viel. Investieren. Verkaufen. Haben die Finger in unzähligen Unternehmen, im Export, an der Börse, im Sport, im Tourismus. Aber wir sorgen weiterhin auch dafür, dass Miami ein guter Umschlagplatz für Drogen bleibt. Die Mafia hatte und hat allen Grund, gegen uns zu arbeiten. Wir kontrollieren *alles*. Und wir schwimmen in Geld. Das würden andere auch gern.« Es waren simple Fakten, die ich Bailey auftischte. Mit Lügen würde ich nicht weit kommen und irgendwann erfuhr sie die pikanten Details ohnehin. Was nutzte es also, sie vor ihr zu verbergen?

»Ist mir aufgefallen. Kades *Divo* war ein erster, ziemlich guter, Anhaltspunkt.« Sie wirkte nicht gerade beeindruckt von dem, was ich ihr gerade erzählt hatte. Entweder es überraschte sie nicht oder aber sie war gut darin, ihre eigentliche Reaktion zu verbergen. »Ich hab mich schon immer gefragt, warum ausgerechnet ich keinen Stress mit euch habe. Bei meinen Umsätzen und der Expansionsrate hättet ihr schon vor Jahren vor meiner Tür stehen müssen, mit offenen Händen.«

Ich zuckte mit den Schultern. Inzwischen kannte sie den Grund ja. Wir bereicherten uns nicht an der eigenen Familie. Niemals.

Wir unterbrachen das Gespräch für einen kurzen Moment, weil Jim kam, um einige Speisen vor uns auf den Tisch zu stellen. Schlauer Mann – aus meiner üblichen Bestellung hatte er ein kleines Menü gezaubert, das ohne Probleme für zwei Personen reichte. Mit einem knappen Nicken verschwand er wieder.

»Ah, also ist dir nicht eingefallen, mich zu fragen, auf was ich Lust habe? Oder ob es vielleicht Allergien gibt?« Und da war sie wieder, die Bailey, die mich ständig auf mehr oder minder subtile Art aufstachelte.

Ich begann, mir den Teller vollzuschaufeln. »Iss es oder nicht, aber lass die Sticheleien, damit wenigstens ich es genießen kann.«

Als Antwort brummte sie irgendetwas Unverständliches, warf mir einen warnenden Blick zu und tat es mir dann gleich. Einige Minuten lang genoss ich das Schweigen, ehe es anstrengend wurde, immer nur das Gemurmel der anderen Gäste wahrzunehmen. Bailey schien darauf allerdings sehr viel lieber zu achten als auf mich.

»Die tuscheln über dich«, stellte sie schließlich fest, ohne sich dafür zu interessieren, dass sie gerade auf einem Teil ihres Essens herumkaute.

Ich hob den Blick nicht an, zog nur ein gleichgültiges Gesicht. »Ich bin mir sicher, sie reden auch über dich.«

Baileys Anwesenheit, ihre Nähe zu uns, würde sich wie ein Lauffeuer herumsprechen, jetzt, wo ich damit angefangen hatte, sie in der Öffentlichkeit an meiner Seite zu präsentieren. Normalerweise sah man uns nicht mit Frauen. Keinen von uns. Niemals.

Umso aufsehenerregender war es nun, dass Bailey mit mir hier aufgetaucht war – und auch wieder gehen würde. Vielleicht war das ein Effekt gewesen, den ich bewusst einkalkuliert hatte. Davon allerdings würde ich ihr nichts erzählen.

»Scheinst ja in den letzten Jahren nicht so viel Erfolg

bei der Damenwelt gehabt zu haben. Ich frage mich, ob das an deiner selbstverliebten Art liegt. Das Aussehen kann es ja, leider Gottes, nicht sein.«

Ich hob eine Augenbraue und fixierte sie. »War das ein Kompliment, O'Hara?«

»War ja klar, dass du dich auf den unwichtigen Part konzentrierst«, feuerte sie zurück.

Gleichgültig wedelte ich mit der Hand. »Vielleicht war bisher keine dabei, die tageslichttauglich war.«

Durch ihr Lachen blendete ich für einen kurzen Moment den Rest des Restaurants aus. »Spricht nicht für dich, Großer. Wenn du nichts dagegen hast, zeige ich dir anschließend meine Gefilde, dann haben wir endlich auch ein bisschen Action.«

»Wenn es dir jetzt schon an Action mangelt, hättest du einfach nur etwas sagen müssen.«

Ich hielt den Atem an, um den penetranten Schweißgeruch des Underground-Gyms davon abzuhalten, sich in meine Erinnerung einzubrennen. Was auch immer ich erwartet hatte, als Bailey von Action gesprochen hatte – es war kein Fight Club der besonderen Art gewesen.

Wir waren kaum zur Tür rein, als sie das erste Mal in ein kurzes Gespräch verwickelt wurde. Ein paar Meter weiter das gleiche Spiel und bis wir die Umkleide erreichten, waren fünfzehn Minuten vergangen.

Sie allerdings wirkte nicht genervt. Sondern zufrieden. *Was zur Hölle stimmt mit dieser Frau nicht*?

Sobald ich einen Ort besuchen würde, an dem man mich keine zwei Schritte gehen ließe, ohne mich aufzuhalten, würde ich dort nie wieder hingehen.

»Weißt du, was ich interessant finde? Die wissen alle,

wer du bist. Als du im *Gambling Hell* vor mir standest, hatte ich nicht den blassesten Schimmer.« Sie hatte mir den Rücken zugewandt und war gerade dabei, die Jeans gegen kurze Shorts zu tauschen, wie sie auch Boxer im Ring trugen.

Ich erlaubte mir, den Blick einmal genüsslich über ihren runden Arsch gleiten zu lassen. Solange sie mir den Rücken noch zuwandte, konnte ich mir das Vergnügen schließlich erlauben, auch wenn es mir schwerfiel, keinen Kommentar dazu abzugeben.

Bailey hatte jetzt nicht etwa vor, sich ihr schönes Antlitz spontan zu Matsch schlagen zu lassen, oder? In meinem Bauch begann es, seltsam zu kribbeln. Vielleicht war es keine gute Idee gewesen, ihr ein Mitspracherecht bei der Planung des restlichen Abends einzuräumen.

»Mach dir nicht ins Höschen, Bishop. Ich trainiere hier nur.« Sie drehte sich zu mir um, während sie sprach, und flocht sich gleichzeitig die langen Haare zu zwei Zöpfen, die rechts und links von ihrer Schläfe begannen, an ihrem Kopf nach hinten und schließlich nach unten liefen. Irgendwie hatte ich verpasst, wie sie das Oberteil gegen einen Sport-BH eingetauscht hatte. Hatte sie meinen Missmut angesichts ihrer Pläne bemerkt?

»Du kannst zu Hause trainieren«, erinnerte ich sie harscher als unbedingt nötig.

Bailey legte den Kopf schief und sah mich mit leicht zusammengekniffenen Augen an. »Könnte ich. Aber nicht mit meinen Lieblingstrainingspartnern.« Bevor ich darauf eine Antwort parat hatte, begann sie schon, sich die Hände mit Tape zu umwickeln. »Du könntest dich mir anschließen.«

»Danke, kein Bedarf.«

Ich ließ den Blick über ihren Körper wandern, angefangen bei den leichten Turnschuhen, die sie inzwischen trug. Es brauchte kein sonderlich geschultes Auge, um die

Muskeln in ihren Beinen auszumachen oder die Tatsache, dass unter den Kurven ihres Körpers eine Kraft schlummerte, mit der sie problemlos zwei von drei Wölfen in Schach hätte halten können.

Die Art, wie sie sich bewegte und auf natürliche Weise darstellte, verriet einem alles, was man über sie wissen musste. Sie war dazu in der Lage, jemanden umzulegen, und wenn ich sie richtig einschätzte, würde sie es aus dem richtigen Grund auch, ohne mit der Wimper zu zucken, tun.

Verdammt.

Im Vorbeilaufen klopfte sie mir auf die Schulter, ging nach draußen und wurde zu meiner Überraschung bereits von einem Mann mittleren Alters erwartet, der ebenfalls aussah, als hätte er beim nächsten Hollywood-Movie zum Thema Boxkampf mitspielen können.

Es gab kein Signal für den Beginn eines Kampfes. Trotzdem lag er innerhalb von zwei Sekunden mit dem Rücken auf der Matte. Zu ihren Füßen. Ohne wirklich zu begreifen, wie er in diese kompromittierende Lage geraten war.

Bailey half ihm wieder auf die Füße. Doch so schnell, wie er stand, lag er auch wieder. Ab diesem Zeitpunkt wurde das Sparring zu einem richtigen Kampf, die Bewegungen so schnell, dass ich ihnen kaum noch folgen konnte.

Ich sah nur, was Bailey ausstrahlte. Tödliche Präzision und eine Form der Anziehungskraft, die mich mühelos gefangen nahm.

Meine Faszination hielt allerdings nicht lange an und endete spätestens in der Sekunde, in der NEFFEX' *Rumors* aus den Boxen dröhnte, so laut, dass es das ganze Studio erfüllte.

Sofort schoss mein Blick durch den Raum, auf der

Suche nach demjenigen, der das Lied mit den furchtbar eindeutigen Lyrics angestellt hatte, wo doch die Hintergrundmusik davor vollkommen ausreichend gewesen war als Untermalung für diesen kunstvollen Kampf.

Als hätte ich es geahnt, blieb mein Blick an einem schlaksigen Typen hängen, der gerade so volljährig war. Wenn überhaupt. Sein Blick wiederum lag einzig und allein auf Bailey. Er strahlte etwas aus, was mir ganz und gar nicht in den Kram passte.

Bevor ich mich zurückhalten konnte – das war immerhin nicht mein Revier –, schob ich mich bereits durch die versammelten Menschen in seine Richtung. Jeder wollte sehen, wie Bailey den Kerl immer wieder auf die Matte legte, doch keiner der anderen Idioten wagte es, so offensichtlich nach ihr zu lechzen.

Zugegeben, sie sah heiß aus, wenn sie sich so bewegte. Es übte eine sexuelle Spannung aus, wenn sie den Kerl immer wieder mühelos in seine Schranken verwies. Wenn sie ihn, ohne zu zögern, schlug und ihren Körper nutzte, um die Oberhand zu behalten.

Doch das bedeutete noch lange nicht, dass irgendwer Anspruch darauf hatte, Bailey mit diesem Lied ungefragt zur Sexgöttin zu machen.

Fuck, wenn überhaupt, steht mir das zu.

Ich baute mich vor der halben Portion auf, bevor er überhaupt wusste, wie ihm geschah. »Ist sie zufällig deine Freundin?«

Röte schoss seinen Hals hinauf, erreichte rasant seine Wangen. »N-nein? Aber das ist heißer Shit, Mann.«

Das Kinn hebend biss ich die Zähne aufeinander. Hatte ich mich verhört? »Mach andere Musik an oder du hast in zwei Minuten keine Finger mehr, mit denen du was anfangen kannst.«

Ich warf einen bedeutsamen Blick auf die Musikanlage

hinter ihm und beobachtete mit Genugtuung, wie er zu schwitzen begann.

»Das ist ein Scherz gewesen, Mr. –«

»Anderes. Lied. *Jetzt.*« Meine Hand lag an seinem Hals. Mein Gesicht war seinem so nahe, dass er mein Knurren ohne Probleme hören konnte. Erst, als irgendein Lied von *Imagine Dragons* aus den Boxen plärrte, ließ ich von ihm ab, klopfte ihm auf die Schulter. »Geht doch. Wenn du sowas noch mal bringst, finde ich dich und sorge dafür, dass du den nächsten Morgen nicht erlebst. Sie ist eine von uns. Und diese Art von Respektlosigkeit zeigt man unseresgleichen gegenüber nicht.«

Bevor ich noch mehr Aufsehen erregte, ließ ich den Idioten stehen. Auf dem Weg zurück zu meinem ursprünglichen Platz rollte ich mit den Schultern. Mit einem Mal schien es gar nicht mehr so abwegig, mich selbst ein bisschen körperlich zu betätigen. Ich wartete ab, bis Baileys Blick für den Bruchteil einer Sekunde auf mir lag, ehe ich ihr signalisierte, dass ich der Nächste war.

Es dauerte ganze fünf Minuten, bis ich mich in andere Kleidung geworfen hatte, geliehen von irgendeinem Typen, der sie mir großzügig angeboten hatte.

Aus den einfachen Matten wurde im Handumdrehen ein durch elastische Seile begrenzter Ring, in dessen einer Ecke Bailey auf mein Auftauchen wartete. Sie grinste mir entgegen. Ihre Wangen waren minimal rosa gefärbt, ansonsten deutete nichts darauf hin, dass sie gerade trainiert hatte.

»Ich geb dir ein paar Minuten, damit du dich aufwärmen kannst, Großer«, rief sie grinsend und dehnte ihre Finger.

Vielleicht sollte ich Zweifel daran hegen, wie gut diese Idee wirklich war. Welche Kräfte würde sie entfesseln, um sich gegen mich zu behaupten? Denn das würde sie versuchen – schon allein, weil sie an ihrem Hass mir gegenüber so vehement festhielt. Außerdem hegte sie noch immer Groll gegen uns. Das hier war das perfekte Ventil.

Würde sie Rücksicht nehmen? Vermutlich nicht. Sollte ich mich zurückhalten? Wenn ich nicht wollte, dass die anderen beiden *mir* an die Kehle gingen ... ganz sicher. Würde ich es deswegen tun? Unwahrscheinlich.

Dennoch würde ich sie den Grundton vorgeben lassen und mich anpassen. Sie wollte sich ohne Rücksicht auf Verluste prügeln? Ich war dabei und machte es ihr liebend gern so schwer wie möglich. Sollte sie doch außer Atem kommen und all ihre kämpferischen Geheimnisse vor mir entblößen.

Ich machte einen Schritt in ihre Richtung. »Das Rudel kämpft normalerweise nicht untereinander«, sagte ich gerade laut genug, damit sie es hören konnte.

Ihr Kopf fiel zur Seite. »Aber Bishop, wir kämpfen nicht miteinander. Wir *spielen*.«

Ohne Vorwarnung flog sie mir entgegen und ich bekam die volle Breitseite ihres Gewichts ab. Wir gingen zu Boden, und bevor ich überhaupt einen Überblick hatte, was passierte, saß sie auf meinem Brustkorb, hatte mich mit den Oberschenkeln und Armen fixiert.

Bedauernd verzog sie das Gesicht. »Wer hat dir das Kämpfen beigebracht? Deine Reflexe lassen zu wünschen übrig.«

Sie erhob sich, bereit, mir eine weitere Chance einzuräumen. Mein Ehrgeiz erwachte im gleichen Augenblick, und noch bevor sie außerhalb meiner Reichweite war, packte ich ihr Fußgelenk und riss sie zu Boden. Eine Sekunde später lag sie bewegungsunfähig unter mir. Und lachte.

»Offenbar haben Sie die Lektion über Reflexe durch unfaires Kämpfen ersetzt. Aber ...«

Ich wusste nicht wie, aber ihr gelang es, sich unter mir zu drehen. Ihre Hüfte schnellte nach oben, ich flog ein Stück nach vorne, ihre Hände packten meine Schulter und den Hals. Bevor sie mich zur Seite wegkatapultierte, sah sie mich mit diesem wölfischen Blick an, der sie eindeutig als eine von uns auszeichnete.

Ich lag wieder auf dem Boden und sie lehnte lässig an einem der Seile, als wäre das eben keine körperliche Anstrengung für sie gewesen.

Du hast es in dir, ob du willst oder nicht, dachte ich und sprang auf, ein paar Schritte gehend.

»Willst du schon aufgeben, Bishop?«, spottete Bailey.

Ich schüttelte den Kopf kaum merklich. »Ich hab noch nicht mal richtig angefangen, Baby.«

Wir lieferten uns den Kampf, auf den sie so erpicht war. Keine Prügelei – eher eine Rauferei. Eine Zurschaustellung unseres Könnens, unserer Kraft. Bailey hatte eindeutig einen unfairen Vorteil, schon allein, weil sie während ihrer Militärlaufbahn täglich mit dem Training konfrontiert gewesen war, aber noch viel mehr, als mir bewusst wurde, dass ein Großteil ihrer Kampftechniken von Martial Arts beeinflusst wurden.

Erst als wir beide bluteten, schwer atmeten und ich verschwitzt und keuchend unter ihr lag, während sie im gleichen Zustand über mir emporragte, gab ich es auf, sie besiegen zu wollen.

Es gefiel mir nicht, machte mich bisweilen sogar ein wenig aggressiv und schlechtgelaunt, doch alles andere hätte keinen Sinn ergeben. Mich bis zum Ende zu verausgaben, nur um ihr etwas zu beweisen …

Bailey sprang viel zu leichtfüßig auf und streckte mir die Hand entgegen. Mit der anderen wischte sie über die Platzwunde über ihrem Auge, die vor Blut genauso triefte wie die Verletzung an meiner Schläfe. Wir waren quitt.

Mehr oder weniger, wenn man außer Acht ließ, dass ich in einem fairen Kampf absolut keine Chance gegen sie gehabt hätte.

»Ich schätze, es ist an der Zeit, zurück in die Villa zu fahren«, verkündete sie, als sie mir in eine aufrechte Position verhalf. »Ich brauche eine Dusche ... und etwas zu essen.«

Ich sparte mir den Kommentar, dass wir erst gegessen hatten, und versuchte stattdessen, meinen Körper zur Kooperation zu überreden. In der Sekunde, in der sie sich von meinem Oberkörper geschwungen hatte, war mir die delikate Mischung ihres aktuellen Dufts so heftig entgegengedonnert, dass mein Schwanz wie auf Kommando reagiert hatte.

Schweiß. Erregung. Das, was ich zuvor schon als ihren natürlichen Duft identifiziert hatte.

Ein gewisser Teil von mir hoffte, dass dieser Kampf eine seltsame Art von Vorspiel gewesen war. Dass es ihr genauso ging wie mir und sie vor ihrem inneren Auge konstant sah, wie sie auf einem anderen Teil meines Körpers saß als dem Brustkorb und noch einmal bewies, was für verdammte Kunststücke sie mit *ihrem* Körper vollbringen konnte.

Als sie wenige Minuten später umgezogen neben mir stand, war ich mir beinahe zu hundert Prozent sicher, dass dem nicht so war. »Bitte sag mir, dass du nicht auf der Matte eingepennt bist wie ein Idiot ... ich wiederhole es nur ungern, aber ich brauche ...«

»... eine Dusche und Essen, schon gecheckt«, gab ich gereizt zurück.

Meine Gedanken beendeten ihren Satz anders.

... aber ich brauche dich.

BAILEY

Could I be the one you call when you lose control?

Schon auf dem Parkplatz vor der Villa fiel mir die Spannung in der Luft auf. Mittlerweile war beinahe Mitternacht, die Sterne schienen am Himmel über uns, gingen aber im Licht des hell erleuchteten Anwesens beinahe unter.

Bishop war still, und je näher ich der Eingangstür kam, desto stärker wurde der Druck zwischen meinen Schulterblättern. Alvaro sah mir grimmig entgegen. Falls ihm das viele Blut auffiel, das sich auf meinem Gesicht und meiner Kleidung verteilte, sagte er nichts dazu. Kluger Mann.

Er öffnete mir die Tür. Sofort erfasste mich der tiefe Bass irgendeines Heavy Metal-Lieds. Ich trat trotzdem ein, überwand die unsichtbare Barriere, nur um direkt von den nächsten Sinnesreizen überflutet zu werden.

Der Wohnbereich stank nach Blut, Alkohol und medizinischen Utensilien, untermalt von den gleichen Körperausdünstungen, die zweifelsohne auch Bishop und ich an uns haften hatten.

Ich sprang die einzelne Stufe in den Wohnbereich hinab, auf der Suche nach den anderen beiden Männern.

Als Erstes entdeckte ich Kade. Blutig, verletzt und stinkwütend. Als Nächstes fiel mir Atlas ins Auge, der nicht aussah, als wäre ihm auch nur ein Haar gekrümmt worden. Ich entdeckte nicht mal einen kleinen Blutspritzer an ihm.

Eine Sekunde lang beobachtete ich ihn dabei, wie er Kade zusammenflickte, dann schüttelte ich den Kopf. »Was zum Teufel?!«, brüllte ich gegen die Musik an.

Kade drehte sich umgehend zu mir um, die Augen verengten sich immer mehr, während sein Blick über meinen Körper glitt und an meinem Gesicht hängen blieb. Überrascht stellte ich fest, dass er blass wurde. Noch blasser, als Bishop mit ein wenig Abstand neben mir auftauchte.

Wir beide gaben nicht gerade ein gesundes Bild ab.

Es war jedoch Atlas' Reaktion, die mich unvorbereitet erwischte. Sorge zuckte über sein Gesicht, in der nächsten Sekunde erstarb die Musik und plötzlich stand er vor mir, starrte auf mich herab. Seine Nasenlöcher blähten sich, als er offenbar das Gesamtbild in sich aufnahm, das ich gerade abgab.

»Würdest du mir bitte verraten, was passiert ist?« Atlas' Stimme war so ruhig wie ein Teich an einem warmen Sommertag.

»Das würde mich auch interessieren«, erwiderte ich mit einem Seitenblick auf Kade.

»*Bailey*.«

Die Spannung ging plötzlich nicht mehr von der vorherrschenden Atmosphäre aus, nein. Sondern ganz allein von Atlas. In meiner Magengegend begann es zu kribbeln. Unwillkürlich fragte ich mich, was wohl passiert wäre, wenn Atlas mit mir trainiert hätte statt Bishop.

Eben jener räusperte sich gerade und begann einen Satz, nur um mit einer harschen Handbewegung sofort unterbrochen zu werden. Atlas fixierte weiterhin mich. »Sie wird es mir erzählen.«

Ich schob das Kinn ein wenig nach oben, automatisch einen breiteren Stand einnehmend. Ein kleiner Teil von mir wollte ihm den Vogel zeigen, sich umdrehen und verschwinden, nur um zu sehen, wie der sonst so aalglatte Wolf darauf reagierte. Wie es ihm gefiel, wenn man ihn provozierte und eine Reaktion herausforderte.

Bishop war nicht dazu in der Lage gewesen, die Oberhand über mich zu erlangen. Doch Atlas ... Es fühlte sich an, als wäre es erst Minuten her, da er mich gegen die Wand gedonnert und mir gedroht hatte. Würde er die Kontrolle im Ring ebenso mühelos an sich reißen?

Statt also zurückzutreten, trat ich auf ihn zu, bis ich ihm mit leicht in den Nacken gelegtem Kopf in die dunklen Augen starren konnte. »Er hat geglaubt, er wäre stärker als ich ... in einem absolut fairen Kampf. Ist er nicht. Ich bin verletzt, er ist verletzt. Wir sind quitt.«

Ich spürte, wie das Feuer von vorhin in meine Adern zurückkehrte, durch meine Eingeweide loderte und mich wieder unter Strom setzte. Der Kampf mit Bishop hatte mich aufgewühlt, in mehr als einer Hinsicht. Verlangen peitschte durch meinen Körper. Jene Seite, die gerade bewiesen hatte, wie mächtig sie war, verlangte danach, systematisch zurück in ihre Grenzen verwiesen zu werden.

»Also hat euch niemand angegriffen?«, verlangte Atlas zu wissen, selbst nicht bereit dazu, einen Schritt zurückzuweichen. Ich konnte spüren, wie ruhig er atmete.

»Der hätte keine Chance gehabt«, mischte Bishop sich belustigt ein, stieß jedoch auf taube Ohren.

»Was ist mit Kade passiert? Er sieht aus, als wäre er in die Mangel genommen worden, während du ... anscheinend nicht mal die Gelegenheit hattest, ins Schwitzen zu kommen.« Ich rümpfte die Nase. War das sein Ding? Er überließ die Drecksarbeit und die gefährlichen Dinge den anderen?

»Mir geht's wunderbar«, rief Kade dazwischen, doch auch das löste die Anspannung zwischen Atlas und mir nicht auf. Keiner von uns wagte es, sich zu bewegen. »Hab 'nen Kerl verprügelt und der hat sich etwas zur Wehr gesetzt.«

Was nichts an der Frage änderte, die ich Atlas gerade gestellt hatte. Und die er offensichtlich ohne Reue ignorierte. »Mein Büro. *Jetzt.* Du läufst hier nicht mit einer blutenden, offenen Wunde rum. Kade, kümmere dich um Bishop.«

Als ich mich nicht umgehend in Bewegung setzte, hob er eine Augenbraue minimal an, sodass ich einige Schritte zurück machte, ehe ich mich umdrehte und vorausging. Vielleicht hätte ich es auch darauf ankommen lassen sollen, um herauszufinden, ob er mich über die Schulter geworfen und in sein Büro getragen hätte?

Ich vergaß, dass ich eine Dusche hatte nehmen wollen und dass mein Magen geknurrt hatte, bis ich aus dem Wagen ausgestiegen war und zum ersten Mal die Atmosphäre bemerkt hatte.

Mit einem kräftigen Schubser stieß ich die Holztür zu Atlas' Büro auf. Die Lichter gingen automatisch an. War das der einzige Raum im gesamten Haus gewesen, der keine Schlossbeleuchtung zur Schau trug?

»Weißt du, ich hätte mich auch auf den Küchentisch gesetzt, um verarztet zu werden«, sagte ich, ohne mich nach ihm umzusehen. Der Unterton in meiner Stimme klang provokant, trotz der Tatsache, dass irgendein Teil meines Unterbewusstseins ahnte, wieso Atlas mich in sein Büro geordert hatte.

Seine Anwesenheit in meinem Rücken ließ meine Haut erneut Kribbeln, ebenso meinen Magen, der frecherweise einen Purzelbaum schlug vor Freude. Freude auf was allerdings, das war eine verdammt gute Frage, die ich mir aktuell noch nicht ganz beantworten konnte.

»Ich will dich aber nicht auf dem Küchentisch, Bailey. Und ich bin mir sicher, du willst nicht, dass die anderen beiden von der Lektion erfahren, die ich dir gleich erteilen werde.« Wäre ich mir nicht so absolut sicher gewesen, allein mit Atlas in einem Raum zu sein, hätte ich mich umgedreht, um es zu überprüfen.

Die Tonlage, in der er mit mir sprach, jagte eine Gänsehaut über meinen gesamten Körper, ließ mich erschaudern ... und keinen Zweifel daran, wovon er sprach.

»Was wirst du mir denn sagen? Dass Wölfe untereinander nicht kämpfen? Oder vielleicht hältst du mir einen Vortrag darüber, warum es gefährlich war, mit Bishop ins Gym zu gehen? Oder hattest du für einen Moment Angst, dass die Mafia direkt am ersten richtigen Tag meiner Anwesenheit versucht hat, mich dir wieder wegzunehmen? Ich bin wirklich gespannt.« Mit einem leisen Seufzen trat ich weiter in den Raum hinein, beschäftigte mich nach außen hin mit den Details des maskulin eingerichteten Büros.

Dabei war ich mir bis in die letzte Faser meines Körpers jedoch bewusst, wie intensiv Atlas' Blick auf mir ruhte. Provozierte mein Verhalten ihn? Ich hoffte es. Denn Atlas aus seiner Schale zu locken und zu sehen, was wirklich in ihm steckte, hatte in den letzten Minuten rasant an Priorität gewonnen.

Wieso handelte er nicht impulsiv wie andere Menschen? Wieso war er selbst in Stresssituationen absolut ruhig? Zumindest ging ich davon aus, dass er es war – so, wie ich ihn bisher erlebt hatte, sprach alles dafür. Für diese Art der Ruhe brauchte es allerdings jahrelanges, vehementes Training unter gröbsten Stressbedingungen. Reichte es aus, der Kopf des Wolfsrudels zu sein, um das zu lernen? Irgendwie bezweifelte ich das.

Andererseits war mein Überblick über das, was sie taten, erst heute Abend in seinen Grundfesten erschüttert worden. Bishops Ehrlichkeit hatte mich etwas unvorbereitet getroffen und dafür gesorgt, dass mir bewusst wurde, wie stark Miami wirklich von ihnen abhing.

Ich vernahm, wie Atlas ruhig, aber laut ausatmete. »Setz dich irgendwohin, damit ich mir ansehen kann, wie schlimm Bishop dich verletzt hat.«

Seine Stimme klang, als hätte Bishop keineswegs das Recht gehabt, mich überhaupt anzufassen, geschweige denn zu verletzen. Wohin war der aufgeladene, kampflustige Atlas plötzlich verschwunden?

Mit leicht bitterem Geschmack im Mund setzte ich mich auf einen der Sessel, lehnte mich zurück und starrte die Decke an. Mein Aufenthalt hier verwirrte mich. Ich glaubte zwar weiterhin fest daran, dass die drei Männer am Ende der zwei Wochen alles dafür tun würden, mich wieder loszuwerden, doch irgendwie spürte ich auch den Sog und mein Interesse an dem, was sich mir nach und nach offenbarte.

Und nicht nur dem Äußeren gegenüber. Wieso übte es einen so gewaltigen Reiz auf mich aus, gegen Bishop zu kämpfen und anschließend blutüberströmt in der Villa aufzutauchen, nur um mich mit Atlas anzulegen, der mir wiederum gemischte Signale sendete und sich nicht entscheiden konnte, ob er die Mutter Henne oder den strengen Vorgesetzten raushängen lassen wollte?

Wenn man vom Teufel sprach ... In der Sekunde, in der ich das dachte, tauchte er vor mir auf, einen nassen Lappen in der Hand sowie eine Reihe an Verbandsmaterialien.

Mit hochgezogener Augenbraue sah ich dabei zu, wie er sich mit der Hand meinem Gesicht näherte. Kurz bevor der Stoff meine Haut berührte, hielt er inne. Erst, als seine Finger an meinem Kinn lagen und meinen Kopf in die richtige Position gebracht hatten, fuhr er fort.

Ich schluckte. Und war mir sicher, dass er es hörte.

Es lag nicht daran, dass ich unvermittelt einen scharfen Schmerz an der Wunde verspürte, die eigentlich nicht weiter von Belang war. Meine Reaktion bezog sich einzig und allein darauf, dass er mich berührte, und das so sanft, dass es konträr zu meinem Eindruck war, den ich mir von ihm gebildet hatte.

»Kade und Bishop trainieren oft miteinander«, sagte er ruhig. »Aber nicht an öffentlichen Orten und ganz sicher nicht, bis sie sich gegenseitig verletzt haben.«

Ich gab ein undefinierbares Geräusch von mir, hauptsächlich, weil ich durch seinen Griff den Mund nicht genug öffnen konnte, um etwas zu sagen.

»Die ganze Stadt ist voller Spione. Irgendwer sieht immer etwas, und wenn es bei den falschen Menschen landet, wird es gegen uns verwendet. Dass sie ein Beispiel dafür erhalten haben, wie du kämpfst, bringt dich in eine schwierige Situation. Sie könnten sich darauf vorbereiten.«
Das war nicht die Art von Lektion, die ich erwartet hatte.

Glaubte er, ich schloss mich zukünftig ihm und Kade an, um für ihn irgendwelche Idioten zu verdreschen?

Noch immer tupfte er mit dem Lappen in der Nähe meiner Wunde herum. Ich war mir sicher, dass längst alles sauber war und er es nur tat, um meinen Kopf weiter festzuhalten. »Du musst dich selbst beschützen. Man wird Fragen stellen, nachdem sie dich mit Bishop gesehen haben. Irgendwer wird herausfinden, wie deine Verbindung zu uns aussieht. Ich glaube zwar nicht, dass du auf mich hören wirst – dazu bist du zu stur –, aber falls doch: Verlege deine Trainingseinheiten an Orte, an denen es niemanden gibt, der dich beobachten kann. Wir haben ein Gym im

Keller, ebenso einen Schießstand. Das sind Ressourcen, die du nutzen kannst, Bailey.«

Unwillkürlich schmunzelte ich. Glaubte er wirklich, ich würde mich zukünftig bedeckt halten, nur weil er mir erzählt hatte, dass mein Vater Teil des Rudels gewesen war? Ich hatte Casinos zu leiten, Hotels zu managen und ein Business zu führen. Ich konnte nicht untertauchen und darauf hoffen, dass ich alles aus den Schatten heraus regeln konnte, so wie er es offenbar mit allem tat, in das die Wölfe involviert waren.

Ohne Vorwarnung ließ er mich los und nickte in Richtung des Verbandsmaterials. Obenauf lag ein Pflaster. »Bis es verschlossen ist, solltest du …«

Er sprach den Satz nicht zu Ende, weil ich es mir bereits gegriffen hatte und blind auf die Stelle klebte, wo sich die Verletzung befand. Ich erzählte ihm nicht, dass ich mit weitaus schlimmeren Wunden und ohne Verbandsmaterial im Ausland rumgelaufen war und, oh Wunder, noch immer lebte und gesund war.

»Das war sie also, die große Ansprache? Die gefährliche Lektion? Vor ein paar Minuten dachte ich noch, du würdest das erste Mal impulsiv handeln. Aber irgendwie scheinst du das sofort wieder unter Kontrolle gebracht zu haben.« Ich sprang auf und streckte mich, Atlas war bereits einige Meter entfernt.

Wie es typisch für ihn war, hatte er die Ärmel seines Hemdes hochgekrempelt und gab somit den Blick auf die Tattoos an seinen Händen und Armen frei. Sie verschwanden dunkel unter dem Stoff.

»Und du scheinst dich hier ganz schön wohlzufühlen, dafür, dass du vor Kurzem noch so ein Theater gemacht hast.«

Touché.

Ich schmunzelte. »Ich wusste nicht, dass mir ein ungeplanter Urlaub guttun würde.«

Tatsächlich war der Aufenthalt in dieser Villa das erste richtige Abenteuer seit Jahren, das mich aus meinem Alltag riss und etwas zu bieten hatte. Es war gefährlich, ja. Allerdings war es auch befreiend, sorgte dafür, dass ich mich lebendig fühlte, statt mich selbst in einen Käfig zu sperren und zu hoffen, es würde nichts passieren, was meine sorgfältig getaktete Welt durcheinanderbrachte.

Ich verließ mich auf Strukturen und Routinen. Seit der ersten Minute, in der Atlas mich in dieses Haus gebracht hatte, waren sie verschwunden, und vielleicht sollte die Waagschale mit den schlechten Ereignissen überwiegen – immerhin *hatten* sie mich unter Drogen gesetzt –, doch irgendwie war das Gegenteil der Fall. Ich würde es zwar nicht zugeben, aber mir dessen bewusst zu sein, schadete nicht.

»Es fällt dir leicht, dich selbst zu belügen, oder?« Atlas räumte gerade all die Dinge zusammen, die er angeschleppt, aber doch nicht gebraucht hatte.

»Vielleicht. Aber da du all meinen Fragen ausweichst, wirst du von mir auch keine Antwort darauf bekommen.«

Ohne ein weiteres Wort verließ er das Büro in Richtung seines Schlafzimmers. Ich nutzte seine Abwesenheit sofort und bewegte mich freier durch den Raum. Das meiste, was ich entdeckte, waren irgendwelche Geschäftsunterlagen oder Dekogegenstände, die kunstvoll im ganzen Raum verteilt waren.

Als ich schließlich vor seinem Schreibtisch stand, fiel mir jedoch etwas anderes ins Auge. Eine Zeichenmappe und Stifte.

Bevor ich es mir anders überlegte und zu dem Entschluss kam, seine Privatsphäre nicht stören zu dürfen, hatte ich danach gegriffen. Ein ganzer Stapel Blätter rutschte mir in die Hände.

Ich riss die Augen leicht auf. Was hatte ich erwartet? Landschaftsbilder, Stillleben und Zeichnungen von süßen Welpen? Nun, ich hielt das komplette Gegenteil in der Hand. Atlas schien ein besonderes Interesse für Aktzeichnungen zu haben. Bevorzugt Paare, in den verschiedensten Sexstellungen und teilweise so detailliert, dass nichts der Vorstellung überlassen wurde.

Je weiter ich mich durch die Papiere wühlte, desto seltsamer wurde das Gefühl in meiner Magengegend. Irgendwie ...

»Heilige Scheiße«, stieß ich aus, bereit, die Zeichnungen in hohem Bogen von mir zu schleudern.

Der Mann auf den Zeichnungen war eindeutig als Atlas zu identifizieren. Die Tattoos, die Körperhaltung, die markanten Merkmale. Was allerdings sehr viel interessanter war: Er stellte niemals sich selbst in den Fokus, ließ sich eher verblassen neben der Frau, die ebenfalls ein wichtiger Bestandteil seiner Zeichnungen war.

Ich vernahm ein Räuspern, gab mir aber nicht die Mühe, es abzustreiten, erwischt worden zu sein. Stattdessen ließ ich einfach nur die Hand sinken und drehte mich mit hochgezogener Augenbraue um.

»Wühlst du immer in den privaten Unterlagen anderer Menschen?«, verlangte er zu wissen. Unter seinem Auge zuckte ein Muskel.

»Und du, Atlas? Zeichnest du immer pikante Bilder mit dir und mir in der Hauptrolle?« Ich hatte nicht einmal die Hälfte der Papiere durch. Wie viele Zeichnungen gab es? Wie lange ging das schon? War er deswegen regelmäßig in meinem Casino aufgetaucht?

Anstatt mir zu antworten, bewegte er sich langsam auf mich zu, wie ein Raubtier, welches sich seiner Beute näherte. Erst als er wieder direkt vor mir stand, hielt er inne, den Kopf leicht zur Seite geneigt.

Es schien ihn nicht wirklich zu stören, dass ich die Zeichnungen gefunden hatte. Zumindest entdeckte ich auf seinen Gesichtszügen keine Reue.

Atlas senkte den Blick auf meine Lippen. »Ich musste all die Vorstellungen aus meinen Gedanken irgendwie loswerden, oder nicht? Es ist schließlich keine Option, einfach über dich herzufallen und sie in die Realität umzusetzen.«

Ich hielt den Atem an, versuchte, mich auf seine Augen zu konzentrieren. Großer Fehler. Die Intensität seines Blickes hatte gerade um das Hundertfache zugenommen.

»Wieso nicht?«, brachte ich hervor, bevor ich bemerkte, was ich da überhaupt sagte.

»Weil«, erwiderte er und zog mich mit einem heftigen Ruck gegen seinen Körper, »ich das erste Mal nicht die Zeit hätte, mich auf all diese kunstvollen Arten zu konzentrieren.«

Mein Mund wurde trocken und ich war mir nicht einmal sicher, ob es an seiner Nähe, seinen Worten oder der Tatsache lag, dass ich jedes Detail seines muskulösen Körpers direkt an meinem spürte.

Aus einem Reflex heraus ließ ich die Hände seine Brust hinaufgleiten, suchte nach Halt, aber fand keinen. Dafür allerdings spürte ich, wie sein Körper auf meinen reagierte.

»Aber ich würde ohnehin nicht mit dir schlafen, Bailey.« Unerwartet ließ er mich los und trat einen Schritt zurück. »In meinem Bett hat nur eine Person das Sagen … und da du Probleme hast, selbst einfache Anweisungen zu befolgen …«

Belustigt lachte ich auf. Das meinte er nicht ernst, oder? Er konnte mich nicht derart in seinen Bann ziehen und dafür sorgen, dass mir im wahrsten Sinne des Wortes das

Wasser im Mund zusammenlief, nur um mich dann fallen zu lassen wie eine heiße Kartoffel.

»Ich frage mich, wie sich das anfühlt.«

»Was?«, fragte er.

Ich verschränkte die Arme. »So sehr auf Macht und Kontrolle zu pochen, dass einem der ganze Spaß entgeht.«

Er musste ja nicht wissen, dass ich ebenfalls eine Kandidatin für diesen Orden war. Ging es nach mir, musste er überhaupt nichts über mich wissen. Nur war es dafür längst zu spät, wie die Zeichnungen bewiesen. Was wusste er noch? Wie tief hatte er gegraben, welche unschönen Geheimnisse aufgedeckt?

»Ich kenne dich nicht gut, Atlas, aber einer Sache bin ich mir sicher. Du hältst an deiner Kontrolle fest, als wäre es der einzige Strohhalm, der dich vor dem Ertrinken rettet. Sobald du auch nur drohst, aus einer Emotion heraus zu handeln, unterbindest du es – innerhalb von Sekunden. Ich weiß, es ist sinnlos, diese Frage zu stellen, weil du sie ohnehin ignorieren wirst, aber ... wovor hast du Angst, hm?« Ich durchbohrte ihn mit meinem Blick, nicht erwartend, dass er irgendwie darauf reagierte.

Umso mehr kam es aus dem Nichts, als er meine Oberarme packte, mich rückwärts gegen den Schreibtisch donnerte und im gleichen Atemzug alles, was bislang darauf gelegen hatte, zu Boden warf.

Er hatte meine Beine auseinandergedrängt und sich dazwischen positioniert, bevor ich überhaupt registrierte, was passiert war.

Mein Körper wollte automatisch die Macht an sich reißen, doch auch gegen dieses Aufbäumen war er gewappnet. Und abermals schneller. Seine Hand schoss an meinen Hals, drückte mich flach nach unten gegen die Schreibtischplatte.

Atlas Gesicht schwebte über meinem, leicht zur Seite

geneigt, aber immer noch vollkommen ruhig. Nur sprachen seine Handlungen eine gänzlich andere Sprache.

Ich hob die Beine an, schloss sie um seine Hüfte, damit ich wenigstens ein bisschen das Gefühl hatte, ihm nicht komplett ausgeliefert zu sein.

»Ich weiß, dass das nicht ausreicht, um dich außer Gefecht zu setzen«, knurrte er an meinem Ohr. Sein Atem streifte die empfindliche Haut an meinem Hals, knapp über der Stelle, an der noch immer seine Finger ruhten.

Ich streckte mich ihm automatisch entgegen, in der stillen Hoffnung, er nutzte seine andere Hand, um meinen Körper zu erkunden und all die Stellen anzufassen, die so verzweifelt danach schrien.

Ein Schmunzeln bildete sich auf meinen Lippen. Womöglich hatte er damit recht. »Dann musst du mich wohl anders im Zaum halten, Atlas.«

Seine Finger wanderten seitlich an meinem Körper entlang, hinterließen Feuer, wo auch immer sie mich berührten, obwohl es nur durch den Stoff hindurch war.

»Ich *könnte* dich fesseln und dafür sorgen, dass du mir ausgeliefert bist. Aber nach Bishops kleinem Fehler ... Vergiss es, das ist nicht weiter relevant. Es werden Worte sein, die dich davon abhalten, dich gegen mich aufzulehnen.« Er befand sich noch immer direkt neben meinem Ohr, sodass seine Stimme durch meinen Körper raste und eine Hitze hinterließ, die es problemlos mit den Mittagstemperaturen in Miami aufnehmen konnte.

»Werden es auch Worte sein, die dich vergessen lassen?« Mittlerweile wusste ich eines mit absoluter Sicherheit. Wenn ich mit Atlas schlief, wollte ich sehen, wie er die Kontrolle verlor. Wie sie vor meinen Augen auseinanderfiel und das freisetzte, was er so sorgfältig vor der Menschheit zu verbergen versuchte.

Der Biss in die empfindliche Stelle unter meinem Ohr

kam unerwartet, ließ mich scharf die Luft einziehen. »Du willst nicht mit meinen Monstern spielen, Bailey.«

So mysteriös. So geheimnisvoll. So *anziehend.*

»Zeig sie mir«, knurrte ich fordernd.

Im gleichen Augenblick, als die Worte über meine Lippen kamen, wusste ich, dass es ein Fehler gewesen war. Bevor mir die Entschuldigung, die mir auf der Zunge lag, entweichen konnte, hatte er mich mit einer einfachen Bewegung umgedreht.

Die Kante des Schreibtischs bohrte sich in meine Hüfte, so heftig presste er sich von hinten gegen mich. Seine Hand lag um meinen Nacken, drückte mich weiter gegen das Holz, während die andere an meiner Hose riss.

Die Zeit für Spielchen war abgelaufen. Spätestens, als er mir die Unterwäsche achtlos vom Körper riss, war mir das klar. Ich presste die Hände flach gegen die Schreibtischplatte, im Versuch, ihm nicht mit der gleichen Intensität entgegenzukommen.

Ein nicht unerheblich wichtiger Teil von mir wusste, dass das eine Grenze war, die ich heute besser nicht auch noch überschritt.

Ich hörte, wie er seine Hose ebenfalls aufriss, und in der nächsten Sekunde spürte ich seinen harten Schwanz an meiner nassen Pussy. Meine Muskeln zogen sich vorfreudig zusammen, konnten es gar nicht erwarten, dass er das tat, worauf es hinausgelaufen war, seit er mir befohlen hatte, in sein Büro zu gehen.

Mit einer harschen Bewegung drängte er meine Beine weiter auseinander. Dann war Atlas in mir. Tief. Hart. Unnachgiebig. Und zunächst, ohne dass er sich weiter bewegte.

Seine Hand rutschte von meinem Nacken in meine Haare, riss meinen Kopf zurück. Auf halbem Weg kam er mir mit seinem entgegen, vergrub die Zähne in meinem entblößten Hals. Er brachte mich dazu, das Stöhnen, das ich zurückgehalten hatte, seit er in mich eingedrungen war, herauszulassen.

Sofort spürte ich, wie ein Schauder durch seinen gesamten Körper lief und sich etwas in der Atmosphäre zwischen uns veränderte.

Fuck.

Sein erster richtiger Stoß war so rücksichtslos, es trieb mir die Tränen in die Augen.

»Du willst nicht mit meinen Monstern spielen, Bailey«, wiederholte er. »Weißt du, warum? Weil sie dich bei lebendigem Leib zerfleischen würden.«

Er bewegte sich wieder in mir, mit der gleichen Brutalität, als müsste er einen Punkt unterstreichen. Ich wurde feuchter.

»Diese kleine Verletzung an deiner Stirn? *Süß*. Würde ich die Kontrolle aufgeben, die du immer so lustig findest, wäre ich derjenige, der dir solche Wunden zufügt. Und Spaß daran hätte.«

In meinem Unterleib bildete sich ein Knoten. Verlangen donnerte durch meinen Körper, als seine Hüften wieder gegen meine drängten.

Das hier war kein Rhythmus. Kein Sex. Es war eine Demonstration dessen, was Atlas so sorgfältig unter Verschluss hielt. Und es war heiß genug, anziehend genug, um meinen eigenen Überlebensinstinkt zu vergessen und *mehr* davon zu wollen.

»Aber damit wäre es nicht getan. Es würde mir gefallen, dein Blut an meinen Händen zu sehen. Es würde mich erregen, darüber nachzudenken, wie ich dir das Leben systematisch nehmen könnte.« Er stieß wieder zu.

Ich keuchte. »Mehr.«

Es war nur für den Bruchteil einer Sekunde, aber ich merkte trotzdem, wie er innehielt. Bevor ich einen zweiten

Gedanken daran verschwenden konnte, hatte er sich wieder gefangen.

Sein Schwanz zuckte in mir, statt meiner Haare hielt er mit einem Mal meinen Hals umschlossen. So fest, dass mir die Luft wegblieb. Panik und Lust gleichermaßen schossen durch mich hindurch, doch ich blieb ruhig. Genoss.

»Ich frage mich ehrlich, wie weit ich es mit dir treiben würde. Ob ich aufhören könnte, bevor es zu spät ist, oder ob du am Ende mein erster Mord wärst. Könnte ich es? Vielleicht bevor ich das erste Mal in dir war. Doch jetzt …«

Die Ränder meines Sichtfelds verfärbten sich schwarz, eine leise Stimme in meinem Kopf flüsterte, dass ich gleich das Bewusstsein verlor. Trotzdem setzte die Angst nicht ein. Im Gegenteil, ich spürte, wie sich rasant ein Orgasmus in mir aufbaute, und jeder harte, schnelle Stoß von Atlas brachte mich näher an ihn heran.

Ich hörte seine Stimme abermals direkt neben meinem Ohr. »Wie fühlt sich das an, Bailey? Sie sind frei und spielen mit dir. Sie könnten dich das Leben kosten, wenn ich nicht aufpasse. Trotzdem scheinst du mir zu vertrauen und ich frage mich, wie das …«

Der Orgasmus riss mich so unerwartet mit sich, dass seine Worte in einem Strudel an Empfindungen untergingen. Sprach er überhaupt zu Ende? Mein Kommen setzte auch eine ganze Reihe anderer Dinge in Gang.

Die Hand an meinem Hals verschwand, Luft strömte zurück in meine Lungen. Mein Körper zuckte, katapultierte mich auf ein Gefühlshoch, das mich unvorbereitet erwischte. Atlas' Finger gruben sich in meine Hüfte, während er mich so hart nahm, dass der eine Orgasmus direkt in den zweiten überging.

Gleichzeitig schien auch er zu kommen. Keine zwei Sekunden später zog er sich zurück, kühle Luft küsste meinen Rücken.

Mein Hirn war wie leergefegt, es dauerte einige Minuten, bis ich wieder einen klaren Gedanken zu fassen bekam. Ich verharrte in meiner Position, bis sich meine Beine nicht mehr anfühlten, als würden sie unter mir nachgeben. Bis meine Lungen wieder gelernt hatten, wie man richtig atmete, und mir bewusst war, wie sehr ich mit meinen Provokationen mit dem Feuer gespielt hatte.

Im gleichen Moment wurde mir aber auch bewusst, dass mich die letzten Minuten nicht abgeschreckt hatten. Wenn überhaupt, *zogen sie mich an*. Atlas zog mich an. Seine Monster zogen mich an.

Ich stieß mich vom Schreibtisch ab, zog meine Hose wieder hoch und versuchte, zu verarbeiten, was gerade passiert war. Neben der innerlichen Ruhe, die mich nun beherrschte, fand ich noch ein anderes Gefühl. Eine Art von Wissen, das ich für den Moment nicht weiter anfassen wollte.

Von Atlas fehlte jede Spur, zumindest im Büro. Die Tür, die in sein Schlafzimmer führte, war weit geöffnet.

Wenn er glaubte, ich würde einfach verschwinden und wir würden nie wieder über das, was geschehen war, sprechen, täuschte er sich.

Er konnte mich nicht vögeln und mir einen Einblick in die Abgründe seiner Seele geben, nur um mir dann die kalte Schulter zu zeigen und zu hoffen, dass ich vergaß.

Ohne zu klopfen, betrat ich sein Schlafzimmer und schließlich das angrenzende Badezimmer. Ich lehnte mich in den Türrahmen und beobachtete ihn dabei, wie er sich auszog. Die Dusche lief bereits.

»Verschwindest du nach dem Sex immer gleich?«, fragte ich belustigt.

Atlas wandte den Kopf in meine Richtung, mir den berühmt berüchtigten Todesblick zuwerfend. »Das hättest du auch tun sollen.«

»Wieso? Damit du so tun kannst, als wäre nichts passiert?«

»Oh, ich kann ganz genau sehen, was passiert ist. Jeder wird es sehen können.«

Meine Hand wanderte unbewusst zu meinem Hals. Sah man den Biss? Die Würgemale? Beides? »Spielt keine Rolle. Ich hab kein Problem damit, zuzugeben, worauf ich stehe.«

Atlas' Blick wurde noch finsterer, falls das überhaupt möglich war. »Du hättest sterben können.«

Bevor ich es rational abwägen konnte, hatte ich das Messer aus meiner Jackentasche in der Hand, stand in Atlas' Rücken und presste die Klinge gegen seine Halsschlagader, die mit einem Mal heftig pulsierte.

»Und du verstehst nicht, dass ich nicht irgendein dummes, wehrloses Ding bin. In der Sekunde, in der mir bewusst wird, dass du die Kontrolle wirklich verloren hast … Ich töte dich, bevor du mich töten kannst, Atlas. Und ich *will* mit deinen Monstern spielen, ob es dir gefällt oder nicht.« Mit dem letzten Wort zog ich das Messer zurück.

Atlas fuhr herum, packte mein Handgelenk so fest, dass ich es fallen ließ. Dann fand ich mich an der Wand wieder, seine Hand an meinem Kinn.

Als seine Lippen meine berührten, ebenso wild und unnachgiebig, wie er mich eben gevögelt hatte, vergaß ich für einen Moment alles. Solange er mich nur festhielt und mir in allen Details zeigte, was er vor allen anderen verbarg, würde ich die kommenden zwei Wochen schon hinter mich bringen.

KADE

Let's go pick some daisies.

Von Atlas fehlte beim Frühstück jede Spur. Dafür war Bishop früher als üblich anwesend und schaufelte sich den Teller mit finsterem Blick extra voll. Bailey war ebenfalls nicht weit, denn immer wieder hörte man, wie die Wasseroberfläche des Pools durchbrochen wurde und sie tief Luft holte, nur um wieder für eine lange Zeit abzutauchen und Bahnen zu ziehen.

Die Atmosphäre war nach gestern Abend ein wenig seltsam, meine Verletzung in den Hintergrund gerückt. Zugegeben, so schlimm war sie ohnehin nicht, aber es war interessant, wie die Anwesenheit einer einzigen Frau den gesamten Ablauf in diesem Haus durcheinanderbrachte.

Wie oft hatten Bishop und ich uns schon geprügelt und verletzt? Plötzlich war es etwas Verwerfliches, wenn Bailey involviert war. Sonst hatte Atlas keine Skrupel, eine Frau in ihre Schranken weisen zu lassen.

Die dunkelhaarige Schönheit stellte im Gegensatz zu unseren sonstigen Feinden endlich mal eine ebenbürtige

Gegnerin dar. Und jetzt sollten wir uns zurücknehmen, so tun, als wäre dieses Haus ein ungefährlicher Spielplatz?

Du wirst nichts an deinem Verhalten ändern.

Ich grunzte und schob den Rest des Toastbrots in meinen Mund. Ohne zu kauen, schluckte ich.

Selbstverständlich nicht. Nur weil sie hier ist,
gehen wir nicht plötzlich auf eine
katholische Mädchenschule.

Tja, letzte Nacht klang auch nicht gerade nach Gottesdienst.

Du weißt, dass mir das egal ist, Daisy.

Du willst sie auch.

Ja. Nur weil Atlas sie hatte,
wird mich das nicht davon abhalten –

»Guten Morgen«, durchdrang Baileys Stimme meine viel zu lauten Gedanken.

Klatschnass, wie sie war, ließ sie sich auf dem Stuhl mir gegenüber nieder, hielt damit einigermaßen Abstand zu Bishop. Sie ließ sich nicht anmerken, was sie gestern Abend getan hatte, und auch eine schnelle Musterung ihres Körpers – der dank des knappen Bikinis gut sichtbar war – wies keine Anhaltspunkte auf.

Vermutlich hatte sie das wasserfeste Make-up hervorgeholt und es nicht nur für die Narben an ihrer Schulter benutzt, sondern auch für die Spuren, die Atlas zweifelsohne hinterlassen hatte.

Bailey war nicht die erste Frau, die ich sah, nachdem sie mit Atlas geschlafen hatte. Für gewöhnlich waren besagte Frauen aber nicht bester Laune und die meisten von ihnen gingen nicht noch eine Dreiviertelstunde schwimmen, um sich körperlich belastet zu fühlen.

Entweder er hatte sie sanft angepackt – und danach hatte es nicht geklungen – oder Bailey trug mehr in sich, als man auf den ersten Blick vermutete. Mehr Kraft. Mehr Stärke. Mehr Dunkelheit.

Mir lag die Frage auf der Zunge, wie es ihr überhaupt gelungen war, Atlas aus seiner Deckung zu locken. Er schlief nicht mit Frauen, die ihn wollten. Wenn überhaupt, bezahlte er Prostituierte für ihre Dienste, und das auch schon längere Zeit nicht mehr, wenn ich mich recht erinnerte.

»Guten Morgen«, erwiderte ich schließlich. Von Bishop kam nicht mal ein Murmeln, also ging ich wieder dazu über, ihn zu ignorieren, wie ich es die ganze Zeit über schon getan hatte.

Nachdem er mir gestern beim Verarzten beinahe noch eine extra Wunde zugefügt hatte, war ich nicht sonderlich gut auf ihn zu sprechen.

»Was steht heute auf dem Plan? Wie geht es dir? Mich würde ja schon interessieren, wie es zu der Verletzung gekommen ist.« Bailey wies auf den Verband an meiner Schulter, eine Augenbraue tadelnd nach oben gezogen.

Gestern Abend hatte sie die Verletzung ziemlich schnell vergessen, nachdem Atlas ihre gesamte Aufmerksamkeit für sich beansprucht hatte.

»Ein kleiner Kratzer von einem Messer«, erwiderte ich vage. »Wird genauso schnell abheilen wie der Streifschuss.« Ich deutete auf das Pflaster an meinem Oberarm. Vermutlich hatte die Verletzung mir das Tattoo versaut, doch das würde sich hoffentlich in Ordnung bringen lassen. »Und was die Tagespläne angeht …«

Ich sah kurz auf zu Bishop und dann zur Terrassentür. Vermutlich würde er sie so schnell nicht wieder irgendwohin mitnehmen. Die Wunde an seiner Schläfe hatte sich über Nacht in einen ausgemachten blauen Fleck verwandelt, der die Hälfte seiner Wange in Anspruch nahm und für besonders tiefe Augenringe sorgte.

Atlas tauchte weiterhin nicht auf, was mich zu der Vermutung veranlasste, dass er die vergangene Nacht bereits bereute und sich gerade selbst dafür bestrafte, einen derartigen Fehler begangen zu haben. Dafür war Liko umso präsenter und führte sich mittlerweile auf, als wäre das hier sein neues Zuhause.

Fehler. Siehst du, kein Grund,
den ebenfalls zu machen.

Fast mein gesamtes Leben ist eine
Aneinanderreihung von Fehlern.
Auf den einen kommt
es jetzt auch nicht mehr an.

Schließlich hob ich die Schultern, weil ich nicht wusste, was heute anstand. Normalerweise nutzte Atlas das Frühstück, um uns ein Update zu geben und mitzuteilen, welche Brände wir heute zu löschen hatten. Seine Abwesenheit ließ uns zunächst kopflos zurück. Natürlich hatten wir so oder so einen groben Überblick über die Themen, die uns aktuell beschäftigten, aber falls heute Nacht etwas geschehen war, was als Erstes Aufmerksamkeit brauchte, gab es außer Atlas niemanden, der es wissen würde.

»Ich fürchte, Bishop hat erst mal genug von dir. Also musst du wohl mit mir vorliebnehmen.«

Bailey zeigte mit der Gabel auf mich. »Wunderbar. Wir fangen damit an, dass du Liko und mich an den Strand begleitest.«

Meine Gesichtszüge entgleisten mir einen kurzen Moment. »Ich soll den Köter bespaßen?«

Sie rollte mit den Augen. »Du sollst mir Biscayne zeigen, damit ich weiß, wo ich mich befinde, falls ...«

Meine Augenbraue wanderte in die Höhe. Falls was? Sie plötzlich fliehen musste? Jemand mit einem Panzer auftauchte und versuchte, unsere Villa plattzumachen?

»Alvaro hat ungefähr einhundertzwanzig Sicherheitsprotokolle für die verschiedensten Ereignisse«, sagte ich unbestimmt, in der Hoffnung, sie ließ das Thema einfach fallen.

Bailey jedoch neigte den Kopf. An der Seite ihres Halses schimmerte es im Sonnenlicht leicht blau. »Ich verlasse mich auf niemanden außer mich selbst.«

»Oh, leiden wir unter Vertrauensproblemen? Vielleicht wäre dann statt des Ausflugs zum Strand ein Ausflug zum Psychiater angebrachter?« Lachend fing ich die Banane aus der Luft, die sie mit ordentlich Pfeffer in meine Richtung geworfen hatte. Ich zuckte mit den Schultern. »Ich sag nur, wie es ist.«

»Und ich sage, dass du mit Liko und mir zum Strand kommst.«

War ein Fehler, dieser eine Strandbesuch,
nicht wahr?

Wer hätte ahnen können, dass ich sie deswegen automatisch
auch den Rest der Woche
an der Backe habe??

Mir war das klar.

Sicher. Und du weißt auch schon,
was ich morgen zu Mittag esse.

Ich weiß, dass du dich nicht entscheiden kannst,
ob du sie magst oder hasst.

Wie würdest du diese Entscheidung denn fällen?

Ich an deiner Stelle würde sie hassen.

Damit war diese Entscheidung auch getroffen. Ich würde mich den Rest der Woche einfach nicht mehr an ihrer Anwesenheit stören. Vielleicht freute ich mich sogar, wenn sie begeistert neben mir im *Divo* saß und sich Mühe gab, mehr über mich herauszufinden.

Dass das eine Aufgabe für ein ganzes Leben war, hatte ich ihr natürlich nicht offenbart. Für jede Schicht, bei der es ihr gelang, sie zur Seite zu puhlen, fand sie darunter einfach nur eine neue. Wie bei einer Zwiebel, deren Kern mit ihren unzähligen Schichten wunderbar geschützt war.

Für mich war es da deutlich einfacher, Bailey näher kennenzulernen. Sie machte kein Geheimnis aus der Person, die sie war. Sie trug ihre Meinung auf der Zunge und ihre Leidenschaft befeuerte ihre Gefühle. Zuweilen glaubte ich sogar, dass sie mir den Zwischenfall mit den Drogen verziehen hatte. Seit unserem Gespräch im Gästezimmer hatte sie nichts mehr dazu gesagt.

Es machte auch nicht den Anschein, als hätte sie im Nachhinein noch Probleme bekommen. Womöglich war sie nach außen hin auch nur besonders stark, hielt sich gut beisammen. Ich glaubte jedoch, dass sie das, was sie früher dazu getrieben hatte, Drogen zu nehmen, längst bekämpft und in die Flucht geschlagen hatte, und alles, was sie aktuell noch beherrschte, die Angst war.

Angst lebte in allen von uns. Wir gingen nur unterschiedlich damit um, teilten unseren Dämonen Macht zu, nur um sie anderen zu entziehen. Am Ende war es ein Spiel, veranstaltet unter der großen Frage, wem oder was wir genügend Macht einräumten, um uns zu zerstören.

Ich gab sie den russischen Drogen. Und Bailey? Vielleicht gab es nach all der Disziplin in ihrem Leben nichts mehr, was ihr noch ehrlich schaden konnte. Vielleicht war sie die Meisterin ihres Geistes geworden und hatte alles unter Kontrolle gebracht, um es eisern zu regieren.

Wie Atlas, der die letzten Tage kaum auszuhalten gewesen war. Gerade musterte er mich mit besonders scharfem Blick, weil ich die letzten Minuten über nicht zugehört hatte. »Beansprucht Daisy wieder deine volle Aufmerksamkeit oder hast du einfach keinen Bock?«

Ich verzog den Mund und zuckte mit den Schultern, den Blick auf Bailey richtend, die die Augen zusammengekniffen hatte.

»Ist ohnehin immer dasselbe, dafür muss ich mir vorher nicht zwanzig Minuten Gerede anhören.«

Lehnst dich ja heute ganz
schön weit aus dem Fenster.

Das macht den Nervenkitzel aus, Baby.

Während ich Atlas abwartend musterte und damit rechnete, er würde gleich vor meinen Augen explodieren, nahm ich in aller Ruhe meine Metalldose aus der Hosentasche, warf mir noch eines der tic tacs ein und lenkte meinen Fokus dann zurück auf Atlas, der mich die ganze Zeit über beobachtet hatte. Unter seinem Auge zuckte ein Muskel. Kaum wahrnehmbar, und doch war es da.

Wieso war er so gestresst? Bereute er immer noch, Bailey gevögelt zu haben? Oder lag es daran, dass es seitdem nicht noch einmal passiert war, weil keiner von beiden das Bedürfnis zu haben schien, es anzusprechen?

Wie gern würde ich beide auf die Couch setzen und sie in ein kleines psychologisches Gespräch verwickeln. *Daran* hätte ich zur Abwechslung Spaß. Selbst wenn Atlas mich im Anschluss einen Kopf kürzer machte.

Schließlich atmete er lautstark aus. »Schön. Wenn du das sagst ... Ich wünsche euch viel Spaß heute. Und sorg dafür, dass ihr in einem Stück zurückkehrt. Es gab diese Woche zu viele Zwischenfälle.«

Er spielte darauf an, dass Bishop sich vor zwei Tagen nachts in eine Schlägerei hatte verwickeln lassen, nur um unidentifiziert im Krankenhaus aufzuwachen – Gehirnerschütterung und gebrochenen Finger inklusive. Seit Atlas ihn da rausgeholt hatte, fristete er ein relativ tristes Dasein in seinem Bett oder auf der Wohnlandschaft. Ab und an kümmerte sich Alvaro um sein Wohlergehen oder Bailey brachte ihm gnädigerweise einen Teller Essen aus der Küche, ansonsten verschwand er größtenteils im Hintergrund.

»Irgendwas sagt mir, dass diese Zwischenfälle mit unserem neuen Familienmitglied zusammenhängen«, murmelte ich und spielte damit nicht auf den Köter an, der alles vollsabberte und öfter in meinem Bett lag, als gut für mein persönliches Wohlergehen war.

Lauter und an Bailey gewandt sagte ich: »Ich hoffe, du hast die Tasche schon gepackt. In fünf Minuten geht's los.«

»Du steckst voller Überraschungen«, murmelte Bailey, trat das Gaspedal weiter durch und jagte mit solcher Geschwindigkeit über Miamis Highway, dass ich mich wunderte, nicht längst zwei Polizeistreifen, einen Heli und die News am Hintern zu haben. Der Präsident des Police Departments stand zwar auf unserer Gehaltsliste, doch das bedeutete noch lange nicht, dass er bei allen Vergehen beide Augen zukneifen konnte. Für manche Dinge gab es keine Ausreden, und in den stadtweiten Achtzehn-Uhr-Nachrichten mit einer Verfolgungsjagd aufzutauchen, gehörte definitiv dazu.

»Langsam bereue ich es, dir die Schlüssel überlassen zu haben«, gab ich kopfschüttelnd zurück.

»Weil es auch sicherer wäre, unter Drogeneinfluss zu fahren.«

Ich schnaubte. »Das mache ich seit Jahren und meine Reflexe waren nie besser.«

»Das glaubst du. Aber sagen wir mal, realistisch gesehen, deine Reflexe sind gut. Wie viel besser könnten sie sein, wenn du nicht –«

»Mir egal. Wir sind hier nicht bei den anonymen Drogenabhängigen.« Meine Antwort klang genervter als beabsichtigt.

Nur weil es etwas gab, was uns beide gewissermaßen verband, hieß es noch lange nicht, sie konnte sich das zum Vorteil machen, eine Brücke schlagen und Moralapostel spielen.

»Schön. Und was hat es mit dieser Daisy auf sich?«

Irritiert hob ich eine Hand, um mir den Nasenrücken zu massieren. Wie kam sie nun darauf?

»Eifersüchtig?«, fragte ich provokanter als notwendig.

Bailey schnaubte. »Hab bloß nicht erwartet, dass ihr euch von irgendwelchen Frauen domestizieren lasst.«

Wow. Vielleicht brauchte ich zukünftig einen deutlich härteren Spitznamen für sie. Irgendetwas, das ausdrückte, wie spitzzüngig sie war. »Eine der wenigen Nebenwirkungen der Droge ist es, dass ich eine Stimme in meinem Kopf höre. Ich hab sie Daisy getauft, weil sie weiblich ist, mir die meiste Zeit höllisch auf die Eier geht und am ehesten als *batshit crazy* zu bezeichnen ist.«

Bishop und Atlas wussten von Daisy. Was für einen Unterschied machte es also, auch Bailey in das kleine, aber offene Geheimnis einzuweihen? Wenn sie fortan mit uns zusammenlebte, würde sie früher oder später sowieso damit konfrontiert werden.

»Du redest mit dir selbst? Wie bei Kindern, die unsichtbare Freunde haben?«

Seufzend schüttelte ich den Kopf. »Das ist es ja. Würde ich mit mir selbst reden, wäre es ja meine eigene Stimme. Aber sie ist eindeutig weiblich ... und es fühlt sich nicht so an, als hätte sie was mit meinen Gedanken an und für sich zu tun.«

»Hast du mal überlegt, einen Psychologen zu besuchen?«, fragte sie in einer Mischung aus Ernst und Belustigung.

»Wieso? Ich hab doch Daisy«, schoss ich zurück. »Aber ich hab keine Lust, das jetzt weiter zu thematisieren.«

»Dann verrate mir doch stattdessen, was in der Tasche ist und wofür wir sie brauchen.« So einfach wechselte sie das Thema. Als hätte ich ihr nicht gerade erklärt, wie verrückt meine Psyche war.

»Du hast Atlas' Erklärungen doch gehört.«

Diesmal schnaubte sie. »Nö. Nicht ein Wort. Ich bin davon ausgegangen, du weißt, was zu tun ist. Hatte die Airpods drinnen.«

Sie schob eine Strähne des dunklen Haars zurück und

deutete auf die kleinen weißen Kopfhörer, die in ihren Ohren steckten.

*Sie ist nicht gerade eine Verbesserung
für deine Gewohnheiten.*

Nicht, wenn sie die gleichen hat ...

»Lektion Nummer eins: Du verlässt dich niemals auf einen anderen von uns. Außer auf Atlas. Atlas ist die Ausnahme für alles.«

»Tja, da ich aber kein volles, handlungsfähiges Mitglied dieses Rudels bin, werde ich sicher auch nicht selbstständig handeln.«

»Sagt wer?«

»Ich.«

»Aha.«

»Was? Wir haben einen Deal über zwei Wochen.«

Ich konnte mir ein leises Lachen nicht verkneifen. »Falls du es noch nicht bemerkt hast, *Mele*, du bist in den letzten fünf Tagen ganz schön tief reingerutscht.«

Bailey drehte den Kopf in meine Richtung, den Straßenverkehr ignorierend. »Wo denn?«

»Oh, warte, lass mich überlegen«, sagte ich und tippte mir theatralisch mit dem Zeigefinger gegen das Kinn. »Du hast Bishop verprügelt und anschließend Atlas gevögelt. Seitdem bist du praktisch mein Schatten und übernimmst die Rolle, die eigentlich Atlas innehat. Du bewegst dich durchs Haus, als würdest du da schon ewig wohnen, dein Hund fühlt sich pudelwohl und irgendwie gelingt es dir, dein Casino-Imperium mit dem, was wir so treiben, unter einen Hut zu bekommen. Ganz zu schweigen davon, dass du Interesse an dem zeigst, was passiert. Fehlt nur noch, dass du mitmischst.«

»Das wird nicht passieren. Und ich passe mich nur den Gegebenheiten an.«

»Mal sehen, ob du das in einer Woche immer noch sagst. Wir schnappen uns heute nämlich einen Informanten der Mafia und nehmen ihn mit in unseren Spielkeller. Was für Foltermethoden lernt man beim Militär denn neuerdings so?«

Bailey wandte den Blick wieder der Straße zu. »Du wusstest also, was auf dem Plan steht?«

»Auch wenn es die meiste Zeit nicht so aussieht, bin ich bestens informiert.« Ich erwähnte nicht, dass ich mir diesen Schluss aus den wenigen Infos gezogen hatte, die im Gespräch mit Atlas tatsächlich bei mir angekommen waren. »Also, was ist denn nun mit den Foltermethoden?«

»Nichts. Ich werde mich nicht beteiligen, nicht mal mit meinem Wissen. Was ist damit, dass du das letzte Mal verletzt worden bist? Wie gut heilt der Schnitt denn?« Selbstverständlich musste sie den Finger direkt in die Wunde stecken, im übertragenen Sinn. Der Schnitt hatte sich nämlich entzündet und die Naht sah auch nicht gerade gut aus. Es würde auf jeden Fall eine fette Narbe zurückbleiben, zusätzlich zu der Tatsache, dass meine Schulter gerade bei jeder Bewegung schmerzte.

Ich merkte es nur, wenn die Wirkung der Droge nachließ, also war es keine heikle Angelegenheit, aber trotzdem nervig. Mir entwich ein genervtes Brummen. Wie lange hielt sie es schon durch, nur am Spielfeldrand zu stehen und zuzuschauen?

»Stell dich nicht so an, Bailey. Das sind Kollateralschäden, die kommen vor. Wir sind ständig verletzt, das hält uns aber nicht davon ab, unseren Job zu machen.«

»Immobilität kann dich dein Leben kosten.« Wie stur konnte ein Mensch sein? Mittlerweile müsste Bailey doch gemerkt haben, dass es im Rudel anders lief. Wir ließen uns nicht von solchen Kleinigkeiten einschränken.

Es wunderte mich sogar ein wenig, dass Bishop sich strikt an die Anordnung des Arztes hielt. Für gewöhnlich gab er einen feuchten Dreck darauf und tat, wonach ihm beliebte. Vermutlich steckte also etwas anderes hinter seinem Gehorsam und ich wettete, dass es mit seiner Schmollerei zu tun hatte, nachdem Bailey anstatt mit ihm mit Atlas ins Bett gegangen war.

Kindergarten.

»Ich hab nicht vor, heute zu sterben. Und du auch nicht, also vielleicht solltest du die Pferdestärken meines Babys nicht ausreizen und etwas mehr auf den Straßenverkehr achten. Nicht jeder ängstliche Pisser wird ausweichen, wenn er uns im Rückspiegel sieht.« Ich machte eine lasche Handbewegung in Richtung des Toyotas, der gerade die Spur wechselte, obwohl wir noch einige hundert Meter entfernt waren.

BAILEY

Time to throw my control overboard. I'm a fuckin' shield!

Ich hielt mich zurück. Ich hielt mich zurück, als wir zwei Stunden vor einem unscheinbaren, heruntergekommenen Restaurant warteten, bis unser Zielobjekt endlich herausstolperte. Angetrunken und allein. Ich hielt mich zurück, als Kade ausstieg, ihm in eine dunkle Gasse folgte und Sekunden später zurückkehrte, den Kerl wie einen nassen Sandsack über die Schulter gehängt. Er quetschte ihn irgendwie in den hinteren Teil des *Divos* und ignorierte meinen Kommentar darüber, dass sich dieser Wagen nicht für Entführungen eignete und vermutlich eine Grundreinigung brauchte, wenn wir hier fertig waren.

Es stank nach schalem Bier und Schweiß, während Kade mich mit einfachen Anweisungen in einen anderen Teil der Stadt lotste, in Richtung eines weiteren unscheinbaren Gebäudes. Zumindest von außen. Innen war es absoluter Hightech – und in der Tiefgarage parkten nur Autos, die mehr kosteten als das Jahresgehalt eines normalen Angestellten.

Ich hielt mich auch zurück, als er den Kerl wieder aus dem Wagen hievte und durch die Garage spazierte, als gäbe es keine Überwachungskameras und keinen Sicherheitsdienst. Der junge Typ wandte uns vehement den Rücken zu. Die einzige Unterstützung, die ich Kade bot, war es, die Tasche mit dem Waffenarsenal mitzunehmen.

Wir stiegen in den Aufzug, Kade drückte eine Metallkarte der Größe einer *AmEx* gegen ein kleines Bedienfeld, und anstatt nach oben zu fahren, schoss die Kabine in die Tiefe. Ich sagte nichts dazu, obwohl mir ungefähr zehn Fragen auf der Zunge brannten.

Nach wenigen Sekunden öffneten sich die Türen und entließen uns in einen schlichten Gang, von dem nur zwei Türen abgingen. Eine am Ende des Flurs, die andere direkt neben dem Aufzug links von mir.

»Geradeaus. Links ist nur die Abstellkammer«, sagte Kade.

Also ging ich voraus, öffnete die Tür und blieb erst einmal stehen, um zu realisieren, wo ich mich befand. Was hatte ich erwartet? Mittelalterliche Foltergerätschaften, gedimmtes Licht und rote Akzente?

Ich fand mich in einem Raum wieder, in dem alles aus nacktem Beton bestand. Der Boden, die Decke, die Wände. An eben jenen liefen unzählige Rohre entlang, von der Decke hing eine Kette mit einem Haken und im Boden war ein Abfluss eingelassen.

In einer Ecke des Raumes fand sich ein niedriger Tisch, auf dem pures Chaos herrschte. Ich erkannte Werkzeuge.

»Das ist sie? Die Folterkammer des Rudels?« Ich war mir immer noch nicht sicher, was ich empfinden sollte.

Kade ließ den nach wie vor bewusstlosen Kerl zu Boden fallen und nickte. »Als wir das Gebäude vor ein paar Jahren gebaut haben, haben wir ein paar Modifikationen im Bauplan vorgenommen. Die Sicherheitsleute in der Garage und im Überwachungsraum stehen auf unserer Gehaltsliste. Wenn sie jemals auch nur daran denken, zur Polizei zu gehen, sind sie tot. Nachdem sie dabei zugesehen haben, wie ihre Familien sterben.«

Ein wenig beeindruckt verzog ich das Gesicht. Mein Blick glitt zu dem Kerl in der Mitte des Raumes. Nach wie vor hielt ich daran fest, mich nicht einzumischen.

Du taugst nicht als stille Beobachterin, flüsterten mir meine Gedanken ins Ohr. Und hatten damit recht. Selbst beim Militär hatte ich grundsätzlich eine aktive Position innegehabt. Als Eigentümerin unzähliger Unternehmen hatte ich eine aktive Position. Mich jetzt in eine Ecke zu stellen und zuzusehen, wie Kade die Drecksarbeit machte, widersprach meinem gesamten Naturell.

»Erzählst du mir die wichtigen Details? Damit ich wenigstens weiß, warum du den Kerl da auseinandernimmst.« Das war doch ein simpler Anfang, oder?

Eine Weile schwieg Kade, weil er damit beschäftigt war, dem Informanten die Ketten um die Handgelenke zu wickeln und ihn anschließend in eine aufrechte Position zu ziehen. Sein Kopf lag auf seiner Brust, wackelte bei jeder Bewegung hin und her.

»Sein Name ist Hector Rodriguez. Er hat bis vor fünf Jahren für die Wölfe gearbeitet ... und sich dann aus dem Staub gemacht. Wir haben Gnade walten lassen, was sich als Fehler herausstellte. Denn irgendwann wussten die von der kubanischen Mafia plötzlich über Dinge Bescheid, die sie nicht hätten wissen dürfen. Das hat uns jede Menge Geld gekostet. Und Zeit, denn es war gar nicht so einfach, das Leck zu finden. Er hat sich gut getarnt und sich wahnsinnig geschickt angestellt, aber am Ende hat keiner von diesen Idioten eine Chance gegen uns.« Kade hatte sich an die Wand gelehnt und beobachtete jeden Atemzug, den Hector tat.

War das der übliche Alltag der Wölfe? Verrat? Weil irgendwer ihnen nicht das gönnte, was sich zwei Generationen hart erarbeitet hatten? Stritten sich diese Aasgeier wirklich darum, wer die neue Herrschaft über Miami übernehmen würde, obwohl es bereits Anführer gab, die nicht nur fähig, sondern mehr als geeignet waren?

Nach allem, was ich wusste, riss Atlas sich jeden Tag den Arsch auf, um die ganze Stadt am Laufen zu halten. Sie dämmten die Risiken ein, versuchten, eine gewisse Sicherheit zu gewährleisten und die Kriminalität im Verborgenen stattfinden zu lassen, sodass die Zivilisten ein unbeschwertes Leben führen konnten.

Welcher noch halbwegs normal denkende Mensch kam auf die Idee, das alles verändern zu wollen? Offenen Krieg mitten auf der Straße zu führen?

Ich stieß ein ungläubiges Schnauben aus. »Kubanische Mafia. Was bedeutet das?«

Kades Blick schoss kurzzeitig zu mir. »Das wir hier vor Jahren die Cosa Nostra hatten. Bis die Kubaner sie ... vernichtet haben. Das hat ihnen den ersten Aufschwung gegeben. Und den Mut, sich gegen uns zu stellen, statt mit uns zu arbeiten. Dein Vater ...«

Ich rollte mit den Augen. »Hat eine nicht unerhebliche Rolle gespielt. Schon kapiert.«

»Und deswegen auch die kubanische Mafia«, sagte Kade abschließend unnötigerweise.

»Da wäre ich jetzt nicht drauf gekommen.«

»Deswegen sage ich es ja«, erwiderte er grinsend. »Also, wollen wir uns noch mal über Foltermethoden unterhalten?«

Ich zuckte mit den Schultern. »Keine Ahnung. Was ist denn das Ziel dieser kleinen Session?«

Kade verschränkte die Arme. »Ich will wissen, was er ihnen alles verraten hat. Auch die Dinge, von denen wir noch nichts ahnen. Damit wir uns vorbereiten können. Maßnahmen treffen ... und wenn er dann noch lebt, sorge ich dafür, dass er qualvoll stirbt.«

Mein Blick glitt zu der Tasche, die wir aus dem Anwesen mitgebracht hatten. Aus einer Neugierde heraus ging ich in die Hocke, zog den Reißverschluss auf und sah mich einem ganzen Arsenal an Schusswaffen gegenüber. Mehr, als zwei Leute jemals nutzen konnten, um sich auszurüsten.

»Klingt nach einer spaßigen Nacht«, murmelte ich. »Wie lange dauert es, bis er wieder wach ist?«

Kade zog sein Smartphone aus der Hosentasche und warf einen Blick darauf. »Sollte bald so weit sein.«

Ich wartete darauf, dass irgendeine Art von negativem Gefühl einsetzte. Dass ich Kade und die anderen beiden Männer für das verurteilte, was sie taten. Doch nichts dergleichen fand ich in mir, eher im Gegenteil. Auf irgendeiner Ebene konnte ich ihr Handeln so gut nachvollziehen, dass es beinahe gruselig war.

»Und hältst du weiterhin daran fest, nur zuzuschauen?«, fragte Kade unvermittelt. Er sah dabei absichtlich nicht in meine Richtung, sondern zu Hector, dessen Muskeln zuckten.

Er wachte auf.

»Noch ist nichts passiert, was mich meine Meinung hat ändern lassen.« Und hoffentlich blieb das auch genau so – ich wollte nicht noch tiefer in den Sumpf abrutschen, der das Rudel umgab. Nachher schaffte ich es nicht mehr, mich daraus zu befreien und das wäre ... fatal.

Mich auf Atlas einzulassen, war schon ein Fehler gewesen, zumindest teilweise. Die Reaktion der Männer hatte mich auf eine nicht unwichtige Idee gebracht, die sicherstellen würde, dass ich es am Ende der zwei Wochen wirklich wieder nach Hause schaffte.

Bishop schien es mir persönlich zu nehmen, dass Atlas und ich miteinander geschlafen hatten. Wenn man das überhaupt so bezeichnen konnte. Kade gab sich uninteressiert, aber das hatte nichts zu sagen. Atlas' Reaktion war schwer einzuschätzen, vor allem, da wir seitdem nicht mehr persönlich miteinander gesprochen hatten. Nicht ein einziges Wort.

Meine Anwesenheit brachte sie untereinander in Schwierigkeiten. Aktuell waren diese vielleicht noch klein, nicht der Rede wert. Aber je weiter ich es mit ihnen trieb – im wahrsten Sinne des Wortes –, desto mehr Eskalationen würde es geben. Sie würden sich von innen heraus zerfleischen, und das wiederum würde sie dazu bringen, mich wieder loswerden zu wollen.

Am Ende der zwei Wochen ließen sie mich also gehen, mit Kusshand. Ich musste sie nacheinander nur ins Bett bekommen – und vor den jeweils anderen keinen Hehl daraus machen. Vielleicht würde ich es sogar genießen. Den Sex und dabei zuzusehen, wie die Konstellation langsam implodierte.

Je länger ich darüber sinnierte, desto mehr verpasste ich von den ersten Minuten des Gesprächs zwischen Kade und Hector. Zum einen ging es mich nichts an, zum anderen hielt ich weiterhin daran fest, kein Interesse zu heucheln.

Es fiel mir schwer. Nicht zum ersten Mal befand ich mich in einem solchen Raum, nicht zum ersten Mal wurde ich Zeuge, wie ein anderer Mensch gefoltert wurde. Verdammt, wir hatten es damals, als wir im Ausland stationiert gewesen waren, so oft gemacht, dass wir irgendwann abgestumpft genug waren, um hinterher ohne einen zweiten Gedanken daran ins Bett zu fallen und zu schlafen.

Nach außen hin hieß es natürlich immer, das amerikanische Militär würde solche Methoden nicht einsetzen, doch die Wahrheit sah anders aus. Wie so oft.

»Ist sie das? Natürlich ist sie es. Wisst ihr, dass die Klatschpresse darüber berichtet? Seit man Atlas und sie gemeinsam gesehen hat, flippen alle aus. *Spekulieren*. Wer ist sie? Was ist sie? Welche Rolle spielt sie? Aber das Wichtigste: Wie kommt man an sie heran, um sie als Druckmittel zu benutzen?« Hector hatte noch nicht zu Ende gesprochen, doch der dumpfe Schlag von Kades Faust, der direkt in seine Lebergegend ging, unterbrach ihn.

Hector hustete fluchend.

Ich sah hin, nur um festzustellen, dass er mich mit blutigen Zähnen angrinste.

Auf meinen eigenen Lippen bildete sich ein Grinsen. »Ich könnte dir all diese Dinge erzählen, liebend gern sogar. Aber du wirst nicht mehr lange genug leben, um sie deinen Freunden zu berichten.«

»Ist das so?«, fragte er provokant.

An Kades Schläfe pochte eine Ader.

»Das ist so sicher wie die Tatsache, dass morgen früh die Sonne aufgeht. Also, was glaubst du. Wer bin ich?«, fuhr ich unbeirrt fort, in meiner Ecke verharrend.

»Irgendeine Schlampe, die es geschafft hat, das Interesse der Wölfe auf sich zu ziehen. Vielleicht schmeckt deine Pussy besonders gut, *mala señorita.*«

Auf meinen Unterarmen bildete sich Gänsehaut. So führte sich niemand auf, der sich in einer kompromittierenden Position befand, der am Ende der Nacht mit absoluter Sicherheit tot war.

Meine Instinkte schlugen Alarm. Ich kniff die Augen zusammen, stieß mich von der Wand ab und bezog neben Kade Stellung, der die ganze Zeit über geschwiegen hatte. War das Absicht? Verfolgte er mit seiner Passivität einen

Plan, der mich dazu bringen sollte, selbst aktiv zu werden? Ich traute es ihm zumindest zu.

Ehe ich mich an mein Vorhaben erinnern konnte, schoss meine Hand vor und packte Hectors Kiefer. Fest. »Du hältst dich für schlau, nicht wahr? Du hängst da rum und tust so, als läge die Kontrolle bei dir. Was bringt dich dazu, das zu denken?«

Hector grinste, trotz meines Griffs. Dann streckte er die Zunge gerade genug heraus, damit ich erkennen konnte, was darauf lag. Irgendein technisches Gerät in der Größe eines Reiskorns.

»GPS«, murmelte er triumphierend.

Kades Fluchen war eine geschlagene Minute lang alles, was den Raum füllte. Mehr Zeit brauchte ich allerdings nicht. Ungeniert riss ich dem Wolf das Messer vom Gürtel, zwang Hectors Kiefer auseinander und tat das, was die einzig richtige Reaktion auf sein Verhalten war.

Ich schnitt ihm die Zunge heraus, begleitet von seinen Schreien, und ließ sie neben ihm auf den Boden klatschen, während er sich in seinen Fesseln wand.

»Vielleicht sollte ich dich auf der Stelle töten, aber wenn sie hier auftauchen, sollen sie sehen, was mit Scheißratten wie dir passiert.« Noch bevor ich zu Ende gesprochen hatte, packte ich sein Genick und zog mich daran nach oben.

Wie lange würde es dauern, bis seine Handgelenke unter dem doppelten Gewicht nachgaben? Zehn Sekunden? Dreißig?

»Kade, die Tasche. Bewaffne dich, sofort«, wies ich ihn an, ohne in seine Richtung zu sehen.

Innerhalb weniger Sekunden war das einzige Ziel geworden, lebend aus diesem Gebäude zu kommen.

Es dauerte sechsundzwanzig Sekunden, bis die Knochen in seiner Hand knirschend aufgaben. Sein Körper machte einen Ruck nach unten. Vermutlich hätte er gebrüllt, wenn er es nur gekonnt hätte.

»Du reißt ihm die Hände ab, wenn du weiter –«, mischte Kade sich ein, doch im gleichen Moment knallten wir zu Boden.

Grinsend erhob ich mich, wischte mir die blutigen Hände an meiner Hose ab. »Ich würde ihm die Knie zertrümmern oder das Becken, aber ich fürchte, wir sollten aufbrechen.«

»Er lebt noch«, knurrte Kade.

Ich hob die Schultern und ließ sie wieder sinken. »Er wird verbluten, so oder so.«

Er war nicht begeistert, akzeptierte die Antwort jedoch und streckte mir zwei Waffen entgegen. Keine davon durfte man legal überhaupt besitzen. »Die werden sowieso nicht hier runterkommen.«

Davon war ich nicht überzeugt, ganz und gar nicht. Sie waren schlau genug gewesen, Hector einen Peilsender unterzujubeln. Je nach dem, was er ihnen erzählt hatte, würden sie auch ...

»Wir gehen kein Risiko ein. Abmarsch.« Ich stieß die Tür in den Flur auf, einen ersten Blick auf den Aufzug werfend.

Die Zahlen, die auf dem Display über der Tür angezeigt wurden, befanden sich im Minusbereich und sanken immer weiter.

»So viel dazu«, zischte ich in Kades Richtung, zog die Tür zum Folterkeller hinter ihm zu und schubste ihn in Richtung der Tür neben dem Aufzug, die er vorhin als Abstellkammer bezeichnet hatte.

»Rein da. Sie werden auf die andere Tür zustürmen und Hector finden. Das ist genug Zeit, um hinter ihrem Rücken in den Aufzug zu steigen. Gibt uns einen kleinen Vorsprung.« Ich folgte Kade in den Raum und schloss die Tür leise hinter uns, lehnte mich dagegen.

Es war dunkel, staubig und so eng, dass ich Kades Anwesenheit auf meiner kribbelnden Haut spüren konnte, ebenso seinen Atem, der immer wieder für einen schnellen Luftzug sorgte.

Für einen Moment hörte ich nur meinen Herzschlag, dann ertönte das Geräusch, das die Ankunft des Aufzugs ankündigte. Der Klang schwerer Stiefel ertönte, ich vernahm, wie diverse Waffen geladen oder entsichert wurden.

Sonderlich leise gingen diese Typen ja nicht vor. Im Kopf zählte ich die Sekunden, die sie brauchten, um zur Tür des anderen Raumes zu kommen. Ein Befehl hallte durch den Flur.

»Jetzt«, zischte ich, drehte mich um und riss die Tür auf. Kade war mir auf den Fersen und in der Sekunde im Aufzug, in der ich den Knopf drückte, der uns in die Garage bringen würde.

Ich wagte einen Blick in den Gang und den Raum. Bis das *Pling* des Aufzugs ertönte, waren sie mit der Szenerie beschäftigt, die sich ihnen bot.

Die Türen schlossen sich langsam. Dann fiel der erste Schuss. Kade war von der anderen Seite des Aufzugs sofort bei mir. Presste mich mit seinem Körper gegen die Metallwand, schirmte mich in der kleinen Ecke ab, die von außen nicht direkt einsehbar war.

Der einen Kugel folgten weitere. Funken sprühten, der Aufzug ächzte, selbst dann noch, als wir bereits einige Meter über dem Stockwerk waren.

Eine meiner Hände hatte sich automatisch um Kades Shirt geschlossen, auf Höhe seiner Brust. In der anderen hielt ich die Waffe im Anschlag, die er mir vor wenigen Minuten noch gegeben hatte. Die andere hatte ich sicher, aber griffbereit an meinem Körper befestigt.

Wir starrten uns bedeutungsvoll in die Augen. Aus diesem Aufzug gab es nur einen Weg, der hinausführte. Und der war nach vorne. Egal, was uns in wenigen Sekunden vor den Türen erwartete, wir würden diesen Käfig verlassen, koste es, was es wolle.

Ich biss die Zähne zusammen. Nickte. Mehr für mich selbst als für ihn. Ich kannte den Plan, auch wenn wir nicht darüber gesprochen hatten.

Der Aufzug kam zum Halt, die Türen öffneten sich und Kade ging rückwärts, sodass ich über seine Schulter hinweg einen ersten Überblick über die Garage bekam. Mein Blick schoss nach rechts, dann nach links.

Die einzigen beiden Winkel, die wir nicht einsehen konnten. Falls sich Leute der Kubaner hier aufhielten, war es am wahrscheinlichsten, dass sie an diesen Stellen darauf warteten, uns hinterrücks zu erschießen.

Er hob eine Augenbraue, neigte den Kopf leicht. Gedanklich zählte ich bis drei, dann übte ich sanften Druck auf seine Brust aus. Als wären wir eine Person, schossen wir aus dem Aufzug heraus, ich zielte nach rechts und er nach links.

Die Kugeln der Maschinenpistolen zerfetzten die Oberkörper der beiden wartenden Männer innerhalb einer Sekunde. Blut spritzte in mein Gesicht.

Irgendwer brüllte auf Spanisch.

»Der Kugelhagel kommt«, sagte ich, atmete gleichzeitig aus und erfasste den ersten Feind in meinem Sichtfeld. Ich zielte und drückte ab, bevor ich überhaupt registrierte, was ich tat.

Wir bewegten uns weiter, ohne uns voneinander zu lösen. Er war mein Schutzschild, ich seiner – wenn einer von uns getroffen wurde, war der andere weiterhin in der Lage, sich zu verteidigen.

Ich schützte einen Wolf mit meinem Leben. Wer hätte das erwartet?

Kugeln flogen, Feinde versteckten sich hinter Autos, wurden getroffen, starben. Ich spürte den Luftzug eines Geschosses an meinem Ohr, bevor es hinter mir in die Wand knallte.

Meine Wahrnehmung war innerhalb von Sekunden auf die wichtigsten Dinge beschränkt. Kade. Die Feinde, die ausgeschaltet werden mussten. Meine Sicht.

Ich ignorierte das Klingeln in meinen Ohren, das Schreien der Getroffenen und die Anweisungen, die weiterhin gebrüllt wurden. Ich wusste auch so, dass man um jeden Preis verhindern wollte, dass wir von hier verschwanden.

Zwei Wölfe zum Preis von einem? Nein, das würde nicht passieren. Doch unsere Munition war nicht unendlich und ein Wechsel der beiden Waffen, die uns jeweils zur Verfügung standen, unwahrscheinlich.

»Das Treppenhaus«, keuchte ich. »Wir müssen nach oben und dann raus.«

Bevor Kade darauf reagieren konnte, riss ich ihn herum. Gerade rechtzeitig, um über seine Schulter hinweg dem Idioten eine Kugel zu verpassen, der geglaubt hatte, ein frontaler Angriff würde uns unvorbereitet treffen.

»Jetzt oder nie.« Ich riss den Arm wieder hoch und feuerte den Rest des Magazins ab, um die Kubaner für einige Sekunden dazu zu zwingen, in Deckung zu gehen.

Plötzlich saß ich auf Kades Hüfte, die Beine automatisch um ihn geschlungen. Wir legten den kurzen Weg in Rekordgeschwindigkeit zurück. Kaum, dass wir die Tür durchquert hatten, ließ er mich wieder runter. Wir stürzten die Treppen hinauf.

Ich atmete schwer, hörte meine eigenen Schritte kaum und war mir nicht sicher, wie wir am Ende aus diesem Gebäude kommen würden. Ohne ein Fluchtauto. Ohne Waffen.

Vielleicht tauchte auch die Polizei auf und stellte uns. Bei dem Bild, das wir aktuell abgaben, hätte es mich zumindest nicht gewundert.

Kades Hand lag fest um meinen Oberarm, hielt mich davon ab, immer weiterzusprinten und die richtige Tür zu verpassen. Wir stolperten in ein riesiges Foyer, in dem es geschäftig zuging, trotz der Uhrzeit.

Zielstrebig zog er mich zu einer Art Rezeption, beugte sich tief in das Gesicht des armen Kerls, der dort saß, und knurrte Worte, die ich am ehesten noch von den Bewegungen seiner Lippen ablesen konnte: »Zwei simple Anweisungen, die du hoffentlich in genau der Reihenfolge ausführst. Ich weiß, dass das Auto deines Chefs vor dem Eingang parkt. Die Schlüssel, sofort. Und dann wählst du die Nummer der Polizei und lässt sie wissen, dass die Kubaner eine Schießerei in eurer Garage veranstaltet haben.«

Mit zitternden Fingern überreichte er Kade einen Schlüssel und nickte. Ich lächelte ihm freundlich zu, was ihm leider noch mehr Angst machte. Verdammt.

Kade schob mich neben sich her, eine Hand in meinem unteren Rücken, wie um mich zu führen. Als wir die Eingangstür durchquerten, begrüßte mich nicht wie sonst der Lärm der Stadt, denn ich konnte ihn nicht hören.

Wir gingen geradewegs auf ein unscheinbares schwarzes Auto zu. Zehn Sekunden später saß ich auf dem Beifahrersitz, Kade hinter dem Steuer, und wir schossen durch die Straßen, geradewegs auf den Highway zu.

Ich sah zu, wie Kade seine Pillendose aus der Hosentasche nahm, zwei der weißen Tabletten einwarf und die Augen zusammenkniff, bevor er sie weit aufriss, den Kopf schüttelte und in meine Richtung gestikulierte.

»Hat dein Handy überlebt?«, brüllte er. Ich zog es hervor, nur um festzustellen, dass das Display tot war und sich unzählige Splitter gebildet hatten.

Natürlich.

»Wenn sie uns auf den Fersen sind … Wir können nicht nach Biscayne.« Ich war froh, die wenigen Wörter zu verstehen, die er an mich richtete, auch wenn ich nicht wusste, was er stattdessen plante.

Mein Hirn kämpfte mit meinem Körper um die Oberhand. Das Adrenalin musste abebben, die Alarmbereitschaft verschwinden, damit meine Handlungen wieder von meinem Hirn gefällt wurden, nicht von meinen Reflexen.

Ich atmete tief ein und aus, schloss die Augen und versuchte, mich daran zu erinnern, wie wir solche Ereignisse bei Auslandseinsätzen hatten ausklingen lassen. Wie es mir damals gelungen war, meinen Körper und Geist wieder herunterzufahren und in einen Normalzustand zu finden, der mich mich nicht fühlen ließ, als fasste ich permanent in die Steckdose.

Eine Lösung fand ich nicht. Dafür die Erkenntnis, dass ich dieses Gefühl irgendwie *vermisst* hatte.

KADE

Instincts ensure survival. You're that instinct.

Mir fiel es schwer, geradeaus zu denken. Die Drogen, die langsam in mein System vordrangen und ihre volle Wirkung entfalteten, machten es einfacher, aber nicht so gut, dass ich auf Anhieb wusste, was zu tun war.

Bailey hatte die Kontrolle an sich gerissen, nachdem ich mehr oder weniger beim einzigen Versuch, es selbst in die Hand zu nehmen, bewiesen hatte, nicht in der Lage dazu zu sein.

Und sie hatte uns den Arsch gerettet. Mehrfach. Ein Teil von mir war immer noch damit beschäftigt, die Tatsache zu verarbeiten, wie nahe sie mir gekommen war. Wie perfekt aufeinander abgestimmt wir gehandelt hatten. *Wie sie mir mein Scheißleben gerettet hatte.*

Ich holte das letzte bisschen an Geschwindigkeit aus dem Wagen heraus, nahm unzählige Umwege, behielt den Verkehr im Rückspiegel im Auge, und erst als ich mir zu einhundert Prozent sicher war, dass uns niemand folgte, schlug ich den Weg zu einem unserer Verstecke ein.

Von dort aus konnten wir Atlas kontaktieren und besprechen, wie wir weiter vorgingen. Diese Aktion würde definitiv Wellen schlagen – nicht nur bei uns, auch bei den Kubanern. Wir hatten uns gerade eine fette Zielscheibe auf den Rücken geklebt und Baileys Anwesenheit war zu großen Teilen schuld daran.

War der Tag gekommen, an dem wir uns in einen offenen Krieg mit unseren Feinden stürzten? War das der Zeitpunkt, an dem es darum ging, alles zu gewinnen oder zu verlieren und nicht mehr aufzustehen, nachdem man uns in die Knie gezwungen hatte?

Ich hielt den Atem einige Sekunden lang an. Darüber konnten wir uns später Gedanken machen.

Wann später? Wenn die Kubaner
freundlich an die Tür klopfen?

Sie wissen nicht, wohin wir geflohen sind.

Sie kennen ihr Gesicht und suchen sie gezielt.
Was glaubst du, wird als Nächstes passieren?
Das war ein Angriff auf die Wölfe.
Und den wird Atlas nicht so hinnehmen.

Ich weiß, wie er das letzte Mal reagiert hat,
als im Raum stand, Bailey könnte
verletzt worden sein.

Und das war, bevor er seinen Schwanz in sie gesteckt hat.

Wir werden nichts Unüberlegtes tun.

Ihr habt mindestens sieben Männer getötet und eine Schießerei an einem öffentlichen Platz veranstaltet.

Und? Es kommt noch nicht im Radio, also besteht Hoffnung.

Vielleicht wusste Atlas bereits Bescheid. Oder die Polizei hatte sich entschlossen, die Sache unter Verschluss zu halten. Es dauerte eine ganze Weile, bis wir das Häuschen in der Nähe vom *Mangrove Preserve* erreichten.

Im Morgengrauen lag es schäbig vor uns, erleuchtet von den Scheinwerfern des Autos. Die Farbe blätterte vom Holz, es war kleiner als eines der Ferienhäuschen, die man am Strand mieten konnte, und die Ausstattung ließ auch zu wünschen übrig. Es gab ein Schlafzimmer, ein Badezimmer, eine Küche und einen Wohnraum.

Niemand würde erwarten, dass sich hinter der Bruchbude eines der Verstecke der Wölfe verbarg. Und das war auch gut so, denn genau auf diese Art von Schutz bauten wir, wenn es darauf ankam.

Ohne ein Wort zu verlieren, stieg ich aus dem Auto, die kleinkalibrige Pistole in der Hand. Ich hatte sie in der Garage nicht genutzt, und falls sich hier doch eine unangenehme Überraschung verbarg, würde ich sie ohne Probleme beseitigen können.

Doch das Grundstück war unberührt. Vermutlich hatten sich ein paar kleinere Krabbelviecher ins Haus verirrt, aber mehr auch nicht.

Ich bedeutete Bailey also, dass sie ebenfalls aussteigen konnte, ging vor und öffnete ihr die Tür ins Innere des Hauses. Die Luft roch abgestanden und modrig. Sobald sie eingetreten war, schloss ich hinter ihr ab, eilte in die Küche und suchte in den Schubladen nach dem Ersatzhandy, das wir für Notfälle an Orten wie diesen hinterlegten.

Nachdem es zum Leben erwacht war und ich es entsperrt hatte, wählte ich Atlas' Nummer.

Es klingelte genau zweimal, dann war er dran. Er klang, als hätte er noch nicht einmal im Bett gelegen.

Ich wandte mich um, um Bailey zu beobachten, während ich telefonierte. Sie stand neben der Spüle, damit beschäftigt, die Reserven ihres Körpers mit Wasser aufzufüllen.

»Das ist keine der Nummern, die ich gern auf meinem Display sehe, Kade«, meldete Atlas sich.

Ich stieß ein Schnauben aus. »Es ist keine der Nummern, die ich gern benutze.«

Damit fiel mir dann auch endgültig auf, wie gereizt ich eigentlich war. Wegen Hector? Der unangenehmen Überraschung? Bailey? Ich konnte es nicht mit Sicherheit sagen.

»Und willst du mir vielleicht erzählen, warum du sie benutzen musst und auf halbem Weg in die Everglades bist?«

Natürlich wusste er auswendig, welche Nummer zu welchem Handy gehörte und wo es deponiert war. »Tja, da gab es ein paar Komplikationen mit unserem Freund Hector und dessen Freunden. Ich fürchte, wir müssen uns einen neuen Folterkeller suchen.«

»Kade.« Atlas' Warnung drang genauso wirksam durch das Handy, als würde er direkt vor mir stehen.

»Das Drecksschwein war mit einem Peilsender ausgestattet. Hatte ihn im Mund oder so, keine Ahnung. Kurz bevor die Kerle aufgetaucht sind, hat Bailey sein mieses Spiel durchschaut. Aber wir sind nur unter Einsatz von viel, sehr viel Feuerkraft da rausgekommen.« Das war die sanfte Version. Die Realität würde er sich in wenigen Minuten bestimmt auf den Sicherheitsbändern ansehen.

Ich hörte ihn fluchen. »Bitte sag mir, dass es nicht schon wieder irgendwelche Verletzungen gibt.«

»Interessanterweise nicht.« Könnte vielleicht daran gelegen haben, dass Bailey und ich wie eine einzige Einheit agiert und uns gegenseitig mit unserem verdammten Leben beschützt hatten. Nicht dass ich plante, Atlas das auf die Nase zu binden. Er würde es sehen, das genügte.

Wie würde er reagieren, wenn er erkannte, was für eine Maschine Bailey eigentlich war? Dass die Jahre beim Militär sie zu einer erfahrenen Frau gemacht hatten, die uns in mehr als einer Hinsicht behilflich sein könnte?

»Ich hab dem Typen an der Rezeption gesagt, er solle die Polizei informieren. Entweder sie melden sich bei dir oder wir müssen irgendwie dafür sorgen, dass es nicht in der Presse landet.« Ich unterschlug ihm, dass Hector angedeutet hatte, dass sie alle Jagd auf Bailey machten. Das war zu diesem Zeitpunkt wahrhaftig keine nötige Info.

»Ich kümmere mich darum. Ihr wartet dort, bis euch jemand abholt und nach Hause bringt, verstanden?«

»Klar. Wüsste sowieso nicht, wohin wir noch sollen.« Ich legte auf und warf das Handy auf die Arbeitsplatte.

Bailey stand immer noch neben der Spüle, ihr leeres Glas in der Hand. »Ist das die Normalität? Wir sterben fast, es gibt eine riesige Schießerei, wir flüchten und schaffen es gerade so hierher und ihr nehmt das ruhig hin?«

Ich hob die Hände. »Es wird zur Normalität, wenn du jahrelang immer wieder damit konfrontiert wirst. Wir haben keine Zeit für Emotionen in solchen Situationen. Es geht ums Überleben und darum, dem Feind keine Schwäche zu zeigen. Denn die wird er in der Sekunde ausnutzen, in der er sie erkennt.«

Sie schüttelte ungläubig den Kopf. »Ich weiß, wovon du sprichst. Aber ich kann nicht glauben, dass es bei euch auch so ist. Ich dachte immer, das wäre eine Militärprägung.«

»*Mele*, das Leben prägt jeden.« Ich stieß mich von der

Küche ab und wanderte ins Schlafzimmer, das nach hinten raus ins Bad führte. »Wenn du willst, kannst du als Erste duschen. Wir teilen uns das Bett, auf der Couch kann man nicht schlafen.«

Ich bezweifelte zwar, überhaupt schlafen zu können, doch das würde ich ihr nicht auf die Nase binden.

ATLAS

Friend or enemy, she is a weapon.

In der Garage herrschte ein Aufgebot an Leuten, das man selten zu dieser frühen Stunde irgendwo in Miami sah. Blaulicht flackerte über die Betonwände, Absperrband flatterte in dem sanften Lüftchen, das durch die Straßen zog.

Die Tiefgarage war angefüllt mit dem Stimmengewirr der anwesenden Polizisten. Auch der Rettungsdienst war vor Ort sowie mehrere Leichenwagen. Noch allerdings war der Tatort nicht freigegeben worden. Dementsprechend viele Menschen standen tatenlos herum und hatten genug Zeit, um Spekulationen über das anzustellen, was geschehen war.

Ich hatte es auf den Überwachungsbändern gesehen. Es war eine Szene wie aus einem Actionfilm gewesen, beginnend unten in unserer ganz persönlichen Etage bis hinauf in das Foyer. Bailey und Kade hatten eine Spur aus Toten und Verletzten hinterlassen und es sah auf den Bändern aus, als wäre es das einfachste Unterfangen der Welt gewesen. Und das, obwohl sie zahlenmäßig weit unterlegen gewesen waren und alles dagegen sprach, dass sie lebend und unversehrt hier herausspaziert waren.

Ich stieg über eine Blutlache hinweg, die sich neben dem Kopf eines toten Kubaners gebildet hatte. Teile seiner Gehirnmasse lagen im Umkreis von mehreren Metern verteilt.

Seit ich das Video das erste Mal gesehen hatte, war in mir das Verlangen aufgekeimt, mit Kade die Rollen zu tauschen. Mit Bailey als Partnerin – was sollte schief gehen? Würde nicht gerade sie in der Lage dazu sein, meine Monster im Zaum zu halten?

Unter meiner Haut kribbelte es. Ich hatte nie einen Menschen getötet, obwohl das Verlangen danach mich in jeder Sekunde meiner Existenz heimsuchte. Was, wenn es durch sie endlich möglich sein würde?

Bevor ich beim Polizeipräsidenten ankam, hatte ich meine Gesichtszüge wieder in eine steinerne Maske verwandelt, der man nicht die geringste Gefühlsregung ablesen konnte.

Er musste nicht wissen, dass ich stolz auf dieses Massaker war – und es genauso gehandhabt hätte, hätte ich vor der Entscheidung gestanden. Ebenso wenig musste er wissen, dass ich plante, diesen Vorfall unter den Teppich zu kehren.

Die Präsenz der Polizei sorgte dafür, dass die Kubaner sich zurückhielten, doch der Vergeltungsschlag würde früher oder später folgen. Dabei waren nicht wir es gewesen, die den Angriff gestartet hatten. Ließ man mal die Entführung von Hector Rodriguez außer Acht. Streng genommen schuldete er sein Leben ohnehin uns, nachdem er uns an die Kubaner-Mafia verraten hatte …

Insgeheim fragte ich mich, wie diese Nacht ohne Bailey verlaufen wäre. Würde Kade nun in einem Leichensack liegen? Hätten diese Wichser gewonnen, den ersten Sieg eingefahren?

»Guten Morgen, Hiram«, begrüßte ich den Polizeipräsidenten und schlug ihm freundschaftlich auf die Schulter.

»Morgen«, brummte der ebenfalls durchtrainierte Mann Mitte dreißig. »Wie mir zu Ohren gekommen ist, sind die Überwachungsbänder schon spurlos verschwunden. Wäre ich ein paar Stunden später informiert worden, gäbe es hier wohl auch keine Leichen mehr, was?«

Unbestimmt hob ich die Schultern. Ich würde nichts zugeben, aber sicher auch nichts abstreiten. »Die Frage, die sich mir stellt, ist folgende: Wollt ihr den Papierkram am Hals haben? Oder soll ich dafür sorgen, dass euch die Leichen keinen Stress machen?«

Ich vergrub die Hände in den Taschen meiner Anzughose und setzte eine unbeteiligte Miene auf. Dieser Mann war nicht mit dem Gesetz verheiratet, seine Liebesbeziehung zur illegalen Seite des Lebens sehr innig. Es wäre nicht das erste Mal – und auch sicher nicht das letzte Mal –, da er uns in die Karten spielte und dafür sorgte, dass wir mit unseren illegalen Machenschaften davonkamen.

Wir bezahlten ihn gut und drückten beide Augen zu, wenn er irgendwelche Geschäfte abwickelte, die unseren ähnelten.

»Das Protokoll musste ich befolgen, die Leute sind alle schon hier ...«

Ich schmunzelte. »Aber das ist doch kein wirkliches Problem, oder, Hiram?«

»Natürlich nicht. Was schlägst du vor?«

»Die Leichen lässt du gesammelt abtransportieren. Meine Leute werden sich des Wagens annehmen. Keine weiteren Verletzten, versprochen. Apropos – gibt es welche? Falls ja, sei doch so freundlich und teil mir später mit, in welche Krankenhäuser sie gebracht wurden. In Ordnung?«

Er nickte und wir gaben uns nonchalant die Hand.

»Danke«, sagte ich. »Vielleicht schaust du in ein paar Tagen mal nach, wie es deinem Bankkonto geht, ja?«

Ohne auf seine Reaktion zu warten, wandte ich mich ab und verließ die Garage auf dem gleichen Weg, auf dem ich sie betreten hatte. Nichtsdestotrotz konnte ich nicht verhindern, dass sich die Szenen immer wieder vor meinem inneren Auge abspielten, so wie sie vor einigen Stunden geschehen waren.

Kade und Bailey – wer hätte gedacht, dass die beiden ein so wunderbares Team abgaben? Als hätten sie es über Jahre hinweg geübt, derart präzise und abgestimmt aufeinander zu handeln. *Interessant* ...

Ich zog mein Handy aus der Tasche und wählte eine Nummer. Am anderen Ende meldete sich Alvaro. »Zwei deiner Leute müssen einen Leichenwagen in Miami abfangen. Das Reiseziel sind die Everglades. Ich glaube, unsere kleinen Schätzchen würden sich mal wieder über einen Snack freuen.«

Mir wäre es zwar deutlich lieber gewesen, Kade und Bailey das Chaos aufräumen zu lassen, das sie verursacht hatten, doch ich war nicht dumm.

Jede Rückkehr an diesen Ort barg seine Gefahr. Wenn sie sich über Stunden hier aufhielten, waren sie nur ein einfaches Ziel. Würde ihr Wagen verfolgt, führten sie unseren Feind direkt zu unserer Alligatorenfarm, die uns über die Jahre hinweg wichtige Dienste geleistet hatte.

Wer einmal dort landete – lebendig oder tot –, wurde nie mehr wiedergefunden. Das war einfacher, als Leichen im Ozean loszuwerden, Gräber zu schaufeln oder sich irgendwelche anderen Möglichkeiten einfallen zu lassen, um eine effektive, sichere Beseitigung zu gewährleisten.

»Was ist mit Kade?«, wollte Alvaro als Nächstes wissen.

»Bitte richte Bishop aus, dass seine Schonzeit vorbei ist und er zu den Mangroven fahren soll, um sie einzusammeln. Geradewegs zurück zur Villa. Keine Zwischenstopps. Ich kann es nicht brauchen, wenn noch mehr passiert. Für vierundzwanzig Stunden ist das Maß ausnahmsweise voll.« Vor allem, weil das auch die Zeitspanne war, die ich kein Auge mehr zugetan hatte. Irgendwas sagte mir, dass dieser Zustand noch einige Stunden anhalten würde, denn bevor nicht alles geregelt war, würde ich mich in kein Bett legen.

Ich war tatsächlich erleichtert, als ich in den *Aston Martin* stieg und die kühle Luft der Klimaanlage meinen Körper herunterkühlte. Dieser kurze Ausflug hatte zu viele mögliche Ausgänge gehabt. Was, wenn Hiram nicht mitgespielt hätte? Was, wenn die kubanische Mafia aufgetaucht und eine erneute Schießerei veranstaltet hätte?

Die Waffe, die ich trug, war von mir bisher nicht ein einziges Mal genutzt worden. Zu groß war die Angst davor, dass die Blutlust mich packte und in etwas verwandelte, von dem es kein Zurück mehr gab.

War es das, was Serienkiller antrieb? Wie schwach musste ihre Selbstkontrolle sein, wenn sie ihren Dämonen allesamt erlagen? Langsam fädelte ich mich in den Morgenverkehr von Miami ein, auf dem Weg nach Biscayne, um von dort aus alles Weitere zu regeln.

Ich hatte überlegt, die Sicherheitsvorkehrungen zu verdoppeln, doch das wäre ein erstes Zeichen von Angst. Und die verspürte ich nicht. *Zumindest nicht mehr, seit ich das Video gesehen hatte.*

Bailey würde uns alle eigenhändig den Arsch retten, während sie nebenbei ein Fünf-Sterne-Menü kochte und drei Bälle jonglierte. Oder vielleicht war es auch einfach nur ihre Anwesenheit, die unsere Zuversicht und Kraft stärkte und dazu führte, dass wir wieder zur Topform aufliefen. Was auch immer es war, jetzt, da die erste Woche mit ihr beinahe vorbei war, stellte ich fest, dass ich sie wirklich nicht mehr gehen lassen konnte.

Und das lag nicht allein daran, dass es sich so wahnsinnig befreiend angefühlt hatte, in ihr zu sein und sie mit meinen Monstern spielen zu sehen. Eine Sache, mit der ich mich erst langsam anfreundete. Vor allem, weil mir die Gefahr, die dahintersteckte, bewusster war als ihr.

Ich zweifelte allerdings nicht mehr daran, dass Bailey mich sowohl ohne Probleme als auch, ohne mit der Wimper zu zucken, umlegen würde, wenn aus Vergnügen Ernst wurde.

Sie würde mich töten, wenn ich sie falsch anfasste. Und das war, bei allen Göttern, verdammt gut so.

BAILEY

You can haunt me all you want, I'm never going back, bastard.

Ich fixierte meinen Blick auf den fahlen Strahl Mondlicht, der zwischen den nachlässig zugezogenen Gardinen durch das Fenster schien und die gegenüberliegende Wand erleuchtete. Lustigerweise schien er direkt auf das Regal mit den Pokalen, Auszeichnungen und Urkunden.

Für die Turniere, die ich jetzt bestritt, gab es keine Siegerehrungen mehr in materieller Form. Nur noch Geld. Haufenweise Geld, das direkt in den gierigen Fingern meines Vaters landete und noch verschwand, bevor er mir bestimmend die Hand zwischen die Schulterblätter legte, mich zum Wagen brachte und nach Hause fuhr.

Es war immer das gleiche. Er kam zu mir, erzählte mir von einer Wette, die er mit seinen Freunden abgeschlossen hatte und die ich für ihn gewinnen musste, wenn ich nicht wollte, dass wir auf der Straße landeten. Ich gewann, immer. Mittlerweile kamen nach einem Sieg Todesdrohungen, immer.

Vielleicht hätte ich das Regal ausräumen und die Wand stattdessen damit pflastern sollen. Nicht dass er sie ernst nahm oder sich um mein Wohlergehen sorgte. Das hatte er in der Sekunde über Bord geworfen, als er mir vor drei Jahren den Kiefer auseinandergezwungen hatte, um mir die bitterschmeckenden Pillen unter die Zunge zu schieben.

Zu meinem Besten.

Natürlich. Weil er glaubte, ich erinnerte mich damit nicht an die Partys im Erdgeschoss, die er mit seinen Freunden feierte. An die Besuche in meinem Schlafzimmer, die er ihnen erlaubte.

Den Ersten, der das vorgeschlagen hatte, verprügelte er noch. Den Zweiten ließ er durch einen Spalt zwischen Tür und Rahmen schauen. Den Dritten hatte er direkt an mein Bett gelassen. Die Erinnerung an seinen ekelhaften Atem würde ich nie wieder vergessen. Der Vierte … in meinen Gedanken existierten nur noch Bruchstücke, und selbst die waren noch zu viel Erinnerung.

Ich rollte mich auf den Bauch und kniff die Augen zusammen. Heute hatte ich wieder gewonnen. Wer würde diesmal nach oben kommen, mir Drogen verabreichen und …?

Früher war mir bei dem Gedanken übel geworden. Inzwischen hielt ich mich an den Worten fest, die mein Vater so oft wiederholt hatte. Ich mache nur, was gut für dich ist, Bay. *Und:* Ich lasse nicht zu, dass dir irgendetwas passiert. *Oder:* Wenn du das tust, was ich dir sage, geht es dir immer gut, versprochen.

Schlagartig wechselte sich die Szenerie. Ich war älter. Nicht mehr in dem stinkigen, kleinen, dreckigen Zimmer in der Bruchbude, die wir bewohnt hatten, obwohl er sich mit seiner Kohle vermutlich eine halbe Kleinstadt hätte leisten können. Ich hatte mein Handy in der Hand, die Nummer war bereits eingetippt und ich musste nur noch auf den Knopf drücken, der mich mit der Frau verbinden würde, die Auftragsmorde im ganzen Land verübte.

Die dominikanische Sonne über meinem Kopf und das laute Heulen der Sirene des Schiffes in meinem Rücken nahm mir die

Entscheidung ab. Die würden mit dem Ablegen nicht warten, bis ich mich entschieden hatte, ob ich das Kommando zum Tod meines Vaters geben wollte oder nicht.

Also drückte ich die Taste, legte das Handy ans Ohr und wartete in aller Ruhe darauf, dass sich eine weibliche Stimme meldete.

»Wir haben uns kürzlich über Ramon O'Hara unterhalten«, sagte ich, die Begrüßung überspringend.

»Ich erinnere mich.«

»Töten Sie ihn. Namenloses Grab irgendwo in der Wüste. Ich bin endgültig fertig mit ihm.« Zwei Jahre beim Militär und etliche Gespräche mit Morgan hatte es mich gekostet, zu der Einstellung zu kommen, dass er nicht länger Teil meines Lebens war, nichts mehr von dem bestimmte, was mich ausmachte. Er hatte mich früher in eine Rolle gezwängt und mir etwas Wertvolles genommen, doch diese Macht besaß er nicht mehr.

Diese Macht würde er nie wieder besitzen.

»Ich werde Bescheid geben, sobald es erledigt ist.«

»Danke, Nyx. Die Bezahlung sollte jede Sekunde eintreffen.« Und mit meinem Dank meinte ich sicher nicht, dass sie mich informieren würde, sobald er seinen letzten kläglichen Atemzug gemacht hatte. Das juckte mich nicht.

Mit meinem letzten Wort legte ich auf, steckte das Handy zurück in meine Brusttasche und verließ den Hafen über den Anleger, um zurück auf das Schiff zu gelangen, auf dem ich aktuell übergangsweise stationiert war, weil Morgan hier zu tun hatte und mich keine Sekunde aus den Augen ließ.

Zwei Jahre. So lange hatte es gedauert, mich zurückzukämpfen und wieder der Boss in meinem eigenen Leben zu werden. Ohne Drogen. Ohne Sex, den ich nicht wollte.

Trotz dieses Ausgangs war es ein Albtraum, der mich verschwitzt aus dem Schlaf hochfahren ließ, für einen Moment unsicher, wo ich mich überhaupt befand. Neben mir lag ein anderer Körper, Sonne schien durch die schlecht verkleideten Fenster.

Kade, registrierte ich. Ebenso bemerkte ich, dass er mich aus seinen hellen Augen heraus forschend anblickte.

Ich bemerkte, dass ich nach wie vor die Hand auf mein rasendes Herz presste und viel zu heftig atmete, um es als normales, schreckhaftes Aufwachen zu verkaufen. Die Bilder aus meinem Traum hafteten noch immer hinter meinen Augenlidern, würden dort noch eine Weile verharren, so wie ich die Albträume dieser Art kannte.

Ich war wieder Gefangene in meinem eigenen Körper gewesen. Manche der Drogen, die man mir verabreicht hatte, hatten es nach einiger Zeit nicht mehr geschafft, Körper und Bewusstsein auszuknipsen. Also hatte ich mitbekommen, was um mich herum geschah, ohne auch nur irgendetwas dagegen tun zu können.

In den Albträumen war es immer das Gleiche. Ich bemerkte, was passierte, und hatte genügend Kraft inne, um mich zu wehren ... konnte sie aber nicht verwenden, um mich zu verteidigen. Ich musste über mich ergehen lassen, was auch immer man mir antun wollte, nur um am Ende aufzuwachen und festzustellen, dass ein Teil dieses alten Lebens meinem Schatten immer an den Fersen haften würde, egal, wie gut es mir mittlerweile ging.

»Was?«, blaffte ich Kade an, nachdem er den Blick nicht abwandte und mich weiterhin ungeniert anstarrte.

»Du redest im Schlaf.«

Ich lachte. »Nein, tue ich nicht.«

»Doch. Und ich bin mir nicht sicher, ob das, was ich gerade gehört habe, nur ein Traum war. Klang nicht so für mich.«

Und für mich klang es so, als würde ich ihn gleich mit einem Kissen ersticken, wenn er die Klappe nicht hielt.

»Lass es.« Die Drohung in meiner Stimme war unmissverständlich.

»Töte ihn, töte ihn. Er hat es nicht verdient, zu leben. Er muss leiden für das, was er getan hat«, wiederholte Kade mit verstellter Stimme und jagte mir eisige Schauder über den Rücken.

Das hatte ich nie laut ausgesprochen – aber in den Wochen, nachdem es das erste Mal passiert war, fast in jeder wachen Sekunde gedacht. Doch zehnjährige Mädchen töteten ihren Vater nicht, vor allem, wenn er nur das Beste für einen wollte, nicht wahr?

»Vielleicht hab ich ein paar Horrorfilme zu viel gesehen«, erwiderte ich und winkte ab.

Gleichzeitig ließ ich mich zurück auf mein Kissen fallen, Kade den Rücken zugekehrt. Er lachte.

Im nächsten Augenblick lag ich unter ihm, mein Kopf von seiner großen Pranke zur Seite gedrückt. Seine Zunge spielte an meinem Ohr, sein heißer Atem traf meine Haut unvorbereitet.

»Du lügst, Bailey, und ich kann es riechen.«

Konnte er nicht. Er war mit all den Drogen in seinem Blut einfach nur besonders durch.

»Wenn du das sagst«, gab ich zurück, zu faul, mich gegen ihn aufzulehnen und zu wehren.

»Wenn ich wetten müsste, würde ich sagen, dass es um deinen geliebten Daddy ging. Er ist ein bisschen wie ein rotes Tuch für dich, oder?«

Ich rümpfte die Nase. Vielleicht sollte ich seinen Kopf in die Wand hinter uns katapultieren. Eine Bewegung meiner Hüfte, er rutschte nach vorne, verlor das Gleichgewicht ...

»Was ist mit deinem Daddy, Kade?«, bohrte ich stattdessen.

Seine Antwort kam wie eine Ohrfeige. »Ist im Einsatz gestorben.«

»Meiner ist auch tot.«

Auf seinem Gesicht zeichnete sich kein Hinweis darauf ab, dass es sich für ihn um eine neue Information handelte. »Ah ja? Wie das? Und warum hast du das vorher nicht erwähnt?«

Ich biss die Zähne zusammen. Was machte es schon, es auszusprechen? Außerdem musste ich dieses hässliche Geheimnis dann nicht länger für mich behalten. Den Albtraum hatte ich auch nicht umsonst gehabt – es ging auf seinen Todestag zu und die letzten vierundzwanzig Stunden waren wohl nicht ganz spurlos an mir vorübergegangen.

»Ich hab ihn töten lassen, Kade. Ich habe jemanden dafür bezahlt, damit er vom Antlitz der Erde getilgt wird. Bist du jetzt zufrieden? Dann geh endlich von mir runter!«

Natürlich bewegte er sich keinen Zentimeter. Nur seine Zunge bewegte sich, an meinem Hals und an meinem Kiefer entlang.

Seine Stimme war dunkel, als er das nächste Mal sprach. »Seit ich die Narben an deiner Schulter gesehen habe, hab ich das Bedürfnis verspürt, ihn zu finden und ihn leiden zu lassen. *Richtig leiden zu lassen.* Enttäuschend, dass er schon unter der Erde liegt und nicht annähernd das durchmachen musste, was ich ihm nach allem, was ich bisher mitbekommen habe, angetan hätte. Da wäre es noch freundlich gewesen, ihm die Zunge rauszuschneiden, so wie du vorhin unserem *Freund.*«

In einer geschmeidigen Bewegung drängte Kade seine Hüfte gegen meine, ließ mich unmissverständlich an der Erektion teilhaben, die in seiner knappen Shorts wuchs.

Fuck.

Mein Körper war mehr als bereit, den Albtraum auf der

Stelle zu vergessen und stattdessen die Aufmerksamkeit voll und ganz auf das zu legen, was auf mir saß und sich mir auffordernd entgegenreckte. Kades Erkundungen an meinem Hals, das sanfte Saugen seiner Lippen an meiner Haut, machten es mir nicht einfacher, weiterhin klar zu denken.

»Ich konnte ja nicht ahnen, dass irgendwann drei Kerle auftauchen, die sich darum streiten, wer ihm den finalen Schlag verpassen darf«, knurrte ich, packte seinen Kopf und zog ihn auf Höhe meines Gesichts.

Unsere Lippen trafen sich, samt Zähnen und Zungen.

KADE

Shut up and let go. It's not a threesome, bitch.

Wie fühlt sich das an, ihren Mund zu schmecken und gleichzeitig mit mir zu reden?

Das ist keiner dieser Momente, in denen ich deine Hilfe brauche, Daisy.

Oh doch. Wie wäre es, wenn du sie langsam ausziehst? Oder sie einfach auf dich draufsetzt?

Mit aller Macht versuchte ich, Daisy in die dunklen Ecken meines Hirns zurückzudrängen und mich voll und ganz auf das zu konzentrieren, was wirklich zählte. Nämlich dass Bailey unter mir lag, den Kuss erwiderte und wirkte, als wäre sie bereit, das noch viel weiter zu treiben. Bis zum Ende, wohlgemerkt.

Ich löste mich kurz von ihr, um mir das Shirt über den Kopf zu ziehen und ihr Oberteil ebenfalls loszuwerden. Für einen kurzen Moment hing mein Blick an ihrem nackten Oberkörper fest, an der gebräunten Haut. Ich fragte mich, ob die Haut an ihrem gesamten Körper so weich war, wie sie gerade aussah.

Atlas hat sie auch schon so gesehen.

Er hat sie sogar schon gevögelt.
Erzähl mir was Neues.

Glaubst du, sie wird euch vergleichen?
Wie wirst du wohl abschneiden?

War es eine Option, einen Hammer zu suchen und mir so heftig gegen die Schläfe zu schlagen, dass Daisy ihre Klappe für die nächsten Stunden hielt? Da damit auch mein Bewusstsein Geschichte wäre und es gar nicht erst zu dem Teil mit Bailey käme, auf den ich mich besonders freute, musste ich mir wohl etwas anderes einfallen lassen. Verdammt.

Ich war gerade dabei, mir einen Weg über ihr Schlüsselbein nach unten zu küssen, als ich spürte, wie sich ihre Beine um meine Hüften legten. Keine Sekunde später lag ich unter ihr. Baileys Hüfte drückte sich fast schmerzhaft gegen meine Lendengegend. Die Reibung, die dadurch entstand, machte es mir nicht gerade einfacher.

Unwillkürlich landeten meine Hände an ihrer Hüfte, führten sie in der Bewegung, obwohl es absolut unnötig war. Sie würde nicht aufhören. Das Glitzern in ihren Augen verriet ihr Vorhaben, ohne dass ich großartig darüber nachdenken musste.

Sie beugte sich über mich, ihre Haare kitzelten mich seitlich am Hals. Sie trug sie geflochten, perfekt, um sie mir um die Faust zu wickeln und sie daran zu dirigieren …

hätte es mir nicht so unglaublich gut gefallen, sie von unten herauf zu beobachten.

Die Art, wie sich ihr Körper bewegte und gegen meinen presste. Wie die wenigen Sonnenstrahlen, die durch das Fenster hereindrangen, über ihre nackte Haut tanzten. Und ihr Gesichtsausdruck, wann immer ihr Blick genüsslich über meinen Oberkörper glitt, während sie sich weiterhin an mir rieb ...

Sie kann das gut. Aber nicht besser als ich.

Du bist nicht mal real.

Wäre ich das, würdest du längst tief in mir sein und mich so hart vögeln, dass mir die Luft wegbliebe.

Ich verzog das Gesicht und packte Bailey fester. Wie sollte ich mich auf das Wesentliche konzentrieren, wenn ich die ganze Zeit über Daisys Stimme im Kopf hatte, die mir Dinge einredete, die ich gar nicht hören wollte?

Zum ersten Mal überhaupt wünschte ich mir, auf die Pillen verzichtet zu haben. Wie sollte ich das hier genießen, wenn es jemanden gab, der alles dafür tat, dass es eine schlechte Erfahrung wurde?

»Du denkst an irgendwen anders«, knurrte Bailey mir in der Sekunde ins Ohr und biss so heftig zu, dass ich zusammenzuckte und meinen Griff an ihren Hüften nutzte, um sie wieder auf den Rücken zu werfen. Ich packte ihr eines Bein, drückte es zur Seite und winkelte es an, sodass ich mich perfekt gegen ihre Hüfte pressen konnte.

»Ich stelle mir all die Arten vor, auf die wir vögeln könnten, hätten wir nur genug Zeit«, gab ich zurück, biss in ihre Schulter, bevor ich eine Hand zu ihrer Brust gleiten ließ, um ihre empfindlichen Stellen dort zu reizen. Ich packte so hart zu, dass sie überrascht aufkeuchte, eine Hand in meinen Haaren vergraben.

»Das ist eine Lüge und wir wissen es beide.« Baileys Kopf fiel zurück in das Kissen, entblößte ihren gesamten Hals.

Ich lachte leise. »Was willst du hören?«

»Die Wahrheit.« Entschlossen fasste sie mir zwischen die Beine, fühlte, was sie dort erwartete. Eine ihrer Augenbrauen wanderte in die Höhe, herausfordernd.

Zunächst ging ich nicht darauf ein. Stattdessen wartete ich ab, was sie als Nächstes tat. Es dauerte keine drei Sekunden, bis ihre Hand nicht mehr auf dem Stoff meiner Shorts lag, sondern die kleine Barriere überwunden hatte und sich direkt um meinen Schwanz schloss. Ich war hart. Und daran änderte auch Daisy mit ihren unqualifizierten Einwürfen nichts.

Ein Fluch lag auf meiner Zunge, als ihre Finger das erste Mal von der Spitze bis hin zum Ansatz strichen, nur um die Bewegung gleich darauf mit mehr Druck und schneller zu wiederholen.

»Ich glaube, ich werde nie wieder vergessen, wie du seine Zunge gepackt und rausgeschnitten hast. Das war verdammt heiß. Und als du ihm die Hände abgerissen hast …« Die Szene tauchte vor meinem inneren Auge wieder auf, steigerte mein Verlangen noch weiter.

Bailey lachte, hörte aber nicht damit auf, ihre Hand an meinem Schwanz zu bewegen. »Interessant, was für Situationen dich anmachen.«

»Ich weiß, dass dir mein Schwanz nicht entgangen ist, nachdem du mich verarztet hattest.« Für einen Moment vergrub ich den Kopf an der Stelle, an der ihre Schulter in ihren Hals überging.

»War schwer zu übersehen.«

»Ich wünschte, du hättest das getan, was als Wunsch

ganz kurz auf deinem Gesicht stand.« Kurz wurden ihre Bewegungen ungeschickter.

»Falls es dir noch nicht aufgefallen ist, Kade. Ich liege gerade unter dir, habe deinen Schwanz in der Hand und will dich. Was hält dich davon ab, das zu tun, was dir vorschwebt?« Allein der Klang ihrer Stimme trieb die Hitze durch meine Adern.

An Atlas kommst du eh nicht ran.
Außerdem reagiert sie nur aus der Situation heraus so. Bestimmt braucht sie Sex, um überhaupt mit sich selbst klarzukommen.
Vielleicht benutzt sie dich nur.
Nachdem sie mit Atlas gevögelt hat, sah sie ziemlich glücklich aus.
Und ein bisschen misshandelt. All die blauen Flecken ...
Meinst du nicht, er reißt dir den Kopf ab, wenn du jetzt mit ihr schläfst?

Es fühlte sich an, als würde Daisy immer näher an mein Ohr rücken. Mit jedem Satz, den sie aussprach, bis sie irgendwann direkt neben mir stand und mir ins Ohr brüllte, um mich ganz genau wissen zu lassen, was sie davon hielt, dass ich kurz davor war, mir das zu nehmen, was ich wollte.

Seit ich Bailey das erste Mal in dieser Dusche auf dem Schießplatz gesehen hatte, um genau zu sein.

»Daisy listet mir gerade all die Gründe auf, warum es keine gute Idee ist, wenn wir ...«, meinte ich schließlich leise und schüttelte den Kopf, bevor ich mich von ihr löste und den dringend benötigten Abstand zwischen uns brachte.

Wie sollte ich mich konzentrieren, wenn ich nur noch eine Sache hörte? Und das waren sicher nicht die sanften Töne, die Bailey von sich gegeben hatte, als sie sich unter der Dusche selbst angefasst hatte, und die, seit ich es gehört hatte, mietfrei in meinem Kopf lebten.

Bailey setzte sich schlagartig auf, die Arme vor sich verschränkt. War sie überrascht oder wütend? Ich konnte es nicht mal zuordnen.

»Sagst du mir gerade, dass sie die besseren Argumente hat?« Empört sprang sie aus dem Bett. Doch anstatt sich anzuziehen, fügte sie dem Klamottenhaufen auf dem Boden auch noch ihre Hose und die Unterwäsche zu.

Mir wurde wieder heiß. Dazu musste ich nicht einmal den Blick über ihren Körper schweifen lassen, es reichte aus, dass sie einfach nur dastand und mich abwartend ansah. Glaubte sie wirklich, die Oberhand über Daisy zu gewinnen?

»Sie bringt sie zumindest lautstark zum Ausdruck«, murmelte ich und fuhr mir durch die Haare.

Du stehst mir im Weg.

Immer gern, Baby.

»Ist das so?« Bailey zog eine Augenbraue nach oben. »Was willst du mit mir anstellen, Kade?«

Hörte sie mir nicht zu?

Ihre Hand wanderte über ihren Körper und ich kannte das Ziel lange, bevor ihre Finger ihre Pussy erreichten und begannen, sich dort sanft zu bewegen. Obwohl sie einige Meter entfernt stand, hatte ich den besten Ausblick.

»Also?«

Ich biss die Zähne zusammen. »Ich will, dass du meinen Namen schreist, weil ich dich so hart nehme, dass du gar nicht mehr weißt, wie du das, was du empfindest, noch zum Ausdruck bringen sollst.«

Ihr entwich ein Stöhnen. Auf den Fingern, die weiterhin zwischen ihren Beinen lagen, konnte ich ihre Feuchtigkeit schimmern sehen.

»Eigentlich solltest du es nicht wissen, aber das ist nicht das erste Mal, dass ich dich dabei beobachte, wie du dich selbst anfasst.« Baileys Blick schoss zu meinen Augen. »Nachdem du mich verarztet hast und meine Erektion bemerkt hattest ... Bist du da nicht direkt unter die Dusche gegangen und hast es dir selbst gemacht?«

Es war provokant. Ein Risiko, weil die Chancen gut standen, dass sie mir gleich eine Ohrfeige verpasste, anstatt sich weiter anzufassen.

Sie neigte den Kopf leicht zur Seite. »Doch. Während ich mir ausgemalt habe, wie du mich an den Haaren packst, in die Knie zwingst und ...«

Ein Schauder lief durch ihren Körper, begleitet von einem leisen Wimmern. Wie nahe war sie dem Orgasmus gekommen, ohne dass ich sie auch nur einmal berührt hatte?

Ich schmunzelte. »Du hörst nicht auf damit. Aber du wirst auch nicht wegen deiner Finger kommen, Bailey. Sondern auf meinem Schwanz, damit ich jede noch so kleine Reaktion spüren kann.«

Ihre Zustimmung belief sich auf ein Stöhnen, nach welchem sie sich auf die Lippe biss, ohne den Blick jedoch von meinem Gesicht abzuwenden.

»Weißt du, ich hatte überlegt, ob ich mich einfach ausziehen und zu dir unter die Dusche stellen soll. Dich gegen die kühlen Fliesen drücken und von hinten ohne Vorwarnung in dich eindringen soll ... aber eine öffentliche Dusche war nicht gerade der Ort, an dem ich dich zum Schreien bringen wollte.« Ich erhob mich, sicher, dass sie kurz davor war, sich selbst zum Orgasmus zu bringen.

Mit langsamen Schritten ging ich auf sie zu, bis ich vor ihr stand und von oben herab auf sie blicken konnte. Ich packte ihre Hand, zog sie von ihrer Pussy fort und drängte sie Schritt für Schritt weiter nach hinten, bis sie mit dem Rücken gegen die Wand stieß.

Dann umfasste ich ihren Arsch, hob sie hoch, bis sie die Beine um meine Hüfte schlang. Mein Schwanz lag automatisch in der richtigen Position, um in sie einzudringen, doch so einfach machte ich es mir nicht.

Ich vergrub die Finger in ihren Haaren, riss ihren Kopf zurück und fiel über ihren Hals her, biss sie an all den empfindlichen Stellen, die sie keuchen ließen, bis ich das Schlüsselbein erreichte und nicht mehr weiter kam, ohne dass ich sie hätte absetzen müssen. Und das kam nicht in Frage.

In aller Ruhe schob ich meinen Schwanz gerade so tief in sie hinein, dass die Spitze sie ausfüllte. »Dein Part. Wenn ich dich vögeln soll, bringst du dich jetzt selbst zum Orgasmus. Auf meinem Schwanz«, knurrte ich ihr ins Ohr.

Im selben Augenblick schlossen sich ihre Hände um meine Schultern und ich spürte, wie sie ihre Hüfte mit so viel Nachdruck gegen mich drängte, dass es kaum möglich war, noch tiefer in sie einzudringen. Baileys Lippen lagen an meinem Ohr, sodass mir ihr Keuchen und der leise Fluch durch Mark und Bein gingen.

Als sie begann, sich langsam zu bewegen, schoss auch ihre Zunge zwischen ihren Lippen hervor, spielte mit der empfindlichen Haut unterhalb meines Ohrläppchens. »*Du fühlst dich so gut an, Kade.* Dein Schwanz …«

Ein wohliger Schauer jagte über meinen Körper. Wenn sie so weitermachte …

Baileys Bewegungen wurden schneller. Fordernder. Bis ich das erste Zucken ihrer Pussy spürte, kurz bevor sie mir immer und immer wieder meinen Namen ins Ohr flüsterte, während die Erschütterungen ihren Körper festhielten.

Mehr brauchte es nicht, damit ich das Kommando übernahm, ihren Rücken härter gegen die Wand presste und mich hart und schnell in sie drängte. Meine Hüfte donnerte ohne Skrupel immer wieder gegen ihre, bis wir beide stöhnten, keuchten, all die Laute schamlos herausließen, die sich in unseren Kehlen sammelten, weil es sich einfach so *verdammt gut* anfühlte, sie zu vögeln.

»Weißt du eigentlich, wie heiß das hier ist? Wie fantastisch es sich anfühlt? Wie absolut himmlisch du aussiehst, wenn du mit meinem Schwanz in dir kommst, *Leilani*?« Ein weiterer Kosename, der mir unvorbereitet über die Lippen kam.

Ich spürte, wie sich ihre Muskeln fester um mich zusammenzogen. Ihre Fingernägel bohrten sich in meine Schultern und ihr Mund suchte plötzlich meinen, nur um uns wieder zu einem wilden Kuss zusammenzubringen.

Als ich sie diesmal meinen Namen keuchen hörte, konnte ich mich nicht länger zurückhalten, veränderte Tempo und Rhythmus, in dem unsere Hüften aufeinandertrafen, ein letztes Mal. Bis ich kam, den Daumen bereits an ihrer Klit, damit ich dieses Gefühl auch noch einmal spüren konnte, bevor ich endgültig von ihr abließ.

Und das alles, ohne noch einmal ein Wort von Daisy gehört zu haben.

BISHOP

Are you serious?

Die *Mangrove Preserves* stellten sich immer wieder als einer der schöneren Orte in Miami heraus. Für viele war es ein Stück Land, das einem wilden Dschungel ähnelte, ungepflegt und voller unbekannter Gefahren. Ich fand, dass es hier durchaus schöne Plätze gab, wenn man nur wusste, wo man danach suchen musste.

Unser Versteck war sicher keiner dieser Orte. Ich hatte es seit Monaten nicht gesehen, aber das musste ich auch nicht, um zu wissen, dass es sich kaum verändert hatte. Wenn überhaupt, hatte die Fassade noch mehr unter der Hitze und Luftfeuchtigkeit gelitten und der Garten war weiter verwildert. Alles, damit niemand auf die Idee kam, dass sich hier noch irgendwer aufhielt. Jemals.

Allein die Schmerzmittel, die durch meine Adern flossen, machten es mir überhaupt möglich, den Weg dorthin zu fahren, ohne zu glauben, gleich noch mal eine Gehirnerschütterung zu erleiden. Die kaum vorhandene Straße war nicht befestigt und holprig. Voller Stolpersteine, die nicht nur für Fußgänger eine ernsthafte Gefahr darstellten.

Auch das Sonnenlicht blendete nicht so heftig in meinen Augen wie in den vergangenen Tagen. Vielleicht lag es aber auch an der tiefschwarzen Sonnenbrille, die sie abschirmte und glücklicherweise auch einen Teil meiner Emotionen verbarg.

Warum hatte Atlas nicht Alvaro geschickt? Oder irgendwen, der nicht ich war? Meine Begeisterung hielt sich in wahnsinnig überschaubaren Grenzen, was Bailey anging, nachdem sie sich mit mir geprügelt und hochgeschaukelt hatte, nur um all diese angestauten Gefühle dann mit Atlas herauszulassen.

Sie hatte ein Ventil gefunden und ließ mich mit schmerzenden Nüssen leiden. Egal, ob ihr das nun bewusst war oder nicht. Gestern hatte ich mich für einen kurzen Moment gefragt, ob sie sich so gefühlt hatte, nachdem ich sie gefesselt in ihrem Büro hatte stehen lassen – und das war einfach nur die Retourkutsche für den Fauxpas, den ich ohnehin schon bereute. Ich hätte sie haben können, lange vor Atlas.

Hätte.

Der Zug war abgefahren. Die Rückfahrt mit ihr und Kade würde sicher ein Abenteuer für sich werden. Vielleicht ließ ich die beiden vorne sitzen und verkrümelte mich auf den Rücksitz, um ein kleines Nickerchen zu halten? Klang zumindest verlockend.

Ich hielt hinter dem schwarzen Wagen, der ein denkbar schlechtes Gefährt für das Gelände hier war, und stieg aus. Das Rauschen des nahegelegenen Gewässers drang an meine Ohren, ebenso das Kreischen der Vögel und das Zirpen der zahlreichen Insekten, die hier zu Hause waren.

Unwirsch klopfte ich an die marode Eingangstür und wartete darauf, dass sich im Inneren irgendetwas tat. Niemand reagierte. Ich rollte mit den Augen, ließ mich selbst hinein und sah mich um.

Der vordere Bereich sah absolut unberührt aus, bis auf das Smartphone auf der Arbeitsplatte und zwei Gläser, die in der Spüle standen.

Mein Unmut wuchs, vor allem, weil sich noch immer nichts tat. War das hier ein elendiges Versteckspiel oder was?

Ich machte mir nicht die Mühe, das Haus leise zu durchqueren, und klopfte bei der Tür ins Schlafzimmer auch nicht an, bevor ich sie aufstieß.

Noch bevor sie gegen die Wand knallte, wusste ich instinktiv, was mich dort erwartete. Der Geruch von Sex und Erregung schlug mir entgegen.

Von meinem Standpunkt aus hatte ich den perfekten Ausblick auf Baileys nackten Hintern, ihre Pussy und Kades schlaffen Schwanz, der zwischen ihren Oberschenkeln ruhte. Sie lag auf ihm, schlafend. Ein kleiner Teil der Decke war über ihren Rücken drapiert, ansonsten gab es nichts, was einen der beiden bedeckt hätte.

Kades Hand ruhte an ihrem Kopf, die Finger zwischen den Haaren vergraben, so als hätte er vor dem Einschlafen eine müde, sich räkelnde Katze gestreichelt, die auf ihm lag. Oder eine Wölfin, wie man es nun betrachtete.

Ich biss die Zähne zusammen, das sich mir bietende Bild noch ein wenig in mich aufnehmend.

Erst Atlas. Jetzt Kade. Wen holte sie sich als Nächstes ins Bett? Alvaro? Ganz Miami, Hauptsache nicht mich?

Sie beschränkte sich nicht auf einen Mann, also lag das Problem nicht an irgendwelchen monogamen Konzepten. Bailey O'Hara hatte ein persönliches Problem. Mit mir. Sonst hätte sie der angestauten sexuellen Energie Luft gemacht in der Sekunde, als wir aus dem Gym getreten waren.

Ich räusperte mich, schlug mit der Faust lautstark gegen den Türrahmen. »Ihr entgeht mehr als einem Dutzend Kubaner, und dann kriegt ihr nicht mit, wenn jemand euer Versteck betritt. Das ist genau meine Art von Humor.«

Ein Kissen flog in meine Richtung. »Er hat dein Auto gehört. Ich war nur zu faul, mich zu bewegen, das ist irgendwie ... bequem«, murmelte Bailey gedämpft, ohne den Blick zu heben.

Kades Hände erwachten zum Leben und schoben sich von ihren Oberschenkeln bis zu ihrem Arsch nach oben.

Ja. Ich konnte mir *sehr* gut vorstellen, wie angenehm es war, auf der Brust des Hawaiianers zu liegen, zu entspannen und sich gleichzeitig nach allen Regeln der Kunst verführen zu lassen.

»Freut mich. Ändert nichts daran, dass wir zurück nach Biscayne müssen. Irgendwer muss Atlas entlasten und herausfinden, was für ein Nachspiel euer kleiner Stunt hat. Und da ihr ja anscheinend ein paar angenehme Stunden hattet ...« Ich nickte in Richtung der Haustür und drehte mich um.

Es war zwar nicht das erste Mal, dass ich Kades Schwanz sah, aber irgendetwas sagte mir, dass ich mir nicht auch noch ansehen musste, wie er sie vor dem Anziehen weiter befummelte. Oder was auch immer er plante zu tun, wenn seine Hände ihren durchtrainierten Hintern schon mal festhielten.

Ich beschloss, am Auto auf die beiden zu warten, um den weiteren Details ihrer neuerdings sexuellen Beziehung zueinander aus dem Weg zu gehen.

»Lebt Hector noch?«, fragte Kade und suchte meinen Blick im Rückspiegel.

Ich hob die Schultern. »Laut Atlas lebt keiner mehr, der in dieser Garage oder im Folterkeller war. Die Leichen verschwinden in den Everglades, alle, die ins Krankenhaus gekommen sind, verstarben dort an ihren schweren Verletzungen.«

Das war natürlich nur die offizielle Version. Atlas hatte angeordnet, dass sie alle starben. Niemand würde leben, um von dem Vorfall zu erzählen, sah man mal von Bailey und Kade ab. Die Polizei konnte nur mutmaßen. Nur Atlas und ich hatten die Überwachungsbänder gesehen, die auf allen offiziellen Systemen längst gelöscht waren.

»Selbst wenn? Was hätte er noch? Zumindest weder Hände noch Zunge. Die Blutung kann er nicht überlebt haben. In der Sekunde, in der wir die Aufmerksamkeit auf uns gezogen haben, wurde er unwichtig«, meldete Bailey sich zu Wort.

Unser Folterraum wurde nicht überwacht und meine Vorstellung von dem, was sie getan haben musste, war ziemlich vage. Angesichts des fetten Grinsens, das sich kurzzeitig auf Kades Lippen zeigte, musste es aber ganz nach seinem Geschmack gewesen sein. Blutig und brutal also.

»Ich hätte trotzdem gern gewusst, was das Arschloch alles erzählt hat«, meinte Kade schließlich.

Das wäre eine wichtige Information für uns alle gewesen, so war es nicht. Aber lieber war er tot und richtete keinen weiteren Schaden an, als dass er längerfristig zum Sicherheitsrisiko wurde.

Bailey fasste zum Radio und drehte die Musik leiser. »Wie genau überwacht ihr eure Mitarbeiter? Welche Sicherheitsfreigaben sie haben? Was sie wissen? Gibt es Aufzeichnungen darüber? Dann könntet ihr zumindest ausschließen, was er mit ziemlich großer Wahrscheinlichkeit *nicht* wusste.«

Das war eine Frage, die sie eher Atlas hätte stellen müssen. Um Personalbelange kümmerte er sich – oder beauftragte andere Leute damit, denen er genug vertraute. Weder Kade noch ich besaßen die nötige Geduld, um uns mit anderen Menschen herumzuschlagen.

»Ich rede mit Atlas darüber«, murmelte Kade nachdenklich. »War er nicht öfter auch im *Wolf Club* eingeteilt? Wir haben da Mitarbeiter, die arbeiten schon dort, seit dein Vater das Teil ins Leben gerufen hat.«

Wenn es nach mir ging, war der Gentlemen's Club der *Mahina Industries*, auch bekannt unter *Wolf Club*, ein absolut unnötiger Laden in unserem Portfolio, doch weder Kade noch Atlas hatten bisher darüber gesprochen, ihn dichtzumachen.

Das Teil war so exklusiv, dass nur Menschen Zutritt erhielten, die seit mindestens zwei Jahren mit uns arbeiteten und ihre Loyalität bewiesen hatten. Es gab Alkohol und andere teure Waren – frei Haus. Eigentlich schrieben wir durchgängig rote Zahlen, weil die Mitglieder dort nichts bezahlen mussten, immerhin war es eine Möglichkeit, ihnen etwas für ihre Dienste zurückzugeben, abseits von dem großzügigen Gehalt. Die Bücher wurden frisiert, offiziell war der Standort nicht bekannt und das leise Munkeln über seine Existenz lebte zwar alle paar Monate wieder auf, aber da nichts bewiesen werden konnte, ebbten die Gerüchte genauso schnell auch wieder ab.

Der Gentlemen's Club war der Ort gewesen, an dem mein Vater mir all die Dinge beigebracht hatte, die ich niemals nutzen würde. Meine einzig positive Erinnerung war wohl, dass er mir dort irgendwann aus einer Laune heraus Schach beigebracht hatte – den Rest meiner Erziehung konnte sich getrost meine Mutter auf die Fahne schreiben.

Vor ein paar Jahren war Declan Walsh an diesem ekelhaft langweiligen Ort sogar gestorben. Herzinfarkt. Auf der Stelle tot. Selbst die Wiederbelebungsmaßnahmen des Rettungsdiensts hatten nichts mehr gebracht, auch nach einer Stunde nicht mehr.

»Hab nicht das Bedürfnis, da irgendwann demnächst hinzugehen«, murmelte ich, legte die Füße auf die Rückbank und begab mich in eine halbwegs bequeme Position.

Das *Aria* entsprach mehr meinem Geschmack, nur fanden sich dort sicher keine Informationen über Hector Rodriguez.

»Keine Sorge, ich kümmere mich drum. Und da Bailey ja jetzt bewiesen hat, dass sie eher den Gegnern in den Kopf schießt als uns, nehme ich sie als Rückendeckung einfach mit. Hat ja gestern auch funktioniert.«

Ich wettete, dass es jetzt noch viel besser funktionierte, da sie den Körper des jeweils anderen in allen Details kannten. Mich hatte sie auf die Matte gelegt und aussehen lassen wie den letzten Idioten, mit Kade legte sie eine filmreife Show hin, die vermutlich zum Video des Jahres gewählt werden würde, tauchte das Überwachungsband nur bei den hiesigen Nachrichtensendern auf.

Als wäre sie irgendeine abgefahrene, reale Version von *Wonder Woman*. Mitten in Miami.

»Wie nett von dir«, murmelte ich und kassierte einen genervten Blick durch den Rückspiegel.

»Deine zickige Seite kommt wieder zum Vorschein, Bishop«, stellte Kade – unnötigerweise – fest.

Mir flog ein Schokoriegel in den Schoß. Angesichts der Flugrichtung ging ich davon aus, dass Bailey ihn geworfen hatte. Hatte sie ihn aus dem Handschuhfach? »Iss das«, befahl sie prompt. »Vielleicht fehlt dir etwas Zucker, Großer.«

Was mir fehlte, war nicht Zucker. Sondern Sex. Bevorzugt mit der Frau, die ihn mir so geschickt und unter Vorwand andauernden Hasses verwehrte.

»Um noch mal auf Hector zurück zu kommen ... Eigentlich hätte es mir klar sein müssen. Er war so leicht zu überwältigen und sein Aufenthaltsort so einfach zu finden. Keine Begleitung. Normalerweise sollte man meinen, dass ein wichtiger Informant wie er überwacht wird. Hätte ich gewusst, dass sie gleich aufs Ganze gehen, hätten wir sie mit einem Hinterhalt erwarten können.« Kade schien sich ernsthaft Gedanken über das Geschehene zu machen. Glaubte er, einen Fehler begangen zu haben?

Niemand von uns hätte in der Sekunde daran gedacht, verarscht zu werden.

»An die zwanzig Leute eurer Feinde sind tot. Einfach so. Ich glaube nicht, dass wir uns auf den einen kleinen Fehler konzentrieren sollten. Die wissen jetzt, dass sie nicht so einfach an uns herankommen.« Bailey sprach von *uns* als wäre es das natürlichste auf der Welt.

Wann hatte sie angefangen, sich wirklich als Teil von uns zu sehen? Als sie entschieden hatte, Kade den Arsch zu retten, statt dabei zuzusehen, wie er abgeschlachtet wurde?

»Das wird sie nicht davon abhalten, es weiter zu versuchen. Mit mehr Leuten. Mit einem geschickteren Plan. Das wird nicht ohne Vergeltungsschlag ablaufen«, erwiderte ich.

Schätzungsweise saßen sie schon an den Vorbereitungen dafür, mit den Informationen, die Hector ihnen zugespielt hatte. Wir mussten in Erfahrung bringen, welche unserer Geheimnisse er nicht verraten konnte.

Leider war meine eigene Erinnerung an ihn sehr vage. Über fünf Jahre lag es zurück und für gewöhnlich vergaß ich Leute in der Sekunde, in der sie uns den Rücken kehrten, aus welchen Gründen auch immer.

Seit Hector war die Zusammenarbeit mit uns allerdings zu einer lebenslangen Verpflichtung geworden. Es gab keinen Ausweg mehr. Nur den Tod. Sehr wirksam, wenn die kleinen Pisser sich mal wieder in die Hosen machten, weil irgendein Kubaner einen von unseren Leuten abgeknallt hatte.

»Tja. Ich sehe da mittlerweile ein kleines Muster, was unsere Erfolge angeht. Vielleicht finden wir endlich wieder zu unserer Stärke zurück. Zu unserer Macht.« Kades Blick rutschte unauffällig zu Bailey und ich wusste genau, was er dachte.

ATLAS

Provocative and naughty, little wolf.

Die Müdigkeit in meinen Gliedern war inzwischen zum allgegenwärtigen Begleiter geworden. Zum Gegenspieler, wenn man es so wollte. Koffein, Essen, frische Luft – ich fühlte mich dennoch, als würde ich jeden Moment im Stehen einschlafen. Allerdings wohlwissend, dass das nicht geschehen würde.

Nicht ehe Bishop, Kade und Bailey wieder auf Biscayne und in dieser verdammten Villa waren. Das ungute Gefühl in meiner Brust sagte mir nämlich, dass die kubanische Mafia längst ein Kopfgeld auf Kade und Bailey ausgesetzt hatte. Nicht lebendig, wohlgemerkt. Und damit würden sie sich nicht zufriedengeben, nein. Denn das, was geschehen war, war der perfekte Anfang für einen ausgewachsenen Krieg, dessen einziges Ziel es war, uns von unserem Thron zu stoßen und die Herrschaft über Miami an sich zu reißen.

Aber das würde nicht passieren. Nichts Schlimmes würde passieren. Wir hatten Bailey. Niemand hatte eine

Chance gegen die Wölfe, wenn sie als vollständiges Rudel auftraten und zeigten, zu was sie wirklich in der Lage waren.

Bailey war unsere Rettung. Das hatte sie bewiesen, nachdem sie sich so lange dagegen gewehrt hatte, überhaupt in Verbindung mit uns zu stehen.

Ihr Laptop stand noch auf dem Küchentisch neben einem Stapel Unterlagen. Bisher war es ganz angenehm gewesen, jeden Morgen in Stille mit ihr zu verbringen, wir beide in unsere jeweilige Arbeit versunken. Das würde sich die nächsten Tage ändern, der Fokus musste verschoben werden, es gab wichtigere Dinge zu tun.

Alvaro kehrte aus den Everglades zurück, bevor Bishop mit den anderen beiden die Villa wieder erreichte.

Ich verfolgte ihre Position auf meinem Smartphone mit Argusaugen. Der kleine Punkt würde mir zwar nicht verraten, wenn sie auf unerwartete Komplikationen trafen, doch es vermittelte mir ein gewisses Gefühl der Sicherheit, zu sehen, wie sie immer näherkamen.

Bailey lehnte mit verschränkten Armen im Türrahmen meines Büros und musterte mich anklagend. Zwei Stunden war es her, da sie alle endlich zurückgekehrt waren. Die wichtigsten Themen waren besprochen, die weitere Vorgehensweise für den Rest des Abends auch.

Was führte sie also hierher?

Abwartend sah ich ihr entgegen, nicht dazu bereit, den ersten Satz zu sprechen.

Sie trat ein, schloss die Tür hinter sich und baute sich vor meinem Schreibtisch auf. »Bishop hat in einem Nebensatz erwähnt, dass es eine Weile her ist, seit du geschlafen hast. Und wenn ich mir die Farbe unter deinen Augen so ansehe …«

Bailey schnitt eine Grimasse. Was zum Henker wollte sie mir damit mitteilen?

»Und weiter? Es gibt genügend zu tun, also –«

»Du versucht gerade, mit einem Locher einen Stapel Papiere zu tackern«, unterbrach sie mich und zog besagtes Gerät aus meiner Hand.

Darauf fiel mir keine passende Reaktion ein, außer eine Augenbraue zu heben.

»Ich glaube, es ist an der Zeit, dich ins Bett zu schicken, Atlas. Und zwar sofort. Ob du es glaubst oder nicht, du nutzt uns nichts, wenn du als schlaftrunkener Zombie rumläufst.«

»Du sorgst dich?«

»Nein, ich hätte gern das Gefühl, an einem Ort zu sein, an dem alle im Notfall bereit sind, ihr Bestes zu geben, damit wir eine Chance haben, zu überleben. Und da ich nicht in meinen eigenen vier Wänden sein kann, mit Morgan in unmittelbarer Nähe …«

Zumindest dieser Seitenhieb saß. Ich lehnte mich zurück und verschränkte die Arme. »Ich hab's versucht. Aber ich schaffe es einfach nicht.«

Sie neigte den Kopf, ganz so, als glaubte sie mir nicht. »Dann lass dir von Kade eine seiner Wunderpillen geben.«

»Ich nehme keine Drogen, Bailey.«

»Dann leg dich hin und bleib liegen, bis du von allein ins Koma fällst.« Ihre Antworten wurden zunehmend genervter.

»In der Zeit kann ich genauso gut arbeiten«, hielt ich dagegen.

»Arbeiten? Was willst du arbeiten? Vermutlich kannst du nicht mal mehr geradeaus denken und alles, was du jetzt machst, musst du morgen noch einmal tun.«

Ich hasste die Tatsache, dass sie damit vermutlich auch noch recht hatte. Und nicht nur damit. Ich *sollte* ausgeschlafen sein, bereit dazu, in einer entsprechenden Situation mit klarem, kühlem Kopf zu handeln, ohne zunächst durch den schleimigen Sumpf waten zu müssen, der sich in den letzten Stunden in meinem Kopf gebildet hatte.

Wie gut mein Hirn noch funktionierte, bewies ich eindrucksvoll, als mir der nächste Satz unüberlegt herausrutschte. »Du könntest mitkommen und mir Gesellschaft leisten.«

Bailey stieß ein Schnauben aus. »Ich bin aber nicht müde.«

»Ist mir egal. Notfalls *zwinge* ich dich mit dem letzten bisschen meiner Energie dazu, dich in mein Bett zu legen.« Angesichts ihrer Reaktion hegte sie keinen Zweifel daran, dass ich trotz meiner Müdigkeit dazu in der Lage war.

Gut so.

Kopfschüttelnd wandte sie sich ab, ging aber in Richtung der Tür, die zu meinem Schlafzimmer führte. Auf dem Weg dorthin ließ sie eines ihrer Kleidungsstücke nach dem anderen fallen, bis sie zu guter Letzt ihren Slip an die Türklinke hängte, bevor sie sie hinter sich mit einem lauten Geräusch schloss.

Provokant.

Nach zwei Minuten folgte ich ihr und stellte zufrieden fest, dass sie bereits auf den schwarzen Laken lag. Bailey wirkte zwar nicht zu einhundert Prozent zufrieden, aber das hätte mich nicht weniger stören können.

Mein Blick glitt über ihren Körper, blieb kurz an den Bissspuren hängen, ehe er ihr Gesicht erreichte.

Sie zuckte mit den Schultern. »Ich hab Kade gefickt.«

Bei jeder anderen hätte ich Reue erwartet – bei Bailey war es nur ein Fakt, den sie mir vor die Füße warf, gespannt darauf, wie ich reagierte.

»Hast du das?« Mein Blick verfinsterte sich.

»Heute Mittag erst«, erwiderte sie, ein wenig atemlos.

»Ungezogen.« Schmunzelnd begann ich damit, mich auszuziehen.

Glaubte sie, ich störte mich daran? Glaubte sie, ich würde sie nicht trotzdem genauso hart rannehmen, wie es der Fall war, wenn sie vorher niemand anderen gevögelt hatte?

Ihre Augen leuchteten auf.

»Vielleicht sollte ich dich gleich vögeln ... aber ich fürchte, es würde mir schwerfallen, die nötige Konzentration aufrecht zu halten«, meinte ich beiläufig. »Also werde ich dir wohl erst morgen früh zeigen können, was genau ich davon halte.«

Ohne ein weiteres Wort stieg ich neben ihr ins Bett und schaltete das Licht aus. Eine ganze Weile hörte ich nur ihre regelmäßigen Atemzüge und die Geräusche der Klimaanlage.

»Glaubst du tatsächlich, dass meine Anwesenheit für euch einen Unterschied macht?« Baileys Stimme war leise und ihre Frage erwischte mich unvorbereitet. Eiskalt.

Natürlich hatten die anderen ihre vorlauten Münder nicht gehalten. Ich atmete tief ein und wieder aus, ehe ich ihr antwortete.

»Ich glaube, dass manche Dinge einfach vorherbestimmt sind. Das Rudel bestand immer aus vier Mitgliedern. Es wurde schwieriger, nachdem Ramon uns verraten hat, aber hat trotzdem noch funktioniert, weil meine Mutter eine wichtigere Rolle übernommen hat. Als irgendwann Declan und Nikolao gestorben sind, wurde es richtig hart. Declans Frau hat sich zurückgezogen, Kades Mutter sich noch am gleichen Tag umgebracht. Wir waren schwach, schon zu dem Zeitpunkt, an dem Bishop, Kade und ich die Führung übernommen haben. Mit weniger als vier Rudelmitgliedern waren wir immer ... angreifbarer. Nicht voll funktionsfähig. Aber mit vieren? Hat niemand eine Chance.«

»Die offiziellen Mitglieder waren immer Männer.«

»Dinge ändern sich. Und wir brauchen dich, Bailey. Deine Fähigkeiten ... Wir haben von Männern gelernt, die sich ihr Können auf der Straße angeeignet haben. Wir können kämpfen, aber das, was du mit Kade in der Tiefgarage gemacht hast –«

»Du glaubst, ich wäre eure Rettung, Atlas«, erwiderte sie mit einem Lachen, das mir eisig den Rücken hinablief. Ihre Aussage klang abwertend.

»Aber das bist du. Siehst du nicht, was sich in den letzten Tagen schon alles verändert hat?«

»Ich glaube nicht an übernatürlichen Mumpitz.«

»Musst du nicht. Ich tue es. Und ich bin mir absolut sicher, dass wir in einem Jahr in dieser Villa stehen und behaupten können, wieder genauso erfolgreich zu sein, wie zu den Hochzeiten des Rudels.«

Darauf sagte sie nichts mehr. Irgendwie war ich froh darüber, weil ich nicht glaubte, ihr meine Sichtweise verständlich machen zu können.

Wir waren vor allen anderen wach, was bedeutete, dass wir das untere Stockwerk eine ganze Weile für uns haben würden. Ich hatte Bailey vor einigen Minuten in der Küche gefunden, damit beschäftigt, sich ein Frühstück zu machen.

Es war zu früh für unsere Haushaltsfee, und wenn sie essen wollte, musste sie sich wohl oder übel selbst darum kümmern ... und später kassierte sie dafür zweifelsohne eine Rüge von Arianna.

Baileys Hände schwebten über ihrem Essen, sobald sie mich im Wohnbereich entdeckte. Ich erkannte das warnende Knurren, das ihr auf den Lippen lag. »Teilst du dein Essen nicht gern, O'Hara?«, fragte ich mit einem leisen Lachen.

Ich kannte die Antwort schon, fand es aber trotzdem amüsant, wie sie die Hände an die Hüften legte und versuchte, mich niederzustarren.

»Was das angeht, ist jeder für sein eigenes Überleben verantwortlich«, entgegnete sie und schob sich ein Stück Apfel in den Mund. Während sie kaute, beobachtete sie mit hochgezogener Augenbraue, wie ich mich langsam näherte und über die Kücheninsel beugte, um einen genaueren Blick auf ihren Teller zu erhaschen.

Nichts Besonderes. Obst und etwas, das nach Müsli aussah. Wo auch immer sie das gefunden hatte.

»Erinnerst du dich noch an mein Versprechen gestern Nacht?«, fragte ich beiläufig und streckte die Hand aus, um mir eine Handvoll Trauben aus dem Plastikbehälter zu nehmen. Mit der anderen pickte ich mir ein paar Nüsse aus der kleinen Dose, die ebenfalls noch neben ihrem Teller stand.

Kauend legte sie den Kopf schief. »Ich erinnere mich vor allem an das kryptische Gerede.«

Abermals musste ich schmunzeln. Bailey legte es wirklich darauf an, oder nicht?

Ich ließ den Inhalt meiner Hand auf die Anrichte fallen, wischte sie an meinem nackten Oberschenkel ab und umrundete die Kücheninsel, um in ihre Nähe zu kommen.

»Ganz plötzlich ist mir eingefallen, was ich viel lieber zum Frühstück hätte.« Ich war Bailey so nahe, dass ich die Gänsehaut sehen konnte, die sich auf ihrem Rücken bildete.

Bevor ich sie hochhob und auf die Arbeitsplatte setzte,

drehte ich sie in meine Richtung, sodass sie mich ansah. Ihre Beine machten automatisch genug Platz für mich, sodass ich mich dazwischen hätte stellen können. Zunächst riss ich ihr allerdings den Slip von der Hüfte und ließ ihn achtlos auf den Boden neben mir fallen.

Mit sanftem Druck gegen ihren Oberkörper brachte ich sie dazu, sich hinzulegen, dann war ich zwischen ihren Beinen, presste meine Hüfte gegen ihre entblößte Pussy. Dort allerdings würde ich nicht beginnen, nein.

Mein Weg fing bei ihren Lippen an, setzte sich über ihren Hals und die Schultern fort. Für jeden blauen Fleck von einem Biss, den ich fand, fügte ich einen weiteren hinzu. Als ich zwischen ihren Brüsten ankam, war ihre Haut bereits gerötet und stellenweise blau, sang ein Lied von den Männern, auf die sie sich eingelassen hatte.

Auf ihrem Bauch hinterließ ich die ersten Male, ebenso an ihren Oberschenkeln. Sanft war ein Wort, das in meinem Wortschatz eher selten Verwendung fand, und so hielt ich mich auch jetzt nicht zurück. Ich genoss es, sie keuchen zu hören, wenn ich meine Zähne ein wenig zu fest in ihrem Fleisch vergrub, oder sie zusammenzuckte, weil ich unerwartet noch einmal zubiss, anstatt von ihr abzulassen.

Bailey konnte nicht leugnen, dass es ihr ebenfalls gefiel. Ihre Reaktionen verrieten sie, und noch mehr, wie sich ihre Pussy freudig zusammenzog, als ich sie das erste Mal mit der Zunge schmeckte.

Ich schloss die Arme um ihre Hüften, hielt sie in Position. Mit gesenktem Blick konzentrierte ich mich voll und ganz auf das, was so einladend vor mir lag. Nahm ihren Geschmack in mir auf, die winzigen Reaktionen auf meine Bewegungen mit der Zunge. Wie sie zusammenzuckte, wenn ich schnell gegen ihre Klit stieß, oder wie ihr Kopf in den Nacken fiel, wenn ich sanft an ihr saugte.

Trotz ihres Verlangens hatte ich nicht vor, sie auf der Stelle kommen zu lassen. Also nutzte ich den Moment, da ich Schritte hörte, um mich aufzurichten.

Kade erschien im Wohnbereich und es hätte nicht passender sein können. Mit den Fingern wischte ich mir über den Mund, leckte ihre Feuchtigkeit von meiner Haut, während ich ihn mit schiefgelegtem Kopf und leichtem Grinsen begrüßte.

Bailey hatte ihn ebenfalls bemerkt, machte allerdings keine Anstalten, sich aus ihrer Position zu lösen ... oder sich zu bedecken. Stattdessen streckte sie die Hand in Kades Richtung aus, sobald sie die Beule in seiner Hose bemerkt hatte.

Perfekt, dachte ich.

Auf Kades Lippen tauchte nun ebenfalls ein Grinsen auf. »Reicht dir ein Wolf nicht mehr, *Leilani*?«

Bevor sie antworten konnte, sagte ich: »Sie weiß einfach noch nicht, worauf sie sich da einlässt.«

Kades Hand schloss sich um ihren entblößten Hals, Baileys Hände zogen bereits an seiner Shorts. Meine war in den letzten Sekunden ebenfalls verschwunden.

Interessanterweise war Bailey in Schweigen verfallen, ließ aber trotzdem keinen Zweifel daran, dass sie das hier wollte.

»Ich weiß, dass du dachtest, ich hätte etwas dagegen, dass du ihn gefickt hast. Aber dem ist nicht so, meine süße Bailey. Im Gegenteil ... Es eröffnet mir mehr Möglichkeiten, dich zu quälen. Das, was ich hier eben angefangen habe«, sagte ich und verpasste der Innenseite ihres Oberschenkels einen sanften Klaps, nur um es eine Sekunde später bei ihrer Pussy zu wiederholen. »Einer von uns wird es nachher beenden, aber nur, wenn du uns beide zum Orgasmus bringst. *Gleichzeitig*. Falls nicht, müssen wir das so oft wiederholen, bis ... nun ja, du weißt schon. Solltest *du* aus Versehen kommen, sorge ich dafür, dass es das erste und letzte Mal war, dass dir so ein Fehler passiert.«

Ich packte ihre Beine, zog sie weiter auseinander und drang ohne Vorwarnung in sie ein. Kade nutzte ihr überraschtes Stöhnen, um ihr seinen Schwanz – ebenfalls ohne Vorwarnung – in den Mund zu schieben. Sofort lagen ihre Hände haltsuchend an seinem nackten Arsch.

Das war nicht das erste Mal, dass wir gemeinsam mit einer Frau schliefen, aber ganz sicher das erste Mal, dass wir uns eine teilten, an der wir beide irgendwie Interesse hegten und die uns darüber hinaus auch noch gewissermaßen nahestand.

Es konnte unsere komplette Dynamik durcheinanderbringen, einen Keil zwischen uns treiben, aber für den Moment spielte es keine Rolle. Dafür war es zu geil, dabei zuzusehen, wie Bailey sich vor Lust wand und sich größte Mühe gab, meine Stöße abzufangen und im gleichen Zug dafür zu sorgen, dass Kade sich im gleichen Tempo in ihrem Mund bewegte.

Wir machten es ihr nicht unnötig schwer, immerhin wollten wir beide sehen, wie sie vor Verlangen, Lust und Leidenschaft zerfloss, in tausend Teile zersprang und sich wieder zusammenfügte.

Kade begann, mit ihren Brüsten zu spielen und ich legte, um sie zu reizen und herauszufordern, meinen Daumen kaum merklich gegen ihre Klit. Sie spürte es bei jeder Bewegung, die ihren Körper entweder in die eine oder andere Richtung drängte, aber es war bei Weitem nicht fokussiert genug, um sie einem Orgasmus nahe zu bringen. Der Rest allerdings ... Die Anspannung verriet sie.

Ich fuhr mit der anderen Hand über ihren Körper. »Ich würde dich ja fragen, wie dir das gefällt, aber ich fürchte, dein Mund ist gerade anderweitig beschäftigt ... Lass ihn deine Zunge spüren, sanft, an der Spitze ... *genau so*. Und jetzt überlass Kade wieder das Sagen, er weiß am besten, was er braucht.«

Kade wurde grober, fahriger und ich unwillkürlich ebenfalls. Ich legte eine Hand an ihren Hals, spürte, wie tief Kade sich in ihr vergraben hatte, und schmunzelte.

Die Nachwirkungen dieses Aufeinandertreffens würde sie definitiv noch ein paar Tage spüren.

Ich suchte Kades Blick. Die stumme Kommunikation zwischen uns funktionierte noch immer, denn zeitgleich schlugen wir das Tempo und die Bewegungen an, die uns innerhalb kürzester Zeit an den Punkt brachten, von dem es kein Zurück mehr gab.

Kade kam in der Sekunde in ihrem Mund, in der ich mein Becken ein letztes Mal verzweifelt gegen ihres drängte, so tief in ihr, dass ich jedes Zucken ihrer Muskeln fühlte – und sie zweifelsohne jede Zuckung meines Schwanzes, als ich hart kam.

Ohne eine Sekunde zu verlieren, wechselten wir die Positionen und Kade begann, das zu Ende zu bringen, was ich vorhin begonnen hatte. Ich küsste sie in ihrer halb aufgerichteten Position, indem ich die Hand um ihren Hals legte und ihren Kopf leicht nach hinten zog. Ich schmeckte sie, Kade und ihre Erregung, spürte ihren schnellen Puls an meiner Hand und wie sie ihrem Orgasmus immer näher kam.

Bis Bailey stöhnend explodierte. An meinem Mund, an Kades Zunge und ihr ganzer Körper mit ihr.

»Gut gemacht, *Leilani*. An die Art von Frühstück könnte ich mich gewöhnen«, lobte Kade sie mit dreckigem Grinsen, als er sich aufrichtete, sie aus meinem Griff befreite und ebenfalls noch einmal küsste.

Nun, jetzt wusste sie zweifelsohne, was ich davon hielt, dass sie Kade *gefickt* hatte.

KADE

Nobody can hold us down.

Zum ersten Mal seit sehr langer Zeit war das Rudel wieder vollständig unterwegs. Sah man mal davon ab, dass wir Bailey auf Biscayne gelassen hatten, weil sie keinen Zutritt zum *Wolf Club* erhalten würde, nicht einmal, wenn wir sie mit uns brachten. Die Regeln waren streng – und sahen vor, dass Frauen allerhöchstens als Angestellte dort arbeiteten. Längst überholte Regeln, wenn man mich fragte, aber das war nicht meine Entscheidung.

Atlas lief als Erster, Bishop direkt hinter mir. Er zog eine finstere Grimasse, die uns anderen ganz deutlich sagte, was er davon hielt, dass wir diesen Ort besuchten. Er hasste ihn abgrundtief. Hätte Atlas ihn nicht dazu gezwungen, Gesicht zu zeigen, wäre er wohl eher schmollend im Wagen sitzen geblieben, als sich uns anzuschließen.

Es war wichtig, dass man uns jetzt sah. Vereint. Gemeinsam. Unsere Leute und Unterstützer mussten wissen, dass wir uns nicht auf einem sinkenden Schiff befanden, sondern auf dem aufsteigenden Ast.

Wir näherten uns dem Eingang zu der unscheinbaren Fabrikhalle mit zügigen Schritten. Ein vereinzelter Sicherheitsmann war dort an der Metalltür postiert und starrte einsam in die Nacht.

Für einen Moment blieb Atlas stehen. »Sie sind wie Hunde. Und hungrige Hunde sind niemals loyal – also füttern wir sie, bis ihre Mägen so voll sind, dass sie die nächsten Tage nicht einmal mehr an Essen denken. Verstanden?«

Ich nickte, zupfte die Lederjacke noch einmal zurecht und beobachtete Atlas dabei, wie er seinen Anzug richtete. Bishop hatte die Hände in den Hosentaschen versenkt und tat nichts. Hätten wir ihn in Jogginghose aus dem Haus gelassen, wäre er sicher so hier aufgelaufen.

Idiot. Er weiß, wie wichtig das ist.

Es war Stunden her, seit ich das letzte tic tac geschluckt hatte, und trotzdem war Daisy so präsent wie eh und je. Wunderbar. Genau diese Stimme brauchte ich in meinem Ohr, wenn ich immer noch Baileys himmlischen Geschmack auf der Zunge hatte.

Sie war nicht begeistert darüber, dass wir sie allein in der Villa zurückließen. Mit Alvaro, ihrem menschlichen Wachhund und Liko, der bei unserer Abfahrt in einer Hängematte am Pool gedöst hatte. Ob er noch als Wachhund taugte, sobald die nächsten Tage herum waren? Die Bequemlichkeit schien ihn vergessen zu lassen, zu was er eigentlich erzogen worden war. Nichtsdestotrotz hegte ich nicht den kleinsten Zweifel daran, dass Bailey absolut sicher auf Biscayne war.

»Dann wollen wir mal«, murmelte ich, checkte die Waffe an meiner Seite und ging dann voraus, automatisch das Kommando übernehmend.

Waren wir zu dritt unterwegs, war die Aufteilung ganz deutlich vergeben. Ich sorgte für die Sicherheit der

Gruppe, Atlas übernahm das Reden und Bishop setzte durch, was auch immer Atlas anordnete.

Ich switchte in einen aufmerksameren Modus und sah mich in der Umgebung genauer um, bevor ich zu dem Sicherheitskerl trat, den ich nicht kannte, und ihm zunickte. »Die Wölfe sind hier. Zeit, unsere Freunde heulen zu hören.«

Er schien nicht überrascht, nickte nur. »War nicht zu übersehen, wer ihr seid. Wenn drei riesige Schatten sich nähern, die schon von Weitem Gefahr ausstrahlen, weiß man, dass man entweder tief in der Scheiße sitzt oder die Bosse da sind.«

Der Kerl war mir auf Anhieb sympathisch. Noch mehr, als er ohne Umschweife die Tür öffnete und uns hineinließ.

Das Innere der Fabrikhalle war komplett umgestaltet. Man hatte eine Kulisse errichtet, sozusagen einen Raum in einem Raum, der ganz dem altmodischen Bild eines Herrenclubs entsprach.

Dunkle Vertäfelung, Staubfänger überall, wohin man blickte, und Damen in knappen Kleidern, die irgendwelche Kerle bedienten. Kerle aus den unterschiedlichsten Gesellschaftsschichten. An der Bar versammelten sich Typen in Straßenkleidung, in den Sitzgelegenheiten saßen Anzugträger und an einem der Tische entdeckte ich einen älteren Mann, der ohne Frage auf der Straße lebte. Hier hatten unsere loyalen Mitarbeiter ein Zuhause, wenn auch nur temporär und zum kurzen Vergnügen. Um für ein paar Stunden den Ernst der Welt zu vergessen und zu entspannen.

So zumindest das Konzept.

Ich machte keine unmittelbare Gefahr aus, also nickte ich Atlas zu. Wir bewegten uns durch den Raum in Richtung der Tür mit der Aufschrift *Private* und allmählich huschten Blicke in unsere Richtung. Blieben an uns hängen. Köpfe wurden gedreht, Gespräche eingestellt und ein leises Murmeln entstand.

Ich wusste, dass Atlas manchmal hierherkam, um Gespräche mit wichtigen Partnern zu führen. Bishop musste seit Jahren nicht mehr hier gewesen sein und ich mied den Laden wie die Pest, weil ich ihm nicht den kleinsten Reiz abgewinnen konnte.

Der Schlüssel zur Tür in die hinteren Räumlichkeiten lag bereits in meiner Hand, also waren wir innerhalb weniger Sekunden hindurchgetreten. Bishop schloss wieder ab, Atlas klopfte an der Tür des Büros und ging dann, ohne auf eine Antwort zu warten, hinein.

Ein kleiner, untersetzter Mann sprang überrascht auf, schien sich über unsere Anwesenheit jedoch zu freuen, statt sich direkt in die Hose zu machen, weil er automatisch glaubte, einen Fehler begangen zu haben. »Mr. Wallin, schön, Sie zu sehen. Hätten Sie mir doch Bescheid gegeben, dann hätte ich entsprechende Vorbereitungen getroffen ...«

»Nicht nötig«, unterbrach Atlas ihn sofort.

Bishop und ich bezogen in der Nähe der Tür Stellung, die Hände jeweils diskret auf unsere Waffen gelegt.

Jones. Das war sein Nachname, erinnerte ich mich. Er führte den Club schon seit Jahrzehnten und war eine wichtige Figur in unserem System. Ohne ihn würde dieser Laden hier nicht laufen, geschweige denn fortexistieren. Immerhin wäre dann längst ans Licht gekommen, wie viel Geld wir hier unauffällig versenkten.

Ohne Umschweife fuhr Atlas fort und schlüpfte in die Rolle des Anführers, die ihm auf natürliche Weise auf den Leib geschnitten war. Die dunklen Tattoos, die an seinen Fingerspitzen begannen, und sein restliches düsteres Erscheinungsbild taten ihr Übriges. »Wir sind hier, weil wir

Informationen zu einem ehemaligen Mitarbeiter benötigen.«

Nun geriet Jones ins Schwitzen. Seelenruhig zog Atlas einen Stuhl vom Schreibtisch weg und setzte sich darauf, kaum die Kante berührend. Die Arme stützte er auf seinen Schenkeln ab, den Blick stur auf sein Gegenüber gerichtet.

»Keine Sorge. Er ist damals freiwillig gegangen. Leider mussten wir kurz darauf feststellen, dass er uns verraten hat. Dummerweise ist er verstorben, bevor wir in Erfahrung bringen konnten, was für Geheimnisse er noch ausgeplappert haben könnte. Aber er hat hier gearbeitet und ich weiß, dass Sie alle Mitarbeiter streng überwachen. Inklusive ihrem Wissen. Wenn Sie also so freundlich wären, mir die Akten über Hector Rodriguez auszuhändigen …« Atlas redete ruhig. Bestimmt. Wie ein Vorgesetzter es mit seinem Angestellten nun einmal tat.

Auf der Stirn des Typen bildeten sich trotzdem Schweißperlen. Er schluckte. Viel zu auffällig für jemanden, der nur Personalakten aushändigen sollte.

»Mr. Wallin – ich … äh … Wir haben kürzlich einige Akten verbrannt. Von Mitarbeitern, die schon lange nicht mehr hier sind«, stammelte er, die Entschuldigung schon fast auf den Lippen.

Er log. Das war so glasklar erkennbar wie die Schweißflecken, die sich unter seinen Achseln bildeten. Ich ließ mir nichts anmerken, tauschte allerdings einen unauffälligen Blick mit Bishop, der es ebenfalls registriert hatte.

»Bei *Mahina Industries* werden keine Akten verbrannt, außer ich persönlich tue es«, knurrte Atlas unvermittelt und sprang auf, dem armen Kerl beinahe ins Gesicht. »Wollen Sie es noch einmal versuchen, Mr. Jones? Oder soll ich Ihre Frau anrufen und herbitten? Vielleicht lockert das Ihre Zunge? Hatten Sie nicht auch eine Tochter? Wie alt ist sie jetzt? Siebzehn? Kade hier drüben würde sie morgen sicher wahnsinnig gern von der Schule abholen.«

Ich war beeindruckt. Genau das war der Grund, warum Atlas die Gespräche führte. Er merkte sich diese Details. Erinnerte sich. Und setzte sie zu dem Zeitpunkt ein, an dem sie absolut passten.

ATLAS

You think I'm dumb? Wrong, asshole.

Das Blut pumpte viel zu stark durch meine Adern, um das Gestammel des Kerls mir gegenüber ordentlich zu hören. Trotzdem verstand ich jedes klägliche Wort, das er von sich gab. Und die Bedeutung dahinter.

Er hatte Scheiße gebaut. Die Frage war nur, in welchem Ausmaß. Und was das genau in allen Details bedeutete. Vor allem für ihn, denn mit Lügnern in unseren Reihen machten wir schon immer kurzen Prozess.

»Ich warte auf eine Erklärung, Mr. Jones, und leider muss ich sagen, dass meine Geduld heute verdammt knapp bemessen ist.« Das war eine kleine Lüge meinerseits, denn eigentlich ging es mir nach heute Morgen fantastisch.

Er schnappte nach Luft, von meinen Worten offensichtlich nicht eingeschüchtert genug. Mein Gesicht verwandelte sich in eine eiserne Miene. »Bishop, wärst du so freundlich und würdest die entsprechenden Anrufe tätigen? Danke.«

Während ich mit ihm sprach, wandte ich den Blick nicht einmal von Jones ab. Nein, ihm gebührte meine ungeteilte Aufmerksamkeit.

»Klar«, brummte Bishop und ich nahm wahr, wie er den Raum verließ. Ich hatte gehofft, er machte die Anrufe in Gegenwart unseres kleinen Lügners hier, doch vielleicht setzte es ihm mehr zu, wenn er nicht wusste, was Bishop veranlasste.

»Es gibt nur zwei mögliche Ausgänge für diese Situation. Sie sagen mir die Wahrheit, ich stelle fest, dass Sie einfach nur ein Angsthase sind, und wir lassen das ganze Thema fallen. Oder es stellt sich heraus, dass Sie uns betrogen haben und Sie werden in Kürze Ihren letzten Atemzug nehmen. Was auch immer es ist – wir werden es herausfinden.« Ich musste ihm ja nicht erzählen, dass er, egal wie das restliche Gespräch verlief, bald tot sein würde.

Er antwortete nicht, dafür kam Bishop wieder in den Raum. »Seine Frau ist seit einiger Zeit tot, seine Tochter ist allerdings auf dem Weg. Sie klang besorgt. Bin gespannt, wie sie reagiert, wenn sie erfährt, dass ihr Daddy ihr Leben verspielt hat.«

Mit finsterem Grinsen lehnte ich mich wieder zurück auf meinen Stuhl, nur um mein Smartphone aus der Tasche zu ziehen und einen Blick auf die Uhr zu werfen. »Ich gebe Ihnen noch drei Minuten.«

Nachdem ich das gesagt hatte, stellte ich einen Timer ein, legte das Handy auf dem Schreibtisch ab und erhob mich, ihm den Rücken zudrehend. Sowohl Kade als auch Bishop hatten ihn weiterhin im Blick ... und um ehrlich zu sein, machte ich mir keine Sorgen darüber, dass er mich von hinten angreifen könnte.

Dafür war er nicht schnell, nicht agil genug.

Ich begann, ein Lied zu summen, starrte die Decke an, sah zu Kade, tauschte einen amüsierten Blick mit ihm und wandte mich dann Bishop zu, der langsam Gefallen an unserem Besuch hier zu finden schien.

Wieso musste man ihn immer erst zu seinem Glück zwingen, bevor er erkannte, dass wir von Anfang an recht gehabt hatten?

Der Timer schlug Alarm und mit einem Ruck drehte ich mich zu Jones um. »Die Zeit ist abgelaufen. Letzte Chance. Kade, falls er jetzt nicht redet, darfst du ihn zum Reden zwingen.«

Ich wusste, welch wölfisches Grinsen sein Gesicht in diesem Augenblick zierte und wie er sich aufbaute, die Lederjacke richtete. Das Knacken seiner Fingerknöchel drang an meine Ohren, gefolgt von dem Geräusch, das eine Waffe machte, wenn sie entsichert wurde.

»O- okay«, brachte der Bastard hervor. »Okay, schön, ich werde reden, aber ihr müsst mir versprechen, meiner Tochter nichts zu tun – sie kann nichts dafür. Sie hat nichts damit zu tun.«

»Sh-Sh. Erzähl uns erst, was du getan hast, bevor wir darüber reden, was genau mit deiner Tochter passiert.« Ich trat einen Schritt näher an den Schreibtisch heran, gespannt, was er mir gleich verraten würde.

»Hector ist vor ein paar Monaten hier aufgetaucht und der Kerl, der gerade Sicherheitsdienst hatte, kannte ihn von früher. Sie waren Freunde. Also hat er ihn reingelassen. Er tauchte in meinem Büro auf und hat ... Er hat mich bedroht, wenn ich ihm seine Akten nicht aushändige, wird er dafür sorgen, dass ich zeitlebens nicht mehr glücklich werde. Ich ... ich hab mich geweigert. Dann ist meine Frau bei einem Autounfall mit Fahrerflucht gestorben und er tauchte wieder auf ... Wollte als Nächstes meiner Tochter an den Hals ... also hab ich sie ihm gegeben. I- ich dachte, er könnte damit sowieso keinen Schaden anrichten. Es ist nur eine Akte ...«

»EINE AKTE MIT VERTRAULICHEN INFORMATIONEN!«, brüllte ich, warf die Hand in die Luft und wirbelte herum.

Im nächsten Moment hörte ich einen dumpfen Schlag, wie von einem Körper, der auf den Boden sackte, und Kade wedelte angesichts meines überraschten Blicks mit der Waffe, auf die er einen Schalldämpfer geschraubt hatte. *Schlau.*

So bekam niemand den Schuss mit, den ich befohlen hatte.

»Kade, du fängst seine Tochter auf dem Parkplatz ab. Biete ihr Geld dafür, sofort zu verschwinden, nie wieder zurückzukehren und keine Fragen zu stellen. Wenn sie sich weigert oder auch nur im geringsten den Anschein macht, als würde sie zukünftig auf Rache sinnen …«

»Verstanden, Boss.« Er steckte die Waffe weg und verschwand nach draußen.

Ich wandte mich also an Bishop. »Du unterrichtest die Angestellten über die Veränderungen in der Führungsetage. Ich kümmere mich um einen Nachfolger. Und irgendwer soll seine Leiche in die Everglades schaffen, bevor sein Verrat den ganzen Laden verpestet.«

Gerade als ich mich aus dem Staub machen wollte, hielt Bishop mich zurück. »Was hättest du an seiner Stelle getan?«

War das sein Ernst? Ich lachte. »Ich hätte dem Idioten eine Kugel zwischen die Augen gejagt, bevor er seine Drohung auch nur zu Ende gesprochen hätte.«

»Du tötest nicht. Du wendest nicht einmal wirklich Gewalt an«, erinnerte Bishop mich unnötigerweise.

»Es gibt immer Ausnahmen. Und würde jemand meine Frau oder mein Kind bedrohen – du kannst deinen Arsch darauf verwetten, dass er es nicht überleben würde. Ganz egal, was es für mich persönlich auch bedeuten würde.«

Kopfschüttelnd sah ich ihn an. »Was hättest du denn gemacht? Du kannst mir nicht erzählen, dass du dich von Hector Rodriguez hättest einschüchtern lassen. Er war eine halbe Portion.«

»Keine Ahnung. Wäre ich in seiner Position gewesen … Was blieb ihm schon übrig?«

Ich packte Bishop am Ausschnitt seines Shirts und zog ihn zu mir heran, bis unsere Nasen sich fast berührten. Auf meinen Lippen lag ein warnendes Knurren. »Hat er eine Sekunde lang daran gedacht, die um Hilfe zu bitten, die ihm den Arsch hätten retten können? Hat er darüber nachgedacht, uns zu informieren? Zu warnen? Nein, nein und nochmals nein. Reiß dich zusammen, *Walsh*, das hier ist keine Kuschelgruppe!«

Es war mir nicht neu, dass Bishop in den letzten Monaten ein paar Probleme mit einigen Methoden oder Situationen entwickelt hatte. Dass er sie offen ansprach und thematisierte, war mir allerdings völlig neu – und absolut unpassend.

»Natürlich«, murmelte er und klang dabei ganz so, als würde ihm meine Antwort sauer aufstoßen.

Ich ignorierte es. Wir konnten uns nicht leisten, dass Bishop in Zweifeln badete und plötzlich Mitleid mit dem Feind verspürte. Was wir taten, wie wir handelten und vorgingen, war nicht neu. Er war damit aufgewachsen, kannte all die schmutzigen Details und war für einige davon sogar verantwortlich.

Was gab ihm nun das Recht, sich gegen das aufzulehnen, was das Wolfsrudel ausmachte? Was uns zusammenhielt? Uns unsere Macht verlieh?

»Reiß dich zusammen, Bishop. Ich sage das nur ein einziges Mal.« Mit diesen Worten ließ ich ihn im Büro stehen und suchte mir einen anderen Raum, in dem ich ungestört einige Recherchen machen konnte. Wir mussten sofort einen Ersatz benennen, damit nichts aus der Bahn lief. Erst danach würde ich mich mit der Tatsache beschäftigen können, dass Jones die einzige Möglichkeit einfach weggegeben hatte, mit der wir die Gefahr, die von Hectors Informationen ausging, hätten einschätzen können.

Es ärgerte mich, nicht gerade wenig. Aber darüber würde ich später nachdenken. Bevor ich mich an einen der zur Verfügung stehenden Rechner setzte, zog ich mein Smartphone aus der Tasche und schickte Bailey eine Nachricht. *Deine Idee war gut, aber der Idiot ist uns zuvorgekommen. Müssen ein paar Dinge regeln, bevor wir zurückkommen.* Zwei Sekunden später tauchte ihre Nachricht im Chat auf: I*st ja nicht so, als würde ich vor Langeweile sterben. Casinos laufen leider nicht von allein ...*

Immerhin war sie anscheinend nicht mehr böse auf uns, weil wir sie nicht mitgenommen hatten, auch wenn sie sich nachher sicher darüber beklagte, den spannenden Part verpasst zu haben.

BAILEY

Loyalty is no game.

Allein in der großen Villa der Wölfe zu sein, hatte seine Vorteile, das musste ich schon zugeben. Beispielsweise beschwerte sich kein Atlas über die laute Musik im Wohnbereich und es interessierte auch niemanden, wenn ich nackt mit dem Hintern voraus in den Pool sprang. Niemand außer Liko klebte mir an den Fersen, als ich mich in den etlichen Räumlichkeiten umsah und spaßeshalber einen Code in das digitale Schloss des Waffenraumes eingab. Natürlich war er falsch – und nicht sonderlich einfallsreich –, aber einen Versuch war es wert gewesen.

Zu gern hätte ich mir die Waffenauswahl der Männer heimlich angesehen und bewertet. Noch war ich mir nicht sicher, was jeder von ihnen präferierte, sah man mal von ihrem großen, bösen Anführer ab, der grundsätzlich mit ungeladenen Waffen herumspazierte und sich darauf verließ, dass jemand anderes ihn schützte und die Drecksarbeit für ihn erledigte.

Wenn ich Waffen an Atlas ausmachte, waren es stets irgendwelche Messer, niemals Schusswaffen. Als würde er sich mit eben jenen selbst nicht über den Weg trauen.

An der verschlossenen Waffenkammer hörte ich natürlich nicht auf, sondern machte postwendend mit den Zimmern der drei weiter. So unterschiedlich wie ihre Persönlichkeiten waren auch ihre Räume gestaltet. Atlas' dunkel, modern und zeitlos. Bei Kade herrschte Chaos vor, die einzige aufgeräumte Ecke schien jene mit dem Terrarium und den beiden eindrucksvollen Schlangen zu sein. Bishops Zimmer ließ sich recht einfach mit einem Gästezimmer verwechseln. Unpersönlich, zu sauber und egal, wie viele Schubladen ich aufzog – ich fand keine persönlichen Gegenstände.

Bei Kade lagen sie dafür überall verstreut und Atlas versteckte seine zwischen den unzähligen Anzügen in seinem Schrank. Ich hatte sie nicht angerührt. Aus Respekt. Nicht weil ich Angst davor hatte, mich seinem Zorn zu stellen.

Liko folgte mir auf Schritt und Tritt, nur um seine kurzen Haare überall zu verteilen. Selbst, wenn ich mich nicht verriet ... der Hund würde es tun.

Letztendlich gab es außer dem Waffenraum keine Ecke des Hauses, die ich nicht gesehen hatte. Die Führung von Atlas war nett gewesen, aber mich selbst ungestört umsehen zu können, war etwas gänzlich anderes. Ich entdeckte Details, welche die ganze Zeit über vor meinem Auge verborgen gewesen waren, weil ich bisher schlichtweg nicht genau genug hingesehen hatte.

Ich hatte es in jedem Fall mit interessanten Männern zu tun, so viel musste ich ihnen lassen. Ihr Aussehen mochte viele täuschen, aber am Ende des Tages wusste ich es besser. Das Leben hatte sie geprägt und geformt, ebenso, wie es mir Ecken und Kanten verpasst hatte. Viel mehr, als es bei einem normalen Einwohner Miamis jemals der Fall war. Diese Männer verstanden mich womöglich auf einer Ebene, wie es niemand sonst konnte.

So ungern ich es auch zugab, wir waren aus dem gleichen Holz geschnitzt. In unseren Adern floss das gleiche Blut – das der Wölfe.

Nichtsdestotrotz hielt ich weiterhin daran fest, nicht hierbleiben zu können. Ich würde mich selbst in einen Käfig sperren und den Schlüssel freiwillig wegwerfen, wenn ich blieb. Ich war nicht dafür gemacht, mein Leben mit anderen zu teilen. Ich brauchte einen festen Ablauf, eine Aufgabe, um zu funktionieren. Ich brauchte meine Casinos und die Möglichkeit, meine Sucht jeden Tag aufs Neue zu bekämpfen.

Aus einem Impuls heraus schlenderte ich Richtung Haustür. Es gab ein Rätsel in diesem Haus, das ich noch nicht gelöst hatte.

Ich zog die Tür auf und sah prompt dem Sicherheitsmann ins sonnengebräunte Gesicht. Er lächelte mich freundlich an.

»Alvaro«, sagte ich zur Begrüßung. »Wie wäre es mit etwas Gesellschaft? Mir ist langweilig und irgendwie hab ich mich gefragt, was du den ganzen Tag machst, wenn du immer hier draußen rumstehst. Vor allem: Schläfst du überhaupt?«

»Es gibt ein kleines Zeitfenster von neun Stunden, in denen ich keinen Dienst habe, ja«, antwortete er mit einem Grinsen. »In der Zeit ist Thiago hier. Deinem Blick nach zu urteilen hast du ihn noch nie getroffen.«

Ich schüttelte den Kopf. »Nicht, dass ich wüsste.«

Ohne auf eine Einladung seinerseits zu warten, zog ich die Tür hinter mir zu und setzte mich auf die oberste Treppenstufe, zu ihm aufsehend. »Darf ich dir noch ein paar andere Fragen stellen?«

Er machte eine auffordernde Handbewegung und ich nickte.

»Wie bist du zu den Wölfen gekommen?« Selbstverständlich vertraute ich Atlas, was die Auswahl seiner Sicherheitsmänner anging, und außerdem war es auch gar nicht meine Sache, aber es interessierte mich aus diversen Gründen. Vor allem, weil seit knapp zwei Wochen meine Sicherheit ebenfalls in Alvaros Hand lag, ohne ihn überhaupt einschätzen zu können.

»Man könnte sagen, der Posten wurde mir vererbt. Vor mir hat mein Vater ihn bekleidet. Thiago ist mein Bruder.«

Ich konnte mir ein leises Lachen nicht verkneifen. »Klingt, als gäbe es einige Traditionen im Rudel.«

»Vermutlich mehr, als du ahnst.«

»Und du machst das gern? Ich meine … es gibt so viele Möglichkeiten und du stehst lieber hier rum und bewachst ein Objekt?«

»Und seine Bewohner, Bailey. Und ja, ich liebe meinen Job. Ich würde nicht tauschen, auch dann nicht, wenn man mir was anderes anbieten würde. Außerdem werde ich gut bezahlt. Loyalität wird im Rudel schon seit jeher gut entlohnt.« Alvaro klang stolz, dass er Sicherheitschef für Atlas und die anderen war. »Außerdem stehe ich nicht nur herum.«

»Sondern?«

»Ich koordiniere. Wenn irgendetwas ansteht, ruft Atlas mich als Erstes an, und ich sorge dann dafür, dass es umgesetzt wird.«

»Also bist du sowas wie seine rechte Hand«, stellte ich fest. Außerdem wusste er vermutlich über mehr Vorgänge Bescheid als der Großteil sämtlicher anderen Mitarbeiter.

Er nickte. »Richtig.«

»Willst du keine eigene Familie oder so?« Mir war durchaus bewusst, dass meine Fragen immer persönlicher wurden. Anders konnte ich ihm allerdings nicht auf den Zahn fühlen und ich wollte unbedingt wissen, in welche Kategorie Mensch sich Alvaro einordnen ließ.

Würde er für die Wölfe sterben, wenn es darauf ankam? Würde er zum Verräter werden, wenn man ihm nur das richtige Angebot machte oder das richtige Druckmittel fand?

»Ich schätze ... aktuell bin ich ganz zufrieden. Es wäre eine Sorge mehr, die ich mir machen müsste. Eine Frau, Kinder ... Ich weiß noch, wie es in meiner Kindheit war und wie oft ich meinen Vater letztendlich gesehen habe. Momentan bin ich nicht egoistisch genug, das irgendwem zuzumuten.« Er klang vernünftig. So, als hätte er sich ausführlich Gedanken darüber gemacht und eine Lösung für sich gefunden, mit der er absolut zufrieden war.

Bewundernswert, wenn man bedachte, wie viele Leute an so simplen Sachen scheiterten.

»Würdest du sie verraten?«

Er zog eine Augenbraue nach oben. »Ist das ein Verhör, Bailey?«

Ich verzog die Lippen und schüttelte den Kopf. »Nein. Ich will nur wissen, wem ich mein Leben anvertraue. Ich muss sicher sein, dass die Leute, die hinter mir stehen, mir den Rücken freihalten ... und nicht ein Messer in der Hand haben, das sie mir bei der ersten Gelegenheit in die Rippen drücken.«

Zu meiner Überraschung nickte er, als könnte er vollends nachvollziehen, wovon ich sprach. »Würde ich nicht. Egal, wie viel Geld man mir bietet. Oder womit man droht. Würde man mir eine Million bieten, würde Atlas mir zwei Stunden, nachdem ich ihm davon erzählt hätte, zwei Millionen auf mein Konto überweisen. Würde man mich oder Thiago bedrohen, würden sie diejenigen jagen und niederstrecken, bevor der Tag vorbei wäre. Wie gesagt … Loyalität wird belohnt. Und sie schützen ihre Leute.«

»Wieso sollte dann überhaupt jemand Verrat begehen?«

Er lachte. »Weil sie es nicht herumerzählen. Man kauft sich Loyalität nicht – entweder sie ist da oder sie ist es nicht. Jeder Mensch hat einen freien Willen. Jeder, der in Versuchung geführt wird, hat die Wahl zwischen Verrat und einem Anruf bei Atlas.«

»Warum sollten sie überhaupt loyal sein? Es sind nur Mitarbeiter.« Je mehr ich mich mit Alvaro unterhielt, desto mehr wurde mir klar. Über Atlas. Die Wölfe. Diese ganze Maschinerie, die sie über Jahrzehnte hinweg aufgebaut hatten.

»Atlas kümmert sich um alle. Sicherheit, Heimat, einen gewissen Standard. Arbeitet man für die Wölfe, hat man im Prinzip keine Sorgen. Solange man keine seltsamen Fragen stellt und tut, was sie sagen, führt man ein gutes Leben. Manchmal wandern Leute in den Knast, aber die meisten bleiben nicht lange da. Falls doch, entschädigt er sie dafür. Außerdem hat es für viel Respekt gesorgt, als Bishop für vier Jahre in den Bau gegangen ist. Für Kade und Atlas, wohlgemerkt. Kade hatte auf Atlas' Befehl hin gehandelt, wurde aber erwischt … Allerdings hätte er den Knast wohl nicht überlebt, also hat Bishop sich für ihn geopfert.«

Interessant. Langsam fragte ich mich, was die Männer über unser Gespräch sagen würden. Ob Alvaro ihnen davon erzählte, sobald sie zurück waren.

»Trotzdem haben sie Macht und Einfluss eingebüßt«, stellte ich fest. Bei einem solchen System war das schwer vorstellbar.

»Menschen sind korrupte Wesen. Die meisten stellen sich die Frage, ob sie es nicht doch noch besser treffen könnten. Sie sind gierig. Unzufrieden. Und schon … nun ja. Was soll ich sagen? Du kennst die Geschichte von Hector.«

Seine Worte lösten eine Gänsehaut auf meinen nackten Armen aus.

»Ist es dann nicht vermessen, zu sagen, dass du sie nie verraten würdest?«

Er schüttelte den Kopf. Belustigt. »Ich kenne die Schwächen der menschlichen Natur. Ich bin schlau genug, um meine Vorteile bei den Wölfen zu kennen. Und selbst, wenn es mich das Leben kosten würde – ich wäre froh darüber. Weil es bedeutet, dass sie einen Grund mehr hätten, dem Feind die Hölle heiß zu machen und Blut regnen zu lassen. Es mag schwer vorstellbar sein, ich weiß, aber das hier ist eine Familie. Ein Rudel. Sobald du erst einmal ein Teil davon bist, gibt es keinen Grund mehr, wider deiner Natur zu handeln.«

Und ich wusste, er sprach in diesem Fall nicht allgemein, sondern einzig und allein von mir.

BISHOP

Let me show you my magic tricks.

Ursprünglich hatte ich vorgehabt, irgendeinen Angestellten dafür abzustellen, die Leiche in einen Wagen zu laden. Nach dem kurzen, recht eindringlichen Gespräch mit Atlas war mir jedoch danach, es selbst in die Hand zu nehmen.

In meinen Fingern juckte es, mir irgendwie die Hände schmutzig zu machen, meinen Ärger auf kreative Weise loszuwerden. Was bot sich da besser an, als eine Leiche in Plastik zu wickeln, sie sich über die Schulter zu werfen und zum Parkplatz zu spazieren, um sie in den Kofferraum zu werfen?

Richtig. Nichts.

Also organisierte ich aus dem Lager eine Plastikplane, hievte den nicht gerade leichten Kerl darauf und wickelte ihn so fest ein, dass er wohl platzte, wenn er jetzt beginnen würde, sich aufzublähen. Glücklicherweise würden bis dahin noch einige wertvolle Stunden vergehen ...

Ich betrachtete den roten Fleck auf dem Teppichboden.

Den Dreck würde ich sicher nicht auch noch beseitigen. Also fand ich einen Angestellten, gab ihm den Auftrag, eine der Reinigungskräfte zu informieren, und widmete mich dann wieder meinem ursprünglichen Plan.

Die Leiche war ein unhandliches Paket, aber mit ein bisschen Koordination brachte ich es fertig, sie mir über die Schulter zu werfen. Ich wählte den Hinterausgang, nachdem ich den Schlüssel zu einem Firmenwagen auf dem Weg dorthin eingesammelt hatte, und verließ das Gebäude ungesehen.

Der Kofferraum des *Escalades* bot genügend Platz für die Leiche und dank der Plastikplane würden sich keine wie auch immer gearteten Flüssigkeiten im Wageninneren verteilen.

Während ich mein Werk begutachtete, schossen mir mehrere Gedanken durch den Kopf. Vor allem die Frage, warum ich nicht selbst kurz einen Ausflug in die Everglades machte. Würde nicht schaden, um den Kopf wieder freizubekommen und an etwas anderes zu denken.

Etwas, das nichts damit zu tun hatte, dass Bailey nicht nur Atlas und Kade gevögelt hatte, sondern auch noch beide gleichzeitig. Das Haus war nicht sonderlich hellhörig, aber wenn man schlaftrunken die Treppe hinabstolperte und vom Stöhnen nicht nur einer bekannten Person, sondern gleich dreien, aus dem Halbschlaf gerissen wurde, hinterließ das einen gewissen Eindruck.

Und der bestand essentiell daraus, dass Bailey ein persönliches Problem mit mir hatte und mich – ganz offensichtlich – genügend hasste, um mir immer wieder unter die Nase zu reiben, was andere bekamen und sie mir verwehrte.

Ich glaubte zwar nicht, dass sie es absichtlich tat, und auch den anderen beiden Männern warf ich nicht vor, absichtlich damit anzugeben, doch die Dynamik war eindeutig und gerade war ich der Außenseiter, der von all dem Spaß nicht das Geringste hatte.

Dabei war Bailey irgendwann einmal meine beste Freundin gewesen. Jetzt wollte sie mir die Augen auskratzen. Eine wundervolle Entwicklung.

Kurzerhand stieg ich hinters Steuer, startete den Wagen und das Navi, ehe ich mein Smartphone zückte und Atlas schrieb, dass ich mich selbst um den Leichnam kümmerte. Danach stellte ich das Gerät aus, damit er mich nicht zurückpfeifen konnte wie einen Hund, und gab Gas, um den Ort schnell hinter mir zu lassen.

Die Abneigung, die ich dafür empfand, war wieder aufgeflammt, sobald ich in die Nähe gekommen war. Die unscheinbare Fabrikhalle, die Inneneinrichtung, die sich seit meiner Kindheit nicht verändert hatte. Selbst der Geruch war noch der gleiche gewesen und ich wettete, dass ich unter dem einen Tische in der Ecke noch immer den Kaugummi fand, den ich mit acht aus Zorn darunter geklebt hatte.

Vielleicht war der Teppich in der Lounge auch immer noch der gleiche wie damals, als mein Vater darauf verreckt war. Wir kannten gute Reinigungskräfte, es würde mich zumindest nicht wundern.

Die Lichter der Nacht zogen an mir vorbei, und je länger ich mich auf dem Highway durch die Stadt und schließlich in Richtung der Everglades befand, desto mehr Ruhe kehrte in mir ein.

Ich vergaß den Club und die Leiche, ließ zu, dass meine Gedanken sich einzig und allein um Bailey drehten und darum, dass ich dieses Problem dringend aus der Welt schaffen musste.

Wie das allerdings funktionieren sollte, war die Eine-Million-Dollar-Frage. *Verdammt.* Dass es eine simple Entschuldigung nicht tat, hatte ich schon herausgefunden.

Würde ich deswegen auf Knien bei ihr ankommen und um Verzeihung flehen?

Sicherlich nicht.

Ich drehte die Musik lauter, öffnete die Fenster und hängte den Arm hinaus. Was hatten Kade und Atlas angestellt, damit sie handzahm geworden war? Beide hatten es sich am Anfang der Woche noch genauso verscherzt mit ihr wie ich. Was war passiert, dass sie sich auf sie einließ? Und nicht nur auf einen von beiden.

Ihre Schwänze waren schließlich nicht magischer als mein eigener.

War es der Hass, der ihre Leidenschaft befeuerte? War das die Emotion, über die ich sie zu fassen bekam? Wenn ich sie ebenso abgrundtief hasste wie sie mich? Sie provozierte und ihr deutlich machte, dass sie in dieser Hinsicht keine Chance gegen mich hatte?

In meinen Gedanken formte sich ein Plan, der sicher noch Überarbeitung benötigte, aber dafür blieben mir noch einige Stunden Fahrt und ein kurzer Zwischenstopp im Gästezimmer der Farm, nachdem ich mir angesehen hatte, wie die Alligatoren sich an ihrem Futter gütlich taten.

Es war eine Weile her, seit ich mir dieses Spektakel angesehen hatte, aber es war immer wieder interessant, wie das ruhige Wasser plötzlich zum Leben erwachte und die Viecher aus ihren Ecken kamen, sich um das frische Fleisch stritten und den Leichnam in Fetzen rissen. Am Ende blieb nichts übrig – auch keine Knochen oder irgendwelche Identifizierungsmöglichkeiten. Wenn man die Chance dazu bekam und nicht gerade einen schwachen Magen hatte, lohnte es sich in jedem Fall, das Schauspiel zu beobachten. Ich konnte es kaum erwarten, endlich anzukommen und es mir anzusehen, statt es mir bloß auszumalen.

Unsere kleinen Monster waren gründlich. Und allein dafür mochte ich die Everglades und unser Stück Land dort schon sehr, sehr gern.

Als ich die unscheinbare Farm erreichte, die ab und zu sogar Rundführungen für Besucher anbot, war mein Ärger über Atlas und sein vorschnelles Handeln verflogen. Dafür wusste ich, wie ich mich zukünftig Bailey gegenüber verhalten würde, um sie aus ihrem Schneckenhaus zu locken.

Ich ließ die Leiche bis zum nächsten Morgen im Wagen liegen und verbrachte die Nacht im Gästezimmer der Farm. Normalerweise nächtigten hier Angestellte, die Überstunden machten oder aus persönlichen Gründen eine Auszeit brauchten, von was auch immer sie in ihrem Alltag belästigte.

Noch bevor ich die Augen aufschlug, stieg mir der typische Geruch der Everglades in die Nase. Modrig. Nach Sumpf. Ein wenig unangenehm, vor allem, wenn im Laufe des Tages die Sonne die Umgebung wieder erhitzte und dafür sorgte, dass die ganz besonderen Düfte zum Vorschein kamen.

Ich starrte einen Moment lang an die Holzdecke, dachte daran, dass ich mein Handy noch immer nicht wieder aktiviert hatte, und beschloss dann, es auch nicht zu tun, bis ich die Angelegenheit hier geregelt hatte.

Nach einem kurzen Ausflug ins angrenzende Bad war ich bereit für die Drecksarbeit.

In der Küche traf ich auf Hailey, die schon eine halbe Ewigkeit für uns – und mit den Alligatoren – arbeitete.

»Morgen«, begrüßte ich sie, schnappte mir einen Kaffee und lehnte mich an die Arbeitsplatte.

Sie war eine der wenigen Personen, die wussten, für

was die Farm unsere Deckung war – und sie dachte nicht einmal im Traum daran, irgendwem gegenüber auch nur ein Sterbenswörtchen zu verlieren.

»Ich wusste gar nicht, dass du hier bist, Bishop«, meinte sie, klang dabei genauso fröhlich wie immer.

Ich hob die Schultern. »War eine spontane Sache.«

Wissend nickte sie. »Tja, wir haben ein Becken voller hungriger Alligatoren und noch habe ich keine Mahlzeit vorbereitet, also …«

»Bin schon unterwegs.« Grinsend stellte ich die Tasse ab, nahm die Autoschlüssel und ging hinaus zum Wagen, den ich absichtlich im Schatten des Farmhauses geparkt hatte. Hohe Luftfeuchtigkeit und knallende Sonne waren keine gute Kombination für eine Leiche.

Als ich den Kofferraum öffnete, stellte ich trotzdem fest, dass der Schatten nicht viel genutzt hatte, und das, obwohl wir noch frühen Morgen hatten. Fantastisch.

Ich packte das Plastikbündel, hob es hoch und trug es zur nächsten Schubkarre, die nur ein paar Schritte entfernt stand.

»Hey, Hailey!«, rief ich. »Ich hab hier ein kleines Geschenk für deine Babys. Sagst du mir, in welches Becken ich es bringen darf?«

Die Farm bestand aus verschiedenen Becken und einem Zulauf aus dem Sumpf. Ein Teil der Alligatoren lebte also in Gefangenschaft, während der andere Teil komplett frei war. Normalerweise hätte ich behauptet, dass es die Becken überhaupt nicht brauchte, doch für unsere Zwecke waren sie die einzig realistische Möglichkeit. Anders ließ sich nicht sicherstellen, dass die Leichen restlos vernichtet wurden und nicht zufällig irgendwann, irgendwo Einzelteile auftauchten.

Hailey erschien auf der Veranda. In ihren kurzen Cargoshorts und dem passenden Oberteil sah sie aus, als würde sie jede Minute zu einer Safari aufbrechen.

»Folg mir einfach unauffällig«, wies sie an und nickte mit dem Kopf in Richtung des Holzweges, der weiter nach hinten raus führte.

Schon bald stellte ich fest, dass sie sich natürlich eines der hinteren Becken ausgesucht hatte. Warum einfach, wenn es auch kompliziert ging?

Als ich auf Höhe der Glaswand ankam, die einen ersten Einblick in das weitläufige Becken gab, blieb ich stehen, setzte das Gewicht kurz ab. Unsere Haustiere lagen regungslos da und sonnten sich in der frühmorgendlichen Hitze des Feuerballs am Himmel.

»Ich hab euch einen kleinen Snack mitgebracht!«, rief ich, nahm den Plastiksack wieder hoch und folgte Hailey seitlich ins Gehege auf eine kleine Plattform, von der aus die Sicht noch besser war.

Außerdem war sie schwebend direkt über dem Wasser montiert, in einer Höhe, die die Alligatoren nicht erreichten, in der man sich aber trotzdem besonders nahe am Geschehen fühlte.

Perfekt.

»Die Folie kann ich dran lassen?«, hakte ich nach.

Hailey zuckte mit den Schultern. »Sie werden sie aufreißen und sich das holen, was sie wollen. Und die Filteranlage ist stark genug, um die Plastikteile aus dem Wasser zu ziehen ... Also tu dir keinen Zwang an. Schadet ihnen nicht, wenn sie mal kurz für ihr Futter arbeiten müssen.«

Das ließ ich mir nicht zweimal sagen, setzte den in Plastik eingepackten Körper auf der Brüstung ab und gab ihm einen Schubs. Wasser spritzte in die Höhe. Sekunden später setzten sich die Alligatoren in Bewegung.

Man traute es ihnen nicht zu, doch wenn sie etwas in den Fokus genommen hatten, waren sie schnell. Sehr schnell. Unter uns brach der erste Streit aus, dessen Geräusche die Luft erfüllten. Kurz darauf hörte ich etwas reißen, und war mir sicher, dass es nicht das Plastik gewesen war.

Ich hatte Szenarien wie diese hier schon hunderte Male gesehen und nicht mehr das Bedürfnis, die Einzelheiten zu beobachten. Außerdem war es viel spannender, wenn man ihnen lebendes Futter vorsetzte. Manchmal machten wir das, wenn wir wollten, dass jemand besonders verängstigt dahinsiechte.

Ich klatschte in die Hände. »Dann wäre das ja erledigt. Hast du schon gefrühstückt? Und falls nicht, willst du dich mir anschließen?«

Kaum schaltete ich mein Smartphone wieder ein, leuchtete Atlas' Nummer auf dem Display auf. Natürlich. Das hätte ich ja beinahe vergessen. Indem ich mein Handy ausschaltete, hatte ich ihm nach unserem Gespräch noch weniger Respekt entgegengebracht als mit meiner Frage selbst.

Ich zog eine Grimasse, ließ die Fenster des *Escalades* hinunter und drehte die Musik leiser, damit ich ein ordentliches Telefonat mit ihm führen konnte. Wahrscheinlich las er mir gleich die Leviten.

»Ja?«, meldete ich mich.

»Könntest du mir kurz erklären, was so schwer verständlich an meiner Anweisung war?«

Ich räusperte mich. »Ich brauchte etwas Zeit allein.«

»Allein? Nach allem, was wir wissen, sind die Kubaner hinter uns her und warten nur darauf, einen von uns allein zu erwischen. Und du hältst es für eine gute Idee, mal kurz in die Everglades zu fahren, dein Handy auszuschalten und dich nicht zu melden ...« Er klang ehrlich wütend und ich konnte nicht dagegenhalten.

Atlas hatte jedes Recht, so zu reagieren.

»Ich bin auf dem Rückweg, okay? Und ich schätze mal, dass bei euch alles in Ordnung ist, sonst hättest du jetzt nämlich nicht die Zeit, dich über mich aufzuregen.«

Atlas brummte irgendetwas Unverständliches und legte auf. Nun. Dann war er eben sauer. Ich war auch nicht gerade begeistert von der Entwicklung, in der wir uns gerade wiederfanden. Das hieß allerdings noch lange nicht ... ach halt. *Ich* hatte mich verkrümelt und für ein paar Stunden mein eigenes Ding durchgezogen.

Vielleicht sollte ich das Gespräch mit ihm suchen, sobald ich zurück in Miami war, mich entschuldigen und dann irgendwie dafür sorgen, dass wir einen Schritt weiterkamen in der Sache Hector Rodriguez und dem Kampf gegen die kubanische Mafia.

Wir konnten es uns nicht leisten, auf der Stelle zu treten und den Kubanern den nächsten Schritt zu überlassen. Sobald sie uns in die Enge trieben, waren wir in der verteidigenden Position – und die nahmen wir nicht ein. Niemals. Wir griffen an – immer. Für Persönlichkeitskrisen war auch später noch genügend Zeit, oder nicht?

BAILEY

Don't pressure me into something I'd never do.

Eigentlich hatte ich gedacht, dass ein Sonnenuntergang nicht schöner sein konnte als von Miamis Strand aus. Der ganze Himmel ging in Flammen auf, das Meer glitzerte dazwischen ... Ich hatte mich getäuscht.

Umso entspannender fand ich es, die Tage am Strand vor der Villa ausklingen zu lassen und mit Liko am Wasser entlangzuspazieren, während er Treibholz herumschleppte und ich die ruhige Atmosphäre in mich aufnahm. Daran könnte ich mich gewöhnen.

Ebenso daran, dass Kade sich uns dann immer anschloss, wenn er Zeit hatte. Es war interessant, zu sehen, wie er aus der Terrassentür heraustrat, sich am Hinterkopf kratzte und dann langsam in unsere Richtung trottete, nur um erleichtert festzustellen, dass er einfach mit Liko spielen konnte und ich ihn gar nicht zu irgendwelchen Gesprächen zwang.

Heute Abend war es anders – Kade wirkte geradezu, als

würde er sich unterhalten wollen, fand aber offenbar den richtigen Anfang nicht.

Ich konnte mir ein Grinsen nicht verkneifen, suchte mir einen Platz im Sand und vergrub die Zehen, den Blick gen Horizont gerichtet. »Was ist los, Kade? Sonst bist du auch nicht auf den Mund gefallen.«

Es war beinahe beängstigend, wie sich die Dynamik innerhalb des Hauses in den letzten Tagen verändert hatte. Wie ich mich langsam dabei erwischte, ein Gefühl der Zugehörigkeit zu empfinden. Innerhalb einer Zeitspanne, die – gelinde gesagt – absolut lächerlich war.

»Mehr als die Hälfte deiner Zeit ist rum und ich frage mich, ob du schon eine Entscheidung gefällt hast«, meinte er schließlich, formulierte die Frage so vorsichtig wie möglich.

Hatte er Angst vor der Antwort? Mir blieben noch vier Tage, um den drei Männern zu beweisen, dass meine Anwesenheit hier vollkommen obsolet war. Sie brauchten mich nicht. Nur mehr Vertrauen in ihre eigenen Fähigkeiten.

Langsam setzte bei mir nämlich auch das Vermissen ein. Nach richtiger Arbeit, nach den Casinos, Hotels und Restaurants, die ich schon seit Tagen nicht mehr von innen gesehen hatte. Nach den Angestellten. Nach Morgan. Nach meinem eigenen Bett.

Das hier war immer noch eher ein Luxusurlaub als ein Einblick in die Familie, zu der ich wohl gehörte. Der Spaß wog die Sehnsucht nach meinem eigenen Leben nicht auf. Selbst die unmittelbare Gefahr, die mir immer wieder einen Adrenalinkick verpasste, reichte nicht aus, um mich zu überzeugen.

Mein Blick huschte zu Kade. »Mir bleiben noch vier Tage«, entgegnete ich vage.

Er nickte, damit beschäftigt, Liko den Bauch zu kraulen.

Ich konnte nicht leugnen, dass ich die Wölfe näher kennengelernt hatte. Seiten von ihnen zu Gesicht bekommen zu haben, die mir einen tiefen Blick in ihre Seelen ermöglichten. Aber das reichte nicht aus, um mich davon zu überzeugen, Teil eines Imperiums zu werden, in das ich zwar geboren worden war, in dem ich mich aber nicht wirklich heimisch fühlte.

»Ich vermisse meine Arbeit und meine Leute. Meine eigenen vier Wände. Euer Gästezimmer ist toll, wie in einem Luxushotel, aber es erinnert mich auch permanent daran, wie ich hier gelandet bin.« Tatsächlich war die Nacht in Atlas' Bett die erste gewesen, in der ich nicht unzählige Male aufgewacht war, um mich zu fragen, ob ich nicht in einer Nacht-und-Nebelaktion verschwinden sollte.

Da ich allerdings wusste, wer am nächsten Morgen alle meine Unternehmen auf den Kopf stellen würde, hatte ich es gelassen und mich immer wieder zurück in den Schlaf gezwungen.

»Du arbeitest doch.«

Ich schnaubte. »Klar, ich mache Papierkram. Eigentlich müsste ich jetzt in Clearwater sein. Am Wochenende müsste ich mir den Fortschritt in Orlando ansehen, damit ich sicher sein kann, dass sie meine Visionen richtig umsetzen. Und das *Señorita* vermisse ich auch. Ganz zu schweigen von all den anderen Orten, denen ich mal wieder einen Besuch abstatten sollte.« Ich hob die Hände und zuckte mit den Schultern.

Vermutlich konnte er das nicht nachvollziehen. Für Kade – und Bishop – war das Leben vergleichsweise einfach. Entweder beschäftigten sie sich mit kriminellen Aktivitäten oder sie verbrachten ruhige Stunden in der arschteuren Villa, die alles für ein sorgenfreies Leben bot.

Der Einzige, der mein Bedürfnis vielleicht nachvollziehen konnte, war Atlas. Und mit dem wollte ich nicht über meine Arbeit reden, weil er selbst genug zu tun hatte. Ein kurzer Blick in seinen Terminkalender hatte mir das zuverlässig bestätigt.

»Tja, eigentlich könntest du aufhören, zu arbeiten. Wenn du erst einmal hier wohnst ...« Kade klang so zuversichtlich, als stünde das schon fest.

»Das wird nicht passieren. Selbst wenn ich mich für all das hier entscheiden sollte, würde ich niemals mein Leben aufgeben und wie eine Gefangene hier herumsitzen. Spätestens mittags würde ich mich auf den Weg machen und irgendwann nachts zurückkommen. Ich gebe die Leitung nicht ab, nur weil ich plötzlich zur Elite der Stadt gehöre.« Außerdem würde ich Morgan nicht zurücklassen, genauso wenig wie die Angestellten, die mir im Laufe der Zeit ans Herz gewachsen waren. All diese Läden waren wie Kinder für mich. Denen kehrte man auch nicht einfach den Rücken, zumindest nicht, wenn man eine halbwegs gesunde Beziehung zu ihnen pflegte.

Liko erhob sich und trottete um Kade herum, nur um sich vor mir in den Sand plumpsen zu lassen. Er leckte mir die Hand ab.

»Ich schätze, das, was ich gesagt habe, trägt nicht gerade dazu bei, dass du eher hierbleiben willst, oder?« Kade verschränkte die Arme vor seiner muskulösen, tätowierten Brust.

»Ich verspreche, es nicht negativ zu werten. Immerhin weiß ich, warum du all diese Dinge sagst.« Und ich wusste auch, dass ich in den nächsten vier Tagen dafür sorgen musste, dass die drei Wölfe sich gegeneinanderstellten, um am Ende des zweiwöchigen Deals einfach aus der Haustür spazieren zu können. Ohne noch einmal zurücksehen zu müssen. Jemals.

»Weißt du, ich fange gerade an, mich an den Köter zu gewöhnen.«

»Du könntest dir deinen eigenen anschaffen und die Schlangen darauf dressieren, den Hund nicht als Futter anzusehen.«

»Und was, wenn es eher andersrum ist?«

Ich lachte. Kein Hund, der nicht gerade Selbstmordtendenzen hatte, würde sich freiwillig mit einer Schlange anlegen. Vor allem nicht mit denen, die Kade in einem riesigen Terrarium hielt. Allein ihr Aussehen deutete darauf hin, dass sie gefährlich waren. Ich hatte ihn zwar nie danach gefragt, aber eine weiße Schlange und eine schwarze, deren Schuppen in den Farben des Regenbogens schimmerten ... das konnte nicht bedeuten, dass sie harmlos waren.

»Wenn du sie nicht gerade frei im Haus herumkriechen lässt, sollte keine Gefahr drohen. Sag mal ... wie geht's Daisy?«

Überrascht hob Kade den Kopf und sah in meine Richtung. »Wie soll's ihr gehen? Sie ist genauso fies wie immer, hält ihre Klappe nicht und lässt sich auch nicht ausschleichen, indem ich die Abstände, in denen ich die tic tacs einwerfe, verlängere. Das stört sie gar nicht.«

Ich presste die Lippen zusammen und überlegte, was ich darauf antworten sollte. Daisy war immer präsent, das war mir allerdings zum ersten Mal erst richtig aufgefallen, als wir kurz davor gewesen waren, miteinander zu schlafen.

»Ist es so, als würdest du mit mir reden?«, hakte ich nach.

»Ein bisschen. Nur dass ich sie in meinem Kopf als Stimme höre. Sie sitzt mir nicht gegenüber. Außer ich nehme zu viel, dann ...«

»Ich frage mich ja, wieso du den Dreck überhaupt nimmst.« Ich lehnte mich damit viel zu weit aus dem Fenster und das war mir auch bewusst.

Es ging mich nichts an, war unhöflich und klang sogar wertend. Ich erwartete, dass er aufstand und reinging, anstatt sich meiner Frage zu stellen.

Stattdessen zuckte Kade mit den Schultern. »Sie füllen die Leere in meiner Brust, die existiert, seit meine Mutter sich lieber umgebracht hat, anstatt den Schmerz und die Trauer über den Tod meines Vaters gemeinsam mit mir zu bewältigen.«

So simple Worte. So eine schmerzhafte Bedeutung. Ich schluckte und bereute es, überhaupt danach gefragt zu haben.

»Mich hat man gezwungen, damit anzufangen. Eine Weile half es, um all die Dinge nicht mitzubekommen, die mein Vater seine Freunde mit mir machen ließ. Aber irgendwann wurden sie zur Notwendigkeit, damit ich überhaupt atmen konnte, ohne Schmerz zu fühlen.«

»Warum hast du dann damit aufgehört?«

Ich hob die Schultern. »Ich war schon fast tot, als Morgan und ich uns getroffen haben. Er hat mich bei sich wohnen lassen, sich um mich gekümmert und dafür gesorgt, dass ich zum Militär gehe und damit wieder in geregelte Bahnen finde. Am Anfang war es nicht freiwillig. Ich wollte nicht – denn dann hätte ich mich ja all meinen Problemen stellen müssen. Am Ende hat er mir keine Wahl gelassen ... Seine einzige Tochter ist damals mit vierzehn an einer Überdosis gestorben. War eine Wette mit ihren Freunden. Vorher hatte sie nie Kontakt zu Drogen ... Jedenfalls war es für ihn wichtig und für mich auch. Ich bin die erwachsene Tochter, die er nie haben durfte, und er ist der Vater, den ich nie hatte. Und er ist *richtig* gut darin.« Ich drängte die Erinnerung wieder zurück in die hinteren Ecken meines Hirns und konzentrierte mich auf Kade. »Wie alt warst du?«

»Fünfzehn«, antwortete er, ohne auf den Rest einzugehen, was vollkommen in Ordnung war.

Keiner von uns brauchte einen Therapeuten, wir teilten nur Ausschnitte unserer Vergangenheit miteinander. Vielleicht sogar in der Hoffnung, festzustellen, jemanden gefunden zu haben, der einen besser verstand als der ganze Rest der Menschheit.

»Das ist eine ganze Weile her«, stellte ich fest. Er überschritt die acht Jahre, die ich im Drogensumpf verbracht hatte, um einige Zeit.

Auch wenn Kade nicht von hartem Stoff abhängig war, hatte es im Laufe der Zeit sicher Einfluss auf ihn genommen. In mehr als einer Hinsicht.

»Vielleicht nehme ich sie, bis ich irgendwann sterbe. Und das fände ich nicht mal schlimm. Ohne wäre ich nämlich längst tot. Die Leere hätte mich gekillt.« Seine Worte bewiesen wieder einmal, dass es nicht auf die materiellen Dinge ankam, die ein Mensch besaß. Nicht, wenn es um die Gesundheit ging, egal, ob körperlich oder geistig.

Was nutzten ihm die Millionen auf den Konten der Wölfe, wenn er innerlich täglich einen Kampf mit seiner Sucht führte, die sogar einen Namen trug?

»Also sind alle Bewohner dieser Villa eigentlich total abgefuckt«, stellte ich fest. Ich konnte meine Belustigung nicht aus meiner Stimme heraushalten. So war es doch. Atlas litt an einer Blutlust, die er kaum unter Kontrolle hatte. Kade nahm Drogen und sprach mit Daisy, als wäre sie real. Ich hatte eine Spiel- und Drogensucht hinter mir und gab alles dafür, um nicht wieder diesen Schwächen zu erliegen. Und dann war da noch Bishop ... der irgendwie als Kleber zwischen den Männern funktionierte. Er war ins Gefängnis gegangen, um seine Brüder zu schützen.

»Wir sind praktisch das Arkham Asylum, nur ohne Wärter.« Kade grinste. Ganz so schlimm war es dann wohl doch nicht.

»Und ich hab mich hier freiwillig eingebucht, das muss man sich mal vorstellen …«, murmelte ich, noch immer belustigt.

»Ich hätte dich ja heute Nacht gern mit ins *Aria* genommen, aber Atlas hält es für keine gute Idee, wenn wir zu viel in Miami rumlaufen. Wir wissen nicht, was die Mafia plant, und auch wenn er schwer beeindruckt von deinem Kampfgeschick ist, bevorzugt er es, glaube ich, wenn wir nicht jeden Abend Kopf und Kragen riskieren.« Kade wirkte zwar nicht so, als würde es ihn stören, aber insgeheim vermutete ich, dass er gehofft hatte, ein paar Stunden allein mit mir zu verbringen. Was eignete sich da besser als ein schwitziger Club mit lauter Musik?

»Atlas ist nur neidisch, weil er nicht derjenige war, der die Action abbekommen hat.«

»Er hätte dir vermutlich nicht den Arsch gerettet!«

»Mir den Arsch gerettet?« Ich schnaubte empört. »So, wie ich mich erinnere, war das andersrum.«

»Hättest du wohl gern.« Kade kniff die Augen zusammen, als er in meine Richtung starrte. Ich streckte ihm die Zunge entgegen.

»Was hältst du von einer kleinen Trainingssession im Keller? Normalerweise ist das ein fester Bestandteil in meinem Tagesablauf, damit ich nicht außer Form gerate, aber … seit ich hier bin, ist da ein bisschen was durcheinandergeraten.«

Er hob die Augenbrauen. »Der Sex ist dir nicht Training genug?«

Lachend erhob ich mich und klopfte den Sand von meinen Beinen. »Der taugt allenfalls als Cardio-Übung.«

Kade riss den Mund zum Protest auf, doch bevor er irgendwas erwidern konnte, sprintete ich schon in Richtung der Veranda, Liko direkt an meinen Fersen.

Schätzte ich ihn korrekt ein, würde er sich beeilen, mir

hinterherzukommen, und im Gym alles geben, um mich vom Gegenteil zu überzeugen. Das klang nicht nur verlockend, sondern auch genau nach der richtigen Beschäftigung für den Rest des Abends. So fand ich wenigstens heraus, wie sehr meine Aussage an Kades Ego gekratzt hatte – und wie weit ich zukünftig mit meinen Scherzen gehen konnte.

Eine kühle Brise wehte durch die offenen Türen und ließ die Blätter auf dem Küchentisch sanft rascheln. Atlas und ich arbeiteten seit Stunden schweigend nebeneinander. Er machte seinen Kram, ich beschäftigte mich mit meinem und außer den Geräuschen, die aus dem Garten hineindrangen, unterbrach uns nichts.

Bishop und Kade waren unterwegs, Alvaro schob seine Wache vor dem Haus und Arianna war vor knapp einer Stunde nach Hause gegangen, nachdem Atlas festgestellt hatte, wie sehr es ihn störte, dass sie putzte, während er sich auf ein wichtiges Telefonat konzentrieren musste.

Ich wies ihn nicht darauf hin, dass er die Möglichkeit hatte, in seinem Büro zu telefonieren und zu arbeiten. Immerhin war ich mir ziemlich sicher, dass er nur hier draußen war, um Zeit in meiner Nähe zu verbringen.

Nach der letzten beantworteten Mail zog ich mein neues Smartphone heran – mein kaputtes war sofort ersetzt worden – und wählte Morgans Nummer.

»Vargas!«, begrüßte ich ihn, kaum da er abgenommen hatte. »Ich hab gelesen, du willst mit mir reden?«

»Wow, du lebst ja noch. Und deine Stimme ... Ich hatte schon fast vergessen, wie du klingst.«

Hätte er mir gegenübergestanden, hätte ich ihm dafür wohl den Mittelfinger gezeigt.

»Was gibt's, alter Mann?«, hakte ich nach, die letzten beiden Wörter betonend, weil es ihn immer ärgerte, wenn ich ihn so bezeichnete.

Er schnaubte. »Du solltest vor Ablauf deiner zwei Wochen hier auftauchen. Es sind nur ein paar Kleinigkeiten, aber die müssen dringend geklärt werden, und falls …«

… falls ich mich dazu entscheide, bei den Wölfen zu bleiben.

»Definiere hier, Morgan. Mein *Infiniti* steht immer noch am *Señorita* und ich bin mir nicht sicher, ob einer der Jungs mir seinen Wagen leiht.« Beiläufig notierte ich mir *Divo* auf einem Zettel. Ich musste Kade unbedingt fragen, ob er ihn aus der Tiefgarage geholt hatte und ob er die Schießerei unversehrt überstanden hatte.

»Es geht ums *Twenties*. Ein paar Stammkunden haben sich beschwert, weil sie dich schon länger nicht gesehen haben, es gibt Probleme mit einigen Mitarbeitern und Fragen, die dringend geklärt werden müssen.«

Ich stieß ein Seufzen aus, wohlwissend, dass sich außer mir niemand um diese Probleme kümmern konnte. »Ich schau, was ich tun kann, okay. Atlas lässt sich vielleicht auf einen Deal ein.«

»Du bist also schon voll und ganz drin, was?«

»Das würde ich so nicht sagen.«

»Es macht die Runde, Bailey. Der Besuch im Gym. Er hat da einen anderen Typen bedroht, wusstest du das? Die Schießerei in dem Wohnkomplex ist auch bis zu gewissen Leuten vorgedrungen, auch wenn es nur Mutmaßungen gibt. Man hat gesehen, wie du mit Wallin das *Señorita* verlassen hast. Die Leute reden und fragen sich zu Recht, was da los ist. Ehrlich gesagt rechne ich jeden Tag mit einer Art Pressemitteilung.«

Ich rollte mit den Augen und sah Atlas an, der in seine Unterlagen vertieft war. Als würden sie eine Pressemitteilung über das vierte, lange verlorene Mitglied des

Wolfsrudels herausgeben. So dämlich konnten sie nicht sein.

»Mach dir keine Sorgen, *Morgan*. Ich kann gut auf mich aufpassen. Bisher gab es auch nur eine Verletzung und die war alles andere als ernsthaft.« Ich ließ meinen kurzen Kontakt mit Drogen unerwähnt. Weiterhin.

»Ich kann sie nicht ausstehen. Nachdem dieser Fatzke dachte, er kann mich bedrohen und dazu überreden, seinen Befehlen zu folgen ... Was glaubt er eigentlich, wer er ist?« Man hörte Morgan zunehmend an, wie sehr ihn das ganze Thema aufregte.

»Nur weil er weiß, wer er ist, hat er dich überhaupt bedroht. Aber es spricht eben für dich, dass du ihn beschimpft und zum Teufel gejagt hast.«

Morgan brummte etwas Unverständliches. »Also kommst du die Tage vorbei?«

»Versprochen. Ich beantworte dir sogar jede Frage, die dir einfällt.«

»Ich fürchte, das wirst du bereuen, O'Hara.«

»Ich hab dich auch lieb, Morgan.« Grinsend legte ich das Smartphone wieder beiseite, nur um Atlas' forschem Blick zu begegnen.

Das Lächeln erstarb auf meinen Lippen.

»Sieh mich nicht so an«, zischte ich.

Beschwichtigend hob er die Hände. »Ich wollte dir eigentlich nur sagen, dass du heute mit mir kommst. Wir besuchen ein paar wichtige Leute.«

»Besuchen oder *besuchen*?«

»Wir werden ihnen die Kniescheiben nicht mit Baseballschlägern zertrümmern, keine Sorge.«

»Schade«, erwiderte ich und sprang auf, um mich umzuziehen. Ich brauchte meine Lederjacke, die ripped Jeans und meine heißgeliebten Combat Boots. Ohne ging ich nirgends hin.

ATLAS

I'm going to show you what it means to be with me.

Wie schlecht mein aktuelles Zeitgefühl war, stellte sich heraus, als wir im *Aston Martin* saßen und ich bemerkte, dass es noch keine zwei Wochen her war, da ich Bailey hierhergebracht hatte. Mehr oder minder freiwillig.

Ihr kurzer Fluchtversuch war längst vergessen und auch an den Deal verschwendete ich keine Gedanken. Für mich stand es außer Frage, dass sie in vier Tagen die Entscheidung fällen würde, bei uns zu bleiben.

Auch nach dem, was Kade mir im Vertrauen erzählt hatte – ihre Sorgen, was ihr fehlte und ihre Unsicherheit, die er im Gespräch herausgehört hatte.

Wenn das das Einzige war, was ihrem Einzug bei uns im Wege stand, würde ich wohl ab sofort Himmel und Hölle in Bewegung setzen, um ihr diese Dinge rechtzumachen. Sie wollte mehr arbeiten? Ich hielt sie nicht auf, wenn sie unbedingt ins *Twenties* fahren wollte. Sie wollte sich wie zu Hause fühlen? Sie konnte darauf wetten, dass ich dafür sorgte, dass ein Raum in der Villa ihr allein gehörte. Nicht das Gästezimmer, sondern irgendwas, das sie nach ihrem Geschmack einrichten konnte, so wie Bishop, Kade und ich es auch getan hatten.

Meinetwegen konnte sie Morgan Vargas auch in die Villa einladen, wenn sie das glücklich machte und zufriedenstellte. Womöglich entschuldigte ich mich sogar bei ihm, sollte es dabei helfen, sie die richtige Entscheidung fällen zu lassen, ohne dass irgendwer von uns sie dazu zwingen musste.

»Also, willst du mir sagen, was wir vorhaben?«, hakte Bailey nach, als wir Biscayne bereits hinter uns gelassen hatten und uns auf dem Weg zum Festland befanden.

»Ich muss mich mit dem Kerl treffen, der eine unserer wichtigsten Firmen leitet. Es wird stinklangweilig, ich höre nur mit halbem Ohr zu und nicke an den richtigen Stellen ...«

Bailey wirkte irritiert. »Warum genau soll ich dich dann begleiten?«

»Damit ich ab und an die Hand in deine Hose schieben kann, um meine strapazierten Nerven zu beruhigen. Er ist ein netter, fähiger Mann. Aber er redet so viel wie zwanzig Hühner bei einem Mädelsabend.«

Ihr amüsiertes Lachen erfüllte den Innenraum des Wagens für einen Moment. »Du könntest ihm einfach sagen, dass er sich kurzfassen soll.«

»Das birgt zwei Probleme. Zum einen würde ihn das beleidigen, weil er sehr stolz auf seine Arbeit ist, und zum anderen hätte ich dann weniger Zeit, um dich nebenbei zu reizen.« Außerdem wollte ich, dass sich unsere Mitarbeiter schon einmal an Baileys Gesicht gewöhnten. Mit ihrer Erfahrung und Mentalität hatte sie gutes Potenzial, einen Teil meiner Arbeit zu übernehmen – wenn sie denn wollte.

Im Gegenzug hätte ich nichts dagegen, ihr *Erbe* ein

wenig aufzumischen. Sie hatte hart dafür gearbeitet und trotzdem glaubte ich, noch den ein oder anderen Ansatzpunkt finden zu können, der sie noch besser verdienen ließ.

»Ich sehe schon, du hast dir das ganz genau überlegt und jedes Detail bedacht«, sagte Bailey nach einer Weile den Kopf schüttelnd.

»Selbstverständlich. Sonst wärst du ja nicht mitgekommen.«

»Du glaubst, ich hätte kein Mitleid empfunden, wenn du mir von einem stinklangweiligen Meeting berichtet hättest?«

Ich sah sie an. »Du hättest mich absichtlich *leiden* lassen, nur um hinterher meinen Unmut zu spüren zu bekommen«, knurrte ich.

So gut kannte ich Bailey mittlerweile – und das wusste sie auch.

Trotzdem war ihr Gesicht mit einer unschuldigen Miene gepflastert, als ich abermals zu ihr sah. »Hätte es denn funktioniert?«

»Ich fand die Vorstellung interessanter, nach dem Meeting alle zurück zur Arbeit zu schicken und dich dann genüsslich und in aller Seelenruhe auf dem Konferenztisch zu nehmen.«

Bailey schluckte. Und ich wusste genau, dass sie das ganze Meeting über daran denken würde. Wann immer ich meine Hand in ihre Hose gleiten ließ, würde sie feucht und verlangend auf mich warten ... Ja, für meinen Plan konnte ich mir definitiv selbst auf die Schulter klopfen.

Ich leckte mir über die Lippen und sagte nichts mehr. Sollte Bailey doch in der Vorstellung schmoren, bis sie zur Realität wurde.

»Heute Morgen hat jemand versucht, die internen Sicherheitsvorkehrungen zu umgehen, um sich Zugriff auf die Server zu verschaffen, Mr. Wallin.«

Der junge Mann vor mir war klein, trug eine Hornbrille und entsprach vom Aussehen her vollkommen seiner Jobbeschreibung: Stellvertretender Leiter der IT-Abteilung der wichtigsten Tochter von *Mahina Industries*. Und er stotterte, während er sprach. Alle zwei Sekunden strich er sich nervös über die Stirn, erwischte immer wieder einen Schweißtropfen mit dem Ärmel seines Hemdes.

Baileys Anwesenheit schien es nicht besser zu machen, denn sein Blick huschte zwischen mir und ihr hin und her. Ein Teil von mir fragte sich, ob er mitbekommen hatte, was in den letzten fünfundvierzig Minuten im Konferenzraum geschehen war. Hatte er brav vor der Tür gewartet, unangenehm berührt davon, dass er seinem Boss schlechte Nachrichten überbringen musste, obwohl der gerade anderweitig beschäftigt war?

»Was heißt das genau?«

Er setzte zu einer Erklärung unseres IT-Systems an, doch ich unterbrach ihn sofort. »Die wichtigen Details, bitte. Wer war es? Wo ist er jetzt? Hatte er Erfolg?«

Bailey verschränkte die Arme, sichtlich unzufrieden damit, wie lange das hier schon andauerte.

»Er hat sich als Handwerker ausgegeben und niemand hat nachgefragt, als er mit einer Leiter ins vierte Stockwerk gefahren ist. Der Hausmeister hat da seinen Arbeitsplatz ... Als zufällig einer unserer Praktikanten vorbeikam, hat er den Kerl am PC erwischt. Wir haben ihn festgesetzt, wollten aber nicht voreilig die Polizei rufen, falls sie ...« Er räusperte sich und ließ den Satz unbeendet. »Jedenfalls ist es ihm nicht gelungen, die Sicherheitsvorkehrungen zu umgehen. Keine Ahnung, was er gesucht hat, aber gefunden hat er es nicht.«

»Und wie hoch ist die Wahrscheinlichkeit, dass er dem System stattdessen etwas hinzugefügt hat?« Bailey kniff die Augen zusammen.

»Niemand ohne Administrationsrechte kann …«

»Das war nicht meine Frage.« Ihrer Stimme wohnte ein warnender Unterton bei.

Ihre Anwesenheit bei Gesprächen und Meetings könnte noch interessant werden, vor allem, wenn sie meinen Mitarbeitern immer einen Schritt voraus war, so wie jetzt gerade. Hatte er überhaupt daran gedacht, dass die von ihr genannte Möglichkeit auch bestand? Oder war er darauf versessen gewesen, andere Dinge herauszufinden, in der Hoffnung, ein einziges Mal den Helden spielen zu können?

»Ehrlich gesagt weiß ich es nicht. Wir waren darauf konzentriert, nachzuvollziehen, was er gesucht hat.« Inzwischen sah es aus, als würde er noch mehr Unbehagen verspüren.

Bailey warf die Hände in die Luft. »Was stehen Sie dann noch hier herum? Finden Sie heraus, ob er dem System schädliche Programme hinzugefügt hat. Oder ob wir jetzt plötzlich alle von unseren eigenen Kameras überwacht werden. *Pronto*.«

Lustigerweise stolperte er rückwärts, drehte sich im Laufen um und huschte zum Aufzug, vermutlich aus Angst, Bailey könnte ihn noch einmal derart anfahren – und bloßstellen. Das hatte sie mit ihrer Frage nämlich getan und bewiesen, dass die Wahl vielleicht auf den falschen Mann gefallen war, was den Posten anging, den er bekleidete.

»Ich sollte dich nach Hause schicken, damit Kade herkommt und mir mit unserem kleinen Spion hilft«, sagte ich und wandte mich in ihre Richtung.

Kade würde eine Weile brauchen, aber in der Zeit konnte ich den Typen verbal bearbeiten. Nutzte das nichts, gab es immer noch Kades Faust, die die meisten Leute zielsicher zum Reden brachte. Viele Optionen hatten wir in einem gut besuchten Gebäude, das vor den meisten Mitarbeitern einen Ruf zu wahren hatte, nicht. Unser Folterkeller war kein sicherer Ort mehr, und bis wir adäquaten Ersatz hatten, würde es eine Weile dauern. Ihn mitzunehmen und in der Villa zu verhören, war auch keine realistische Option. Ich würde dieses Haus, den einzigen wirklich sicheren Ort im ganzen Land für uns, nicht derart entweihen.

»Je nach dem, was er vorhatte, ist das Zeit, die wir nicht haben«, erwiderte Bailey zögernd und fasste sich an die Nasenwurzel, um mit Daumen und Zeigefinger zuzudrücken, eine leicht massierende Bewegung ausführend.

Ausgerechnet das stresste sie?

»Ich mache es.«

Sofort schossen meine Augenbrauen in die Höhe. »Du machst was?«

»Ich übernehme Kades Rolle.«

Es fühlte sich an, als hätte mir jemand das Gesicht in dem leicht schockierten Ausdruck festgetackert. »Bitte was?«

»Ist ein bisschen zu spät, um mich noch raushalten zu wollen, oder? Ich meine, nach der Sache mit Kade … Und ich weiß, dass du ihn nicht anfassen wirst, also kann ich das tun. Falls du mich lässt.«

Überrascht stieß ich ein Lachen aus. »Falls ich dich lasse? Bailey, ich werde dir sicher nicht vorbeten, was du darfst und was nicht.«

Ihre Augen blitzten frech auf. »Außer, wenn ich nackt vor dir knie und du ganz spezifische Vorstellungen davon hast, was ich tun soll und was nicht.«

Meine Hand schoss nach vorne in ihren Nacken, sodass ich sie mit einem Ruck gegen mich ziehen konnte. Für einen Moment war es mir egal, wer uns zufällig sehen könnte.

Ich stoppte ab, bevor meine Lippen ihre berühren konnten. »Das ist etwas anderes«, knurrte ich. »Und bisher hast du dich auch nicht dagegen gewehrt, Folge zu leisten. Lässt man außer Acht, dass du manchmal eine Sonderaufforderung brauchst.«

Sie grinste. »Du fändest es langweilig, wäre es nicht so.«

»Wo du recht hast ...« Ich neigte den Kopf leicht, um sie zu küssen. Auf ihren Lippen schmeckte ich noch immer meine eigene leicht salzige Note.

Bailey erwiderte den Kuss, ohne zu zögern, eine Hand an meinem Hemd und die andere am Handgelenk der Hand, die noch immer um ihren Hals lag. Mit einem bedauernden Geräusch ließ ich sie schließlich los. Ich hätte sie ewig reizen und daran erinnern können, was wir vor wenigen Minuten noch im Konferenzraum getan hatten.

Anschließend schob ich sie in Richtung des Fahrstuhls und folgte ihr. Wir hatten zu tun. Und ein Teil von mir war stolz darauf, dass Bailey diejenige sein würde, die diesen besonderen Moment mit mir teilte.

Normalerweise war es Kade, der meine Anweisungen befolgte und dafür sorgte, dass unsere Feinde sprachen. Bailey mit Blicken und Gesten anzuleiten würde eine ganz neue Erfahrung werden. Eine, auf die ich mich freute, nachdem ich gesehen hatte, wie gut sie mit Kade harmoniert hatte. War sie in dieser Hinsicht nur ein Bruchteil dessen, was Kade verkörperte ... würde es eine schnelle, blutige Angelegenheit werden.

Mir war zu Ohren gekommen, was sie mit Hector Rodriguez angestellt hatte, nachdem klar gewesen war, dass man ihnen eine Falle gestellt hatte. Diese gefährliche Energie, die sie in sich trug, kam nicht von irgendwoher. Und meine eigenen Dämonen flüsterten mir ganz deutlich zu, dass wir uns vielleicht gar nicht so unähnlich waren.

Blut tropfte in einem langsamen, stetigen Rhythmus auf den Boden. Der Schnitt ging quer über den Bauch des jungen Mannes, der uns seinen Namen in der Sekunde verraten hatte, in der er auch die Kontrolle über seine Körperfunktionen verloren hatte. Und das nur, weil Bailey die Spitze des Messers sanft zwischen seine Rippen gebohrt und langsam gedreht hatte.

Allein das gab Aufschluss darüber, dass Carlos kein Profi auf diesem Gebiet war. Nahm man es genau, war er sogar noch grün hinter den Ohren und für unseren Feind nur von Bedeutung gewesen, weil er ein Talent für IT aufwies und bisher recht erfolgreich damit gewesen war, sich in fremde Computersysteme zu hacken.

Was ein kurzer Background-Check so alles ergab.

Zurück zu dem Schnitt an seinem Bauch, ermahnte ich mich gedanklich. Er war gerade tief genug, um einen hervorragenden Blick auf die Fetteinlagerungen der unteren Hautschichten zu erhaschen. Eines musste ich ja zugeben: Die Art, wie Bailey das Messer führte, welches ich ihr überlassen hatte, zeugte von einer gewissen Raffinesse. Metzger konnte jeder spielen – einen Mann derart sauber und präzise aufzuschlitzen, war schon eine Kunst für sich.

Am meisten faszinierte mich jedoch die Tatsache, dass ich es genauso gemacht hätte. Bailey ahnte es nicht, aber ich genoss es regelrecht, an der Wand zu lehnen und ihr dabei zuzusehen, wie sie mit dem armen Tropf verfuhr.

Zu Beginn hatten wir es noch auf die nette Weise versucht. Höflich Fragen gestellt, ihm den Ausweg geboten,

Informationen gegen sein Leben zu tauschen ... doch die Möglichkeit hatte er mit Füßen getreten und dementsprechend schnell war sie verwirkt gewesen.

Ich atmete tief durch und ließ die Geräusche des Raumes wieder in mein Bewusstsein. Das Tropfen des Blutes. Das heftige, abgehackte Atmen des Kerls. Seine Schmerzenslaute. Baileys Stimme, die im krassen Gegensatz zu ihren Handlungen freundlich und nett war.

Hätte man die Szene aufgenommen und einer beliebigen Person nur die Tonspur vorgespielt, hätte sie niemals erraten, was auf dem Bild zu sehen wäre.

Bailey richtete sich auf und blickte zu mir. »Habt ihr jemals versucht, für Informationen zu bezahlen?«

Ich legte den Kopf schief. »Nur wenn sie von Leuten stammten, die nicht versucht haben, uns zu schaden.«

Mit den Worten zierte plötzlich ein diabolisches Grinsen meine Lippen. Ich bezahlte keine Menschen, die meine Feinde waren. Eher ließ ich sie in Fetzen reißen, in Stücke schneiden oder bei lebendigem Leib häuten, bevor ich ihnen auch nur einen Penny überließ. Nein. Entweder sie fielen der Folter zum Opfer und gaben irgendwann nach oder sie starben elendig, um zukünftige Verrate zu vermeiden.

Selbst die Variante, in der ich ihnen die Wahl ließ, mir freiwillig alles zu erzählen, war nur eine Farce. Wer glaubte, anschließend gehen zu können, ohne für sein Vergehen zu büßen, der hatte in der Zeit, in der die Wölfe herrschten, nicht aufgepasst. Irgendwann einmal hatte es Gnade gegeben, aber offenbar war sie nicht genug gewesen, um einen Menschen davon abzuhalten, seinen Fehler noch einmal zu wiederholen.

Jetzt gab es nur noch die harte Variante. Jene, die mit dem Tod endete.

Bailey schüttelte über meine Antwort den Kopf. »Wir

kennen seinen Namen und wissen auch so, für wen er arbeitet. Ich glaube, mehr werden wir nicht aus ihm herausbekommen.«

Ich nahm ihr Werk genauer in Augenschein, erinnerte mich daran, dass sie Hector Rodriguez die Zunge herausgeschnitten und die Hände abgerissen hatte. Bailey war noch nicht vollständig dazu bereit, sich auf unsere Seite zu stellen, aber sie bewegte sich in diese Richtung. Langsam. Zielstrebig.

Vielleicht war es besser, ihr die Zeit zu lassen, die sie brauchte, anstatt sie zu zwingen. Allerdings änderte das nichts daran, dass ich den Kerl nicht anfassen würde. Die vergangene halbe Stunde war Tortur genug gewesen, rein von dem Standpunkt aus, dass ich selbst nicht tätig werden konnte.

Den Geschmack von Blut im Mund zu haben und dabei zuzusehen, wie Bailey ihn verschandelte, kratzte hart an meiner Selbstkontrolle. Ich wollte mich beteiligen. Mittendrin sein, anstatt am Spielfeldrand zu stehen und dabei zuzusehen, wie andere die Arbeit erledigten.

Vor allem, wenn *sie* es war, die die Hauptrolle übernahm. So krank es auch klang, ich wäre ihr, ohne zu zögern, in ein Kriegsgebiet gefolgt, nur um zu sehen, wie sie in ihre andere Persona schlüpfte und Krieg führte. Menschen tötete, um ihr eigenes Leben zu retten. Um ein Ziel zu erreichen. Um ihre Kameraden zu schützen.

»Er wird dieses Gebäude nicht lebend verlassen«, sagte ich kalt. Vielleicht wusste er wirklich nicht mehr, wenn es stimmte, was er behauptete. Seinen Auftraggeber kannte er nicht, die Anweisungen waren anonym erfolgt und er wusste auch nicht mit absoluter Sicherheit, was seine genaue Aufgabe gewesen war – oder das Ziel dahinter.

»Schön«, knurrte Bailey. Im nächsten Moment steckte das Messer im Auge des Typen. Die Überreste quollen über seine Wange, sein Körper erschlaffte. Kurz darauf hörte auch das Tropfen des Blutes auf.

Ihr Blick war fest mit meinem verankert, als sie das Messer mit einem schmatzenden Geräusch wieder aus seinem Kopf zog, die Klinge an seiner Hose abwischte und es mir anschließend mit dem Griff voraus wieder entgegenhielt.

Sie hatte nicht einmal mit der Wimper gezuckt, als sie ihn umgebracht hatte. Keinen zweiten Gedanken darauf verschwendet, nicht ein Widerwort gegeben oder eine Diskussion begonnen. War es die militärische Erziehung, die sie Befehle wie diesen blind befolgen ließ? Oder gab es andere dunklere Gründe für ihre schnelle, skrupellose Handlung?

Langsam nahm ich das Messer entgegen. »Wie viele Menschen hast du schon getötet, Bailey?«

Sie hob die Schultern. »Ich hab nie damit angefangen, jene, die ich nicht persönlich kannte, zu zählen. Sieht man allerdings mal davon ab, dass ich meinen Vater habe töten lassen, waren alle *Morde* legal. Angeordnet von unserer Regierung. Das in der Garage ... und das hier ...« Sie schüttelte den Kopf. Begann sie, ihre eigene Moral zu vergessen? Fiel es ihr zusehends schwerer, daran festzuhalten, nichts Illegales zu tun?

Ich hob die Schultern. »Du brauchst es nicht rechtfertigen. In der Welt, in der du jetzt lebst, ist es absolut gerechtfertigt und mehr als legal. Deine Feinde würden nicht zögern, dir eine Kugel zwischen die Augen zu jagen. Also solltest du es auch nicht.«

Entweder man fraß seinen Feind. Oder man wurde selbst gefressen. So einfach war es. So simpel waren die Regeln der Natur.

»Das Einzige, was ich daran hasse, ist die Tatsache, dass es keine zwei Wochen gedauert hat, bis ich mich mit diesem System so vertraut fühle, als wäre ich damit aufgewachsen.«

»Bist du. Du kannst dich nur nicht mehr daran erinnern.« Ich zog mein Smartphone aus der Tasche, um Alvaro anzurufen und ihm mitzuteilen, dass er einen Wagen und ein paar Männer schicken musste, um eine Leiche loszuwerden. Dann wandte ich mich wieder Bailey zu. »Lass uns fahren. Wir sollten uns Gedanken darüber machen, was ihr Ziel war.«

Erst Jones im *Wolf Club*, jetzt dieses mysteriöse Ereignis hier. Die Mafia plante etwas. Und ich war nicht gerade scharf darauf, durch Zufall herauszubekommen, was genau das war.

BISHOP

Hate is also a feeling.

Ich ahnte erst, was für ein Sturm mich traf, als Bailey ohne Vorwarnung in mein Zimmer stürmte und sich mit verschränkten Armen vor meinem Bett aufbaute.

Langsam zog ich die Kopfhörer von meinen Ohren und sah sie mit hochgezogenen Augenbrauen fragend an. Mein Plan war eigentlich gewesen, sie, so weit es ging, zu ignorieren. Wenn sie allerdings vor meinem Bett stand und aussah wie die Rachegöttin höchstpersönlich, gestaltete sich das schwer.

»Wie kann ich dir behilflich sein?«, fragte ich, meine Stimme betont höflich.

Es wäre ein Leichtes gewesen, die gleiche Energie auszustrahlen wie sie. Doch das hätte bedeutet, mich auf ein ähnliches Niveau einzulassen. Noch wollte ich das nicht. Noch konnte ich mir diese Blöße nicht geben.

»Ich frage mich, was dein Problem ist«, sagte sie, ihren Unterton kontrollierend.

Mein Problem?

»Ich bin mir nicht sicher, ob man Gespräche für gewöhnlich so beginnt.« Außerdem fragte ich mich, was sie dazu veranlasst hatte, so geladen in mein Zimmer zu stürmen und mich derart von der Seite anzugehen.

Hatte sie Stress mit den anderen beiden? Oder war etwas anderes nicht nach ihrem Willen verlaufen? Ich wusste, dass sie eigentlich nicht so war, doch für den Moment fiel es mir leichter, meine Nerven ruhig zu halten, wenn ich sie derart darstellte in meinem Kopf.

»Tja, zu spät. Ich wusste nicht, dass du neuerdings so ein Manieren-Freak bist.« Die Spitze ihres Stiefels traf auf den Holzrahmen des Bettes.

Wollte sie mich absichtlich reizen?

»Ich bin mir nicht sicher, was du gerade hier willst, Bailey«, antwortete ich und verschränkte die Arme, nachdem ich mich in eine aufrechtere Position gebracht hatte.

»Ich will wissen, was dein Problem ist. Irgendwie scheint es dich zu stören, dass Atlas und Kade –«

Mit einem Knurren unterbrach ich sie, bevor sie den Satz zu Ende führen konnte. Das würde sie nicht aussprechen. Oh nein.

»Die Frage, die du dir eigentlich stellen solltest, lautet eher: Was habe *ich* falsch gemacht?«

Bailey beugte sich in meine Richtung. »Ich? Nein, Bishop. Ich bin nicht für das verantwortlich, was du fühlst.«

»Aber für dein Verhalten mir gegenüber. Ich spüre da diesen leichten Hass. Dieses unterschwellige Gefühl, das jede Interaktion begleitet, die wir führen.« Es war lächerlich, wie schnell wir durch einen Schlagabtausch beim eigentlichen Problem angelangt waren.

Vielleicht hätte ich es früher darauf ankommen lassen sollen. Was auch immer sie so in Rage versetzt hatte, es stellte sich gerade zu meinem Vorteil heraus.

»Das beweist nur, dass du nicht zuhörst«, zischte sie.

In einer fragenden Geste hob ich eine Hand. »Wir führen doch gar keine richtigen Gespräche.«

»Das meine ich nicht. Es war an einem der ersten Tage hier. Als ich meinte, dass ihr euch damals nicht für mich interessiert habt und es fragwürdig ist, dass ihr es jetzt tut.«

Das löste eine vage Erinnerung aus, auch wenn ich mich tatsächlich nicht mehr an ihren genauen Wortlaut erinnern konnte. *Fuck*. Was war mir entgangen?

»Wovon sprichst du?«, fragte ich, diesmal deutlich weniger beherrscht.

Eine Schachfigur flog in meinen Schoß. Jene, die sie mir am gleichen Tag abgenommen hatte.

»Davon.«

Irritiert wanderte mein Blick von der Figur zu ihr. »Ich verstehe nicht?«

»Und ein Idiot noch dazu. Klasse. Was hab ich eigentlich erwartet? Dich interessiert das gar nicht, oder? Hat es damals ja offensichtlich auch nicht. Ein Kind verschwindet, das zufällig eine wahnsinnig gute Freundin ist. Aber das gehört ja zum Alltag, also muss man sich keine Sorgen machen oder sich irgendwie darum scheren …«

Ich sprang auf und Bailey beinahe ins Gesicht. »Das ist nicht dein Ernst!«

Mein Gesicht verzog sich mehr, je größer die Wut in meinem Inneren wurde. Das war ihr Problem?

»Das ist mein voller Ernst, Bishop. *Du warst mein Freund*! Ich weiß noch, wie ich tagelang gehofft habe, irgendetwas von dir zu hören. Wie ich mir vorgestellt habe, dass du plötzlich auf magische Weise vor dem Haus stehst und mir mein altes Leben zurückgibst. Aber das ist nicht passiert. Also habe ich einen Ersatz gesucht und angefangen, zu spielen. *Weil du nicht da warst*.«

Eigentlich sollten ihre Worte nicht die Macht besitzen, mich derart hart zu treffen, aber sie taten es dennoch. Jedes einzelne davon, vor allem jene, die genau dafür gemacht waren.

»Wir waren Kinder«, hielt ich schwach dagegen. Das war keine Ausrede und ich wusste es.

»Es hat dich einfach nicht interessiert, oder?«

Ich spürte, wie eine Sicherung in meinem Hirn durchbrannte. »Nicht interessiert? Ich hab meinen Vater so oft damit genervt, dass er mir irgendwann verboten hat, das Thema auch nur noch anzusprechen! *Wir waren Kinder*. Noch nicht mal wirklich in der Schule. Was hätte ich denn tun sollen, hm?«

»Irgendwas!«, schrie sie so wütend, dass ich automatisch einen Schritt zurückmachte. »Ich hab dir den Arsch gerettet, also hättest du das Gleiche tun können.«

Die Verärgerung übernahm automatisch mein Handeln. Es gab nichts, was ich hätte tun können – und das wusste sie genauso gut wie ich. Mit grimmigem Blick überwand ich die Distanz zwischen uns, packte ihre Oberarme und donnerte sie gegen die Wand neben der Tür.

»Hör mir gut zu, Bailey. Ich werde es nämlich nicht wiederholen. Was passiert ist, ist nicht meine Schuld. Ich kann verstehen, dass das, was passiert ist, dich aufwühlt. Aber es ist nicht meine Schuld, hörst du? Ich hätte nichts tun können. Dein Vater hat unsere Väter verraten. Theoretisch kannst du froh sein, dass sie euch nie gefunden haben, denn sie hätten nicht nur ihn getötet, sondern dich gleich dazu. Du kannst mich nicht für das hassen, was ich nicht getan habe, weil es nichts gab, was ich hätte tun können.« Ich hatte die Stimme zu einem bedrohlichen Tonfall gesenkt, den Blick fest mit ihrem verankert.

Trotzdem schien es nicht so, als würde sie den Sinn hinter meinen Worten wirklich begreifen wollen.

»Tja, vielleicht wäre es besser gewesen, wenn sie uns gefunden hätten. Dann hätte ich den ganzen Scheiß nämlich nicht erleben müssen! Oder hat dein Vater in deinem Beisein darüber nachgedacht, ob er dich lieber mit Säure verletzt oder es auf die gute alte Art mit dem Messer macht? Hat er? Hat er seine Freunde dazu gezwungen, dich festzuhalten, damit er dir den Rücken so blutig schneiden kann, dass er anschließend einen Arzt bedroht hat, damit er dich behandelt und davor bewahrt, an Blutverlust oder einer Sepsis zu sterben? Nein? Aber da hörte es natürlich nicht auf. Also – es wäre eine Erlösung gewesen, wenn Graysen durch die Tür gestürmt und das ganze Elend beendet hätte.« Mit einem Knurren stieß sie ihre Hände gegen meinen Brustkorb und mich von sich.

Den kurzen Schockmoment meinerseits nutzte Bailey, um aus dem Zimmer zu stürmen. Allerdings würde ich sie um nichts auf dieser Welt damit einfach aus dem Streit entlassen.

Ich rannte ihr nach, bis ich sie zu packen bekam und gleich im Gang gegen die nächste Wand schleuderte. Diesmal klemmte ich sie zwischen meinem Körper und dem Beton ein.

»Du kannst nicht einfach vor mir davonlaufen, Bailey.«

Sie funkelte mich böse an. »Kann ich sehr wohl. Und wenn du mich nicht freiwillig loslässt …«

Ich donnerte die Faust neben ihrem Kopf gegen die Wand. »Was dann? Legst du mich aufs Kreuz und machst es mir wieder besonders schwer, nicht direkt über dich herzufallen? Einmal hab ich mich zurückgehalten. Ein *zweites* Mal werde ich es nicht tun.«

In der Sekunde, in der ich die Worte aussprach, wusste ich, dass ich sie ernst meinte. Ich ließ mich nicht länger von ihr vorführen oder ausgrenzen. So sehr sie mir die letzten Tage auch die kalte Schulter gezeigt hatte, wir wussten beide, dass uns etwas verband. Ich hatte ihre Erregung im Gym gerochen – und wusste, dass es keine Einbildung gewesen war. Sonst hätte sie sich das, was sie eigentlich von mir hätte haben können, nicht von Atlas geholt.

Noch immer funkelte sie mich wütend aus ihren hellen Augen an. Es war ihr deutlich anzusehen, dass sie ihre Möglichkeiten und Chancen abwog. Sie mochte zwar mehr Fähigkeiten haben, aber würde sie sich überhaupt wehren, wenn ich ihr die kurze Hose von der Hüfte riss und diesen unnötigen Streit ein für alle Mal beendete?

Mein Herzschlag beschleunigte sich von allein bei dieser Vorstellung. Bailey war unberechenbar. Eine Überraschung in jeder Hinsicht. Vielleicht kratzte sie mir auch die Augen aus und brach mir irgendeinen Knochen, nur um ihren Standpunkt klarzumachen. Ich traute es ihr zu – nach allem, was in den letzten Tagen geschehen war. Nach allem, in was sie sich verwickeln ließ.

Keine Wölfin? Das kaufte ich ihr nicht länger ab. Sie steckte bereits tiefer drin, als sie ahnte. Als sie wahrhaben wollte.

Ich drückte mich weiterhin gegen sie, reckte fragend das Kinn. »Also, was ist? Wie entscheidest du dich?«

Ihr Stoß gegen meinen Brustkorb kam unerwartet. Ich stolperte ein paar Schritte zurück, sie wollte sich nach rechts davonmachen.

Drei Meter schaffte sie, dann hatte ich sie von hinten an der Hüfte gepackt und zu Boden gerissen. Es kostete mich einiges an Kraft, sie in eine ordentliche Position zu zwingen.

Eine Hand hatte ich in ihren Haaren vergraben, um den nötigen Halt zu haben, die andere ruhte an ihrem Arsch, der sich provokant gegen meine Lendengegend drückte.

Zweifelsohne spürte sie, wie meine Erektion immer weiter wuchs, steinhart wurde. Ich fühlte mich an die Situation in ihrem Büro erinnert – mit dem Unterschied, dass ich diesmal nicht das Weite suchen würde.

Es war mir auch absolut egal, dass wir uns mitten im Flur befanden.

»Ich hasse dich, Bishop«, presste sie zwischen zusammengebissenen Zähnen hervor.

Lachend schüttelte ich den Kopf, beugte mich vor und ließ sie meine Erregung durch den Stoff hindurch noch intensiver spüren.

»Nein, tust du nicht«, flüsterte ich in ihr Ohr, riss kurz mit den Zähnen daran und schob dann den Daumen unter den Bund ihrer Hose. Eine ruckartige Bewegung später drückte ihr nackter Hintern sich gegen meine Hüfte.

Ich drängte ihre Beine auseinander, drückte ihren Kopf nach unten auf den Boden und lehnte mich ein Stück zurück, um sie zu betrachten. Bailey war nicht nur feucht. Sie war nass.

Scheiße.

Ich nahm die Hand von ihrer Hüfte, um mir die Hose nach unten zu ziehen. Eine Sekunde der Unachtsamkeit, und sie nutzte sie aus, um mir wieder zu entkommen. Diesmal war ich weniger sanft, als ich sie zurück in ihre Position zwang und anschließend die Zähne an ihrer Schulter versenkte.

»Du kommst hier nicht weg, Bailey. Ich werde dich jetzt und hier vögeln. Egal, wie sehr du dich wehrst. Wenn ich es mir recht überlege ... gefällt es mir so vielleicht sogar mehr.« Ich stieß ein Grollen aus, packte meinen Schwanz und brachte ihn in eine Linie mit ihrer Pussy. Meine Spitze drückte gegen ihren Eingang, rutschte fast schon von allein hinein, so sehr wollte sie das.

»Ich hasse dich.« Ihr Keuchen war Musik in meinen Ohren.

Ich schüttelte den Kopf. »Du kannst mich auch hassen,

während ich tief in dir bin und dir Grund gebe, es nicht zu tun.«

Im gleichen Moment, wie ich in sie eindrang, riss ich ihren Kopf an den Haaren zurück. In ihren Augen loderte Feuer, doch ihr Stöhnen war geprägt von Lust.

Meine Bewegungen waren kurz, hart und schnell – passend dazu, dass ich beide Hände brauchte, um sie davon abzuhalten, mir zu entfliehen.

Wir lieferten uns ein Kräftemessen, aber am Ende gewann ich. Ich vögelte sie – wie ich es am allerersten Tag schon hätte tun sollen. Bailey machte es mir nicht einfach, ich geriet ins Schwitzen und merkte jeden verdammten einzelnen Muskel in meinem Körper, aber der Moment gehörte mir.

Sollte sie doch daran festhalten, dass sie mich nicht ausstehen konnte. Ich brachte sie trotzdem zum Orgasmus. Ihre Beine zitterten unkontrolliert, gaben ein wenig unter uns nach. Dennoch brüllte sie auf dem höchsten Punkt ihrer Erregung: »Ich hasse dich, Bishop Walsh!«

Und ich wusste, dass es nicht stimmte. Sonst wären wir nicht hier. Sie hätte jederzeit Nein sagen können und ich hätte aufgehört – doch das hatte sie nicht. Ich nahm mir nicht die Zeit, die ich eigentlich gebraucht hätte, um sie nach all meinen Vorstellungen zu vögeln. Als ich kam, schwitzten wir beide, keuchten vor Anstrengung und konnten uns kaum aufrecht halten.

Aber der Knoten zwischen uns schien geplatzt. Und ich hatte endlich das bekommen, was ich die ganze Zeit über gewollt hatte.

Erst als sich der Flur nicht mehr um mich drehte, zog ich mich aus ihr zurück und ließ mich auf den Boden fallen, einen Arm über den Augen liegend. Meinetwegen konnte sie jetzt verschwinden, das Weite suchen oder mich anbrüllen – wonach auch immer ihr war.

Zu meiner Überraschung allerdings spürte ich ihren Körper plötzlich direkt neben meinem, einen Arm quer über meine Brust. *Was zum …*

Ihr heißer Atem traf auf meinen Hals, mein Ohr. »Ich werde dich immer hassen«, flüsterte sie mit unverkennbar belustigtem Unterton.

»Ist mir egal. Solange du mich ranlässt.«

Sie gab ein Schnauben von sich. »Wieso sollte ich? Du musst es dir schon selbst nehmen.«

Wenn das so war … würde ich das wohl tun.

KADE

Fuck you.

Eines musste man Atlas ja lassen. Die Möbel in seinem Büro waren scheiße bequem. Zumindest, wenn man bedachte, dass ich die nächsten Stunden auf der Couch sitzen und mir sein Gelaber anhören würde.

Krisenmeeting nannte er das. Als hätten sich die Informationen noch nicht unter uns herumgesprochen. Vermutlich war selbst Alvaro bis ins letzte Detail informiert – und Thiago dadurch ebenfalls. Trotzdem saßen die Männer in den beiden Ledersesseln, die rechts und links von dem niedrigen Tisch standen, auf dem Atlas jede Menge Akten und Aufzeichnungen gestapelt hatte.

Bailey lehnte am Bücherregal, Bishop saß auf der anderen Couch und Atlas selbst schritt durch den Raum wie ein Tier im Käfig. Unangenehmes Schweigen herrschte vor, weil wir uns bereits vor fünf Minuten versammelt hatten und bisher nicht einer von uns sich getraut hatte, irgendetwas zu sagen.

»Ich schätz mal, der Cyberangriff war ein Vergeltungsversuch für die Tiefgarage. Ein ziemlich schlechter zwar, aber …« Atlas hatte vorhin immerhin schon erwähnt, dass es dem Typen nicht gelungen war, auch nur irgendeinen Schaden anzurichten.

Keine neuen Dateien auf dem System. Keine Downloads. Er war kläglich gescheitert und dafür gestorben. Genau nach meinem Geschmack.

Findest du es in Ordnung, dass er dich nicht dazu gerufen hat? Sie nimmt dir deine Aufgabe weg.

Tut sie nicht, und das weißt du, Daisy.

Aber wieso hat er dich dann nicht angerufen?

Weil sie zum Rudel gehört. Und irgendwie gefällt mir der Gedanke, in Zukunft nicht mehr allein für den Scheiß verantwortlich zu sein.

Irgendwann kommt der Tag, an dem Atlas dich nicht mehr braucht. Und Bishop? Was ist mit dem?

Was sollte mit ihm sein?

Wir konnten alle sehr gut hören, dass er Bailey gefickt hat.

Und weiter?

Er wird sie dir auch wegnehmen. Oder Atlas.

Ich kniff die Augen zusammen, bemerkte kaum, dass sich das Gespräch inzwischen in vollem Gang befand.

Atlas hatte das Wort ergriffen. »Es gefällt mir nicht, dass wir nicht wissen, was auf uns zukommt.«

»Auf den Servern des Unternehmens liegen keinerlei private Informationen des Rudels. Weder dieser Standort hier noch irgendwas zu euch als einzelne Personen«, erwiderte Thiago mit einem Schulterzucken.

Alvaro fuhr fort. »Falls hier jemand auftauchen sollte, gibt es genügend Möglichkeiten, das Haus zu halten oder unbehelligt zu fliehen.«

»Wir fliehen nicht«, warf ich grimmig ein. Bevor ich die Flucht ergriff, starb ich lieber durch die Kugel irgendeines kubanischen Idioten.

Bailey warf mir einen ungläubigen Blick zu. In der Tiefgarage waren wir letztendlich auch geflohen. Natürlich. Aber in dem Moment war es mir auch wichtiger gewesen, sie in Sicherheit zu bringen. Andernfalls hätte ich mich wohl darum gekümmert, dass nicht einer dieser Männer noch einmal das Tageslicht zu sehen bekam.

»Noch können wir uns unsere Kämpfe aussuchen«, bemerkte Bishop und zuckte mit den Schultern. »Vielleicht sollten wir einen ihrer Treffpunkte in die Luft jagen? Was ist mit dem *iHop*? Da treffen sich ihre Informanten doch oft.«

Atlas schüttelte den Kopf. »Wir jagen nichts in die Luft. Vorerst. Vielleicht ist es das Beste, wenn wir ihren nächsten Schritt abwarten und in der Zwischenzeit weitermachen wie bisher auch.«

»Mit den entsprechenden Sicherheitsmaßnahmen, oder? Ich glaube nicht, dass es ratsam ist, wenn einer von uns noch allein durch Miami spaziert.« Bailey ließ ihren Blick durch den Raum gleiten. Machte sie sich tatsächlich Sorgen?

»Das Gegenteil ist der Fall. Wir dürfen ihnen nicht die Chance geben, mehr als einen von uns zu erwischen.

Greifen wir einfach auf unsere normalen Sicherheitsleute zurück.« Ich verschränkte die Finger miteinander, legte die Füße auf die Lehne der Couch und mich auf die Liegefläche, um die Decke anzustarren.

»Wir können einfach alle hierbleiben und die Füße stillhalten.« Natürlich kam der Vorschlag von Bishop. Ihm machte es auch nichts aus, stundenlang im Haus zu sitzen und nichts zu tun. Mir schon. Und Atlas sicher auch. So wie ich Bailey inzwischen einschätzen konnte, hatte auch sie Besseres zu tun, als Däumchen zu drehen und abzuwarten. Zumal das Ende der zwei Wochen immer näher rückte und ich mich langsam fragte, wie genau ihre Entscheidung ausfallen würde.

Alles deutete darauf hin, dass sie sich für uns entscheiden würde, doch darauf wollte ich mich nicht verlassen.

»Wir werden uns nicht verkriechen wie Angsthasen«, meinte Atlas zornig. »Wir werden es aber auch nicht herausfordern. Wir warten einfach. Irgendwann müssen sie die Deckung verlassen und was tun. Und bis dahin bereiten wir uns vor, auch wenn wir nicht wissen, was für Informationen sie in Erfahrung gebracht haben durch Hector.«

»Hector war ein Idiot.« Alvaro schüttelte den Kopf. »Er hat nie das getan, was man ihm gesagt hat. Furchtbar schwieriger Mensch. Stur ohne Ende. Neugierig. Hatte seine Nase immer in Angelegenheiten, die ihn nichts angingen. Auch außerhalb der Arbeit.«

»Erzähl mir was Neues«, erwiderte Atlas. Inzwischen war er stehengeblieben und musterte Alvaro interessiert. Wieso hatte bisher niemand daran gedacht, ihn zu fragen?

»Ich hab ihm nie eine höhere Sicherheitsfreigabe erteilt als den Standard von jedem Mitarbeiter. Jones hatte die Anweisung, ihn gut im Auge zu behalten und ihm auf keinen Fall mit internen Aufgaben zu vertrauen. Ich an seiner Stelle hätte Hector an die kurze Leine gelegt, aber da er der Boss im Club war, hatte ich keinen Einfluss.«

»Also wusste er nichts?«, hakte ich skeptisch nach.

»Vermutlich nur Dinge, die er irgendwie aufgeschnappt oder sich selbst zusammengereimt hat.«

Bailey stieß sich vom Regal ab und durchquerte den Raum. Bei meinem Sofa angekommen hob sie meine Beine an, setzte sich und platzierte sie anschließend auf ihrem Schoß. »Vielleicht wussten die Kubaner, dass er einfach nur eine große Klappe spazieren führt, und haben ihn deshalb als Köder verwendet.«

»Mit Sicherheit lässt sich in diesem Fall wohl gar nichts sagen.« Atlas wirkte genauso genervt wie die ganze Zeit über schon. Wunderbar. Die nächsten Tage konnten wir also wieder seine schlechte Laune ausbaden und dafür sorgen, dass er nicht die Kontrolle verlor.

Vielleicht spielt Bailey Babysitter,
wenn du sie lieb danach fragst.

Vielleicht hältst du deine Klappe,
wenn ich dich nur genügend beschimpfe.

Unwahrscheinlich. Aber könntest du mir
einen Gefallen tun und noch was einwerfen?

Nein.

Thiago klatschte in die Hände und erhob sich. »In diesem Sinne würde ich dafür plädieren, dass wir die Versammlung auflösen und vertagen. Sollte sich irgendetwas ereignen …«

»… gibt es das nächste Meeting«, beendete ich den Satz

und beobachtete, wie die beiden Spanier den Raum verließen. Sie unterhielten sich leise darüber, wie sie ihre nächsten Schichten optimieren konnten. Anschließend richtete ich mich auf und sah Bailey an. »Macht's dir was aus, uns ein paar Minuten allein zu lassen, *Kaiulani*?«

Aus einem Reflex fasste ich nach ihrem Gesicht und zog sie in der Sekunde, in der sie sich erhob, an mich heran, um sie zu küssen. Bevor ich sie gehen ließ, den Blick auf ihre vorzügliche Rückseite gerichtet, bis die Tür hinter ihr zufiel.

Mit einem Mal fühlte der Raum sich leerer an, und in mir stieg eine gewisse Nervosität auf, die ich normalerweise nicht empfand. Niemals.

Ich rümpfte die Nase, angewidert von mir selbst. Daisy hatte schon immer Einfluss auf mein Leben genommen, doch dieses Mal schien sie ganz besonders großen Gefallen daran zu finden.

»Wie stellt ihr euch das weiterhin vor? Mit Bailey?« Ich musste wohl nicht erwähnen, worum es mir genau ging. Wir alle hatten mit ihr geschlafen. Die anderen wussten davon. Wir machten kein Geheimnis daraus.

Atlas grinste amüsiert, als er sich im Sessel niederließ. »Dir ist bewusst, warum sie das tut, oder?«

»Was tut?«, mischte sich Bishop ein, lehnte sich vor, die Unterarme auf seinen Schenkeln abgestützt.

Noch immer belustigt schüttelte Atlas den Kopf. »Sie versucht, uns zu provozieren. Uns gegeneinander aufzuhetzen, wenn man es so will. Vermutlich hofft sie, dass wir sie freiwillig vor die Tür setzen.«

Siehst du. Sie nutzt dich nur aus.

Atlas hob die Hände. »Aber ich fürchte, der Schuss ist nach hinten losgegangen. Womöglich würde sie es nie zugeben, aber das hier, das Rudel – es ist ihr wichtig geworden. Sie hat den Idioten im Büro, ohne zu zögern, getötet. Dir hat sie das Leben gerettet, Kade. Dass sie Bishop hasst, weiß vermutlich inzwischen ganz Biscayne …«

Er grinste. Ich konnte es mir ebenfalls nicht verkneifen. »Na ja, und dir schadet sie, glaube ich, auch nicht, oder?

»Sie strapaziert meine Nerven, aber damit kann ich wunderbar leben.«

Wir wussten alle, dass das eine absolute Untertreibung war. Wenn man in diesem Haus lebte, hörte man zwangsläufig Dinge – vor allem, wenn die einzelnen Bewohner sich einen Scheißdreck darum kümmerten, leise zu sein oder anderweitig Rücksicht zu nehmen.

Ich räusperte mich. »Daisy versucht mir einzureden, ihr würdet früher oder später versuchen, sie mir wegzunehmen. Deswegen bringe ich das Thema überhaupt erst auf.«

Bishop zog eine Augenbraue nach oben. »Das ist ihre Entscheidung.«

»Wieso sollte sie sich überhaupt entscheiden müssen? Ich werde sie sicher nicht dazu zwingen. Solange es von euch auch keiner tut.« Der letzte Satz aus Atlas' Mund war ein Knurren – und machte deutlich, dass es keine Besitzansprüche anzumelden gab. Von keinem.

»Was willst du damit sagen?«, hakte ich nach, in der Hoffnung, Daisy mit dem Gespräch in ihre Schranken zu weisen und zukünftig eine gute Grundlage zu haben, um ihren Worten keinen Glauben zu schenken.

»Sie hat das Spiel begonnen, wir beenden es. Damit unsere kleine Wölfin weiß, wohin sie gehört. Ein für alle Mal.«

Ich erinnerte mich sehr gut daran, wie Atlas und ich sie gemeinsam in der Küche verführt hatten. Wenn ich die tiefere Bedeutung hinter seinen Worten richtig interpretierte … die Temperatur im Raum stieg an.

»Das hältst du für eine gute Idee?«, warf Bishop ein.

»Ich weiß, dass ihr beiden kein Problem habt, zu teilen. Aber ...«

Ich rollte mit den Augen. »Langsam dürfte dir doch klar sein, dass dein dämliches Monogamie-Prinzip nicht funktioniert, oder? Faye hat dich verarscht. Wir hatten Bailey vor dir. Entweder du spielst mit oder ...«

»Du schaust dir an, wie wir Spaß haben und treibst dein Ding anschließend hinter verschlossenen Türen. Aber, nur so am Rande – wir können es trotzdem hören.« Ich hatte Atlas lange nicht so bissig und sarkastisch erlebt.

Bishop hob geschlagen die Hände. »Schön. Dann gebe ich mich wohl oder übel geschlagen.«

Was auch immer diesen schnellen Umschwung bewirkt hatte, ich war erleichtert darüber, denn das bedeutete auch, dass es für Daisy nicht einen einzigen Grund gab, mir irgendwelche gemeinen Dinge ins Ohr zu flüstern, die mich dazu brachten, zu zweifeln.

Zweifel waren Gift. Und Gift im Herzen des Wolfsrudels war etwas, was wir nicht gebrauchen konnten, immerhin gab es außerhalb genügend Probleme, um die wir uns kümmern mussten.

Vielleicht war es nicht fair gewesen, Faye zu erwähnen. Die vier Jahre im Knast hatten Bishop zugesetzt und ihn schwach gemacht. Schwach und empfänglich für die Avancen einer seiner Wärterinnen. Sie hatte ihm lange genug schöne Augen gemacht, bis er sie irgendwann in einer mehr als gefährlichen Aktion geheiratet hatte. Erst danach hatten wir von seinen Eskapaden erfahren und herausgefunden, was die verlogene Schlampe wirklich von ihm wollte.

Es war Jahre her und eigentlich hatten wir ein Abkommen, nicht darüber zu sprechen ... Doch sie war das perfekte Argument gewesen, um seine Misserfolge mit diesem Konzept zu verdeutlichen. Nicht dass Atlas oder ich ständig mit der gleichen Frau anbandelten, wenn überhaupt handelte es sich nur um One-Night-Stands, schnelle Nummern, denen keine weitere Bedeutung beiwohnte.

Im Falle von Bailey war es etwas anderes. Und somit eine heikle Angelegenheit. Machten wir einen Fehler, setzten wir mehr als eine zwischenmenschliche Beziehung aufs Spiel.

Ich sprang auf. »Tja, Männer. War schön, mit euch zu reden. Aber ich glaube, ich muss mich mental darauf vorbereiten, so viel Action auf einmal zu erleben.«

»Wenn du willst, laden wir noch Alvaro und Thiago ein.«

Atlas und ich fuhren im gleichen Moment mit einem Knurren zu Bishop herum. »Nein!« und »Kommt gar nicht in Frage!« schallte durch den Raum.

Dann wäre das also auch geklärt. Untereinander gab es keinen Besitzanspruch … aber nach außen hin schon.

ATLAS

Just like heaven ... or paradise.

Ich stand vor der Fensterfront meines Büros und sah hinaus in den sonnigen Nachmittag. Normalerweise interessierte mich der Ausblick nicht. Ich sah ihn jeden Tag – warum also sollte ich mich länger als im Vorbeigehen damit aufhalten? Heute war das allerdings anders.

Seit wir uns gestern darüber unterhalten hatten, wie wir Bailey zeigen würden, dass ihr kleiner, raffinierter Plan gescheitert war, verspürte ich ein angenehmes Prickeln der Vorfreude.

Sie nun dabei zu beobachten, wie sie am Pool faulenzte und sich die Sonne auf die ohnehin schon gebräunte Haut scheinen ließ, machte es nicht leichter.

Zum ersten Mal seit langer Zeit wechselte ich Anzug und Hemd gegen eine Badehose und beschloss, ihr Gesellschaft zu leisten. Sie ahnte ja nicht, was sie erwartete, wenn die anderen beiden erst einmal bemerkten, was wir da draußen angefangen hatten.

Keine zwei Minuten später überquerte ich die Veranda, trat auf das Rasenstück und erreichte schließlich den Pool. Bailey hatte ein Handtuch auf dem Beton ausgebreitet, eine ihrer Hände lag im Wasser und eine Pilotensonnenbrille verdeckte ihre Augen.

Trotzdem wusste ich, dass sie mich beobachtete. Ihre geblähten Nasenlöcher verrieten sie und angesichts der Tatsache, dass sie sich aufrichtete und sich mir automatisch entgegenreckte, trug meine Offensive wohl Früchte.

»Ich wusste nicht, dass du auch mal Spaß haben kannst.« Eine ziemlich schlechte Begrüßung, wenn man mich fragte.

Trotzdem ging ich darauf ein. »Du ahnst gar nicht, wie viel Spaß ich gleich haben werde.«

Ich ließ mich ins Wasser gleiten, drehte mich zum Rand und damit zu ihr um und griff nach ihrem Fußgelenk, um sie ebenfalls ins kühle Nass zu ziehen.

Für einen kurzen Moment blieb sie unter Wasser, dann zog ich sie nach oben und direkt in meine Arme. Ihre Sonnenbrille landete im Pool – und ihre Hände landeten an meinem Oberkörper.

Wie von allein rutschte meine Hand in ihren Nacken und zog sie zu einem Kuss heran. Ich schmeckte das fruchtige Getränk, welches sie vorhin getrunken hatte, und sah aus den Augenwinkeln heraus bereits, wie Kade sich uns näherte. Langsam.

Als würde er sich die Showeinlage erst noch eine Weile ansehen wollen, bevor er sich dazu gesellte. Irgendetwas sagte mir, dass er an einem der zahlreichen Fenster gelauert und auf diesen Moment gewartet hatte.

Ich presste Bailey enger an meinen Körper, um ihre Rundungen durch den Stoff zu spüren, der ihren Körper gerade so bedeckte.

Eine geschickte Handbewegung später trieb ihr Oberteil durch den Pool. Ich löste auch die Schlaufen an ihrem Unterteil, zog es zur Seite und ließ den Blick mit einem zufriedenen Geräusch über ihre nackte Haut gleiten.

Mein Mund folgte, küsste die erfrischend kühlen Wasserperlen fort. Vielleicht war es keine gute Idee gewesen, die anderen beiden zu diesem … Treffen einzuladen.

Hätte ich sie in diesem Moment für mich allein gehabt, hätte ich wohl herausgefunden, wie lange sie die Luft anhalten konnte – und wie gut sich ihre Lippen anfühlten, wenn sie sich unter Wasser um meinen viel zu harten Schwanz schlossen. Womöglich hätte ich dafür gesorgt, dass sie ihre empfindliche Mitte gegen die Düsen an den seitlichen Wänden des Pools presste, nur um zu beobachten, wie sie auf einen Orgasmus zu schlitterte, ohne es zu wollen. Ohne es zu dürfen – denn ich würde ihn ihr schon aus Prinzip verbieten.

Doch dazu würde es nicht kommen, denn Kade wählte den Moment, in dem ich meine Hand zwischen Baileys Beine gleiten ließ, um ebenfalls in den Pool zu springen. Er hatte die Badehose gleich ganz weggelassen. Bailey wandte den Kopf, um zu sehen, wer sich uns anschloss … und schien zufrieden darüber zu sein, dass es sich um Kade handelte.

Wie lange würde es dauern, bis sie erkannte, dass sie heute nicht nur einen Wolf bekam? Nicht nur zwei? Sondern alle – gleichzeitig?

Ich beließ meine Hand zwischen ihren Beinen, auch als Kade sich von hinten an sie presste, den Mund bereits an ihrem Hals.

Das Grinsen, das auf meinen Lippen auftauchte, hatte wohl nichts Gutes zu verheißen. Zumindest nicht für Bailey …

»Du hast doch nichts dagegen, wenn Kade ein bisschen mitspielt, oder?«, fragte ich provokant, hob zwei Finger an einen ihrer Nippel und kniff zu. »Unser letztes ... Aufeinandertreffen hat uns so gut gefallen, dass wir dachten, es wäre an der Zeit, es zu wiederholen.«

Bailey ließ den Kopf gegen Kades Schulter sinken, den verdunkelten Blick auf mich gerichtet. »Sieht es so aus, als würde ich protestieren?«

Ihrer Stimme wohnte ein Knurren bei, das mich sofort zwei Finger in sie stoßen ließ. Sie keuchte auf. Unvorbereitet.

»Weißt du was – sparen wir es uns doch zukünftig einfach, dich nach deiner Meinung zu fragen. Lass Kade doch wissen, wie sehr dich seine Anwesenheit freut.« Ich übernahm das Kommando einfach, ohne darauf zu warten, dass sich Kade selbst zu Wort meldete – und Bailey gehorchte.

Ihr Arm schob sich langsam nach hinten und zwischen ihre Körper und Kade machte mit einem Grollen deutlich, wann sich ihre Hand fest um seinen Schwanz schloss.

Im gleichen Moment griff sie nach meiner Badehose, im Versuch, sie mir von der Hüfte zu ziehen. Ich schnappte ihre Hand und zog sie weg, kopfschüttelnd. »Du willst doch nicht gierig werden, oder?«

Langsam bewegte ich meine Finger, die noch immer tief in ihrer Pussy ruhten.

»Es ist wirklich interessant ... dass es nicht eine Situation gibt, in der du die Kontrolle abgibst«, keuchte sie, die Augen plötzlich geschlossen, als ich meinen beiden Fingern einen dritten hinzufügte und den Daumen gegen ihre Klit presste.

Ich lachte leise. »Irgendwer muss dir doch sagen, was du tun sollst. Nicht dass Kade sich vernachlässigt fühlt, weil er nur deine Rückseite spüren darf.«

Baileys Gesichtsausdruck sprach Bände. Kades Hände, meine Hände, sein Mund an ihrem Hals, meine Stimme –

das alles drohte zu einer süßen Reizüberflutung zu werden, die sie eher früher als später einholen würde.

»Wir haben doch gerade erst angefangen ... und haben noch einiges vor uns«, erinnerte ich sie beiläufig, wohlwissend, dass ich sie kurz vor dem Punkt hatte, von dem es kein Zurück mehr gab.

Doch bevor Bailey ihn endgültig überschritt, zog ich mich komplett zurück, legte die Hände beinahe keusch an ihre Hüften und zog ihren Kopf für einen langen, tiefen Kuss heran.

Eigentlich hatte ich kein Interesse daran, zu sehen, wie die anderen beiden Männer sie vögelten – ich brauchte sie auch nicht, um Bailey Lust zu bereiten und sie auf sexueller Ebene komplett zu zerstören. Ich sah nur einfach gern zu, wie genau *das* passierte.

Also griff ich nach ihrem Hals, drehte ihren Kopf von meinem Gesicht weg und nach links, wo Bishop am Rande des Pools stand und sie mit hungrigen Augen fixierte.

»Ich werde nicht –«, setzte sie an.

Durch die Platzierung meiner Finger an ihrem Hals konnte ich ihr in der gleichen Sekunde noch das Wort abschneiden.

Tadelnd schüttelte ich den Kopf. »Wir wissen, dass du ihn hasst. Also habe ich mir etwas Nettes überlegt ... Geh, und zeig ihm, wie sehr du dich darüber freust, dass er sich uns anschließt. Andernfalls wirst du heute weder meinen noch Kades Schwanz zu spüren bekommen.«

BAILEY

Hot as hell.

In der Sekunde, in der Atlas mich dazu zwang, in Bishops Richtung zu sehen, wusste ich, dass mein Plan gescheitert war. Es war nicht nur irgendein vages Gefühl. Ich wusste es so sicher, dass ich mein gesamtes Vermögen darauf verwettet hätte.

Wer von ihnen war schlau genug gewesen, um dahinterzukommen? Bishop selbst? Ich bezweifelte es. Kade? Unwahrscheinlich. Eher vermutete ich, dass er derjenige gewesen war, der das hier vorgeschlagen hatte. Eine Demonstration, dass ich keine Chance hatte, sie über Sex und eine Frau – mich – zu entzweien. Also blieb nur Atlas.

Meinen Kopf fixierte er weiterhin, doch das hielt mich nicht davon ab, die Augen in seine Richtung zu bewegen. Ihn anzustarren. Ich sagte nichts, ließ mir allerdings Zeit damit, auf seine Anweisung zu reagieren.

Kades Schwanz spürte ich bereits – in meiner Hand. Steif, warm und zuckend, weil ich inzwischen herausgefunden hatte, wie ich ihn anzufassen hatte, um ihn in den Wahnsinn zu treiben.

Schließlich leckte ich mir über die Lippen und nickte kaum merklich. Wie stellten sie sich das vor? Ich wusste, wie *ich* es mir vorstellte. Verboten heiß. Sexy. Die drei Männer waren für sich allein genommen schon eine Herausforderung. Kade und Atlas zusammen hatten meinen Kopf nachhaltig durcheinandergebracht. Alle drei auf einmal ... ich war mir nicht sicher, ob ich mich danach überhaupt noch in diesem Universum befinden würde. Wie hoch standen die Chancen?

Langsam ließ Atlas mich los und auch Kades Hände verschwanden von meinem Körper, gaben mich frei, um Bishop in unseren kleinen Zirkel aufzunehmen.

Ich bleckte die Zähne, als ich auf ihn zuging. Atlas mochte dazu in der Lage sein, mir Befehle zu geben. Kade gelang es vielleicht, mich im Zaum zu halten, weil er wusste, wie ich tickte. Aber Bishop? Bishop war momentan wie ein Spielzeug, dass ich nach Belieben nutzen konnte.

Sogar manipulieren, wenn man es so wollte. Ein Teil dessen, was ich ihm in seinem Zimmer vorgeworfen hatte, war durchaus die Wahrheit gewesen. Aber der ganze Wirbel. Der Hass. Die Gegenwehr. All diese Dinge, die ihn auf die Palme gebracht und dazu geführt hatten, dass er seine dominante Seite zum Vorschein brachte, die waren es nicht gewesen.

Ich hob mich aus dem Becken, mich nicht darum scherend, dass ich noch immer komplett nackt war, und ging auf Bishop zu, bereit, ihn vor den Augen der anderen beiden bloßzustellen.

Unser Aufeinandertreffen war zwar grob gewesen, aber auch schnell. Atlas hätte mir nichts von dem Verhalten ungestraft durchgehen lassen. Bishop hingegen ...

»Sei nett«, knurrte Atlas wenige Meter hinter mir.

Noch im Gehen wandte ich mich um, fixierte ihn mit meinem Blick und legte den Kopf leicht zur Seite. »Zu Befehl, *großer böser Wolf*.«

Seine Augen warnten mich, doch ich ignorierte es, drehte mich wieder zu Bishop um und musterte ihn von Kopf bis Fuß. Herausfordernd.

»Du solltest damit anfangen, mir die Hose auszuziehen.« Sein triumphierendes Grinsen sagte mir ganz genau, dass er sich an das erinnerte, was ich ihm gesagt hatte.

Ich atmete tief durch, stellte mich direkt vor ihn und griff mit spitzen Fingern nach seinem Reißverschluss.

Bevor ich ihn ganz nach unten gezogen hatte, lag seine Hand in meinen nassen Haaren und rissen meinen Kopf ruckartig nach unten. Mein Körper folgte automatisch, bis ich vor ihm kniete.

Seine Hose sammelte sich um seine Füße herum, und als ich in einer Mischung aus Überraschung und Abscheu – gespielt, natürlich – zu ihm aufsah, reckte sich mir sein erigierter Schwanz entgegen. Aufmerksamkeitssuchend.

Ich verzog den Mund, und spürte prompt einen zweiten Körper hinter mir. Eine Hand schloss sich von unten um meinen Kiefer, zwang ihn auf.

»Was hast du an meinen Anweisungen nicht verstanden, hm?« Atlas.

Bishop hatte die Zeit genutzt und seinen Schwanz ein paar Zentimeter weit in meinen Mund geschoben, mein Blick allerdings ruhte weiterhin auf Atlas' Gesicht, das direkt neben meinem schwebte.

Er begann, meinen Kopf langsam zu bewegen, während seine freie Hand meine Arme auf meinen Rücken dirigierte und festhielt.

»Was ich gesagt habe, war kein Scherz«, flüsterte er mir ins Ohr. »Zukünftig wird das nur noch so laufen. Du kannst nicht nur einen oder zwei von uns haben, süße Wölfin. Entweder du nimmst uns alle … oder keiner von uns will dich.«

Ich spürte, wie die Feuchtigkeit sich zwischen meinen Schenkeln ausbreitete, vollkommen gefangen von den Worten, die er an mich richtete. Beinahe verpasste ich sogar, wie er meinen Kopf schneller bewegte – in größeren Gesten, die mich dazu zwangen, Bishops Schwanz immer tiefer in meinen Mund aufzunehmen, bis ich die ersten Anzeichen eines Würgereflexes spürte.

Doch das brachte Atlas nicht dazu, aufzuhören. Natürlich nicht. Eher war das Gegenteil der Fall: Es schien ihm zu gefallen. Ihn dazu anzuheizen, es immer weiter zu tun, mich dazu zu zwingen, einige Sekunden mit Bishops Schwanz in meinem Rachen in einer Position zu verharren, nur um ihn dann noch tiefer in meinen Hals zu schieben.

Aber selbst diese Behandlung ließ mich meine Lust nicht vergessen. Irgendeinem Teil von mir gefiel es – vermutlich jenem, dem es Spaß machte, mit Atlas' Feuer zu spielen. Welches mich dazu veranlasste, die Gefahr, die von ihm ausging, auf die leichte Schulter zu nehmen.

»Du machst das gut. Ich kann riechen, dass es dir gefällt. Dein Hass scheint wohl doch nicht so tiefgreifend zu sein, was?«

Kaum hatte Atlas die Worte ausgesprochen, ließ ich Bishop meine Zähne spüren, ein süffisantes Grinsen auf den Lippen, trotz der Tatsache, dass sie noch immer um seinen Schwanz geschlossen waren und ihm einen bliesen, ohne dass ich selbst etwas tun musste.

Mit einem Ruck zog Atlas mich zurück. Seine Hand in meinem Rücken, die meine Arme weiterhin festhielt, war das Einzige, was mich davon abhielt, auf die Betonfliesen zu knallen. Ich funkelte ihn an, als er sich wieder näher zu mir beugte.

»Bei mir würdest du so etwas nicht überleben. Also wag es nicht …«

»Würde ich nie«, erwiderte ich prompt, warf Bishop einen entsprechend frechen Blick zu und wartete darauf, dass Atlas darüber entschied, was ich als Nächstes tun würde.

Er erhob sich und zog mich mit sich in eine aufrechte Position. »Ich glaube, du brauchst jemanden wie Kade, damit du dich halbwegs benimmst, nicht wahr?«

Ich schüttelte den Kopf. »Eigentlich brauche ich dafür nur dich.«

Gewagt. Weit aus dem Fenster gelehnt. Aber es lohnte sich allemal, denn das wölfische Grinsen, das daraufhin auf Atlas' Lippen erschien, verriet ihn.

»Ich will trotzdem sehen, wie du Kade reitest. Und nimm Bishop mit, du warst noch nicht fertig mit ihm. Keine Spielchen, Bailey, sonst muss ich dir erst Manieren beibringen, bevor ich dich wieder auf die anderen beiden loslassen kann.« Seine Warnung kam zwar an, aber ob ich sie befolgen würde …

Ich griff nach Bishops Hand und zog ihn zielstrebig in Kades Richtung.

BISHOP

Sometimes everything is worth the wait.

Wie interessant es war, Bailey im Zusammenspiel mit den anderen beiden Männern zu sehen, wurde mir erst bewusst, als Atlas sich einmischte – und sie zu all den Dingen zwang, die ich ihr ebenfalls abverlangt hätte. In meinem Fall jedoch hätte sie sich gewehrt und mir in jeder verstreichenden Sekunde gezeigt, wie sehr sie es hasste. Mich hasste.

Im Prinzip interessierte es mich nicht, was Atlas getan hatte, um sie dazu zu bringen, das zu tun, was er sagte. Ich hatte Gefallen daran gefunden, sie einfach zu zwingen – so wie sie es angedeutet hatte.

Trotzdem konnte ich mich nicht beschweren, als sie mich in Kades Richtung führte, der es sich auf einem der Liegestühle bequem gemacht hatte, eine Hand bereits nach Bailey ausstreckend.

Ihr Platz auf seinem Schoß war bereit – und sie würde

ihn zweifelsohne gleich einnehmen, denn sie ließ meine Hand los, ging auf den Hawaiianer zu und kletterte auf ihn.

Sofort waren seine Hände auf ihr, ihre Lippen an seinen und ihre Beine so platziert, dass sie mühelos auf seinen Schwanz hätte sinken können, hätte sie es gewollt.

Mit einem Schmunzeln ging ich zu den beiden, eine Hand auf Baileys Schulter abgelegt, kaum dass ich sie erreichte.

»Ich glaube nicht, dass Atlas das meinte, als er dir gesagt hat, was er sehen will«, knurrte ich ihr ins Ohr und drückte sie nach unten, bis ihr überraschtes Keuchen verkündete, dass Kade bis zum Ansatz seines Schwanzes in sie gerutscht war. Mühelos.

Weil Bailey Gefallen an dem fand, was hier gerade geschah. Und ich mittlerweile auch.

Kade nahm ihre Hand, führte sie an meinen Schwanz und ließ seine Hände dann an ihre Hüften sinken. »Wie wäre es mit einem gemeinsamen Takt, *Leilani*?«

Ohne Vorwarnung hob er sie an, ließ sie zurück auf seinen Schwanz sinken. Durch die unerwartete Bewegung schloss sich Baileys Hand fester um mein empfindliches Glied, ließ mich tief Luft holen.

Zwei Stöße später hatten wir einen Rhythmus gefunden, der mich nicht vor Schmerz aufkeuchen ließ. Obwohl man meinen sollte, dass es denkbar einfach war, eine Handbewegung zu koordinieren, geriet Bailey immer wieder ins Stocken – immer dann, wenn Kade im richtigen Winkel in sie eindrang und ihr eines dieser Geräusche entlockte, das in meinen Ohren wie Musik klang.

Schließlich legte ich meine Hand über ihre, führte sie in genau dem richtigen Tempo und der passenden Intensität, dass ich schon bald spürte, wie sich in meinen Eingeweiden ein Knoten bildete, der kurz davor war, zu platzen.

Das Einzige, was mich davon abhielt, war die Tatsache,

dass der Spaß damit vorbei wäre. Allerdings, und das war der wahre Lichtblick, würde es nicht bei diesem einen Mal bleiben. Ich hatte noch genügend Möglichkeiten, sie im Flur abzupassen, ihre Beine auseinanderzudrängen und ohne Warnung in sie einzudringen.

Es gäbe genug Nächte, in denen ich mich in ihr Zimmer und an ihr Bett schleichen konnte, damit sie mit meinem Schwanz im Gesicht aufwachte und gar keine andere Wahl hatte, als mich unter ihre Decke einzuladen.

Das hier war erst der Anfang – nicht das Ende. Sie beendete ihren Aufenthalt bei uns nicht, nein. Sie würde ihn gerade erst beginnen. Auch wenn sie meinen Plan gekonnt durchkreuzt hatte ... am Ende war ich doch irgendwie als Sieger aus unserem kleinen Zwiespalt hervorgegangen.

Zuzusehen, wie rücksichtslos Kade in sie eindrang und trotz seiner Position eine Kraft in seine Bewegungen legte, die in Kombination mit seinem Tempo dazu führten, dass Baileys Bewusstsein immer weiter in die Ferne rückte und sie sich nur noch auf das Hier und Jetzt konzentrierte ...

Ich ließ los – und kam beinahe so heftig, wie es der Fall gewesen war, als ich sie im Flur gevögelt hatte.

Falls Kade es bemerkte, ließ er sich nichts anmerken. Bailey schenkte mir ein kurzes Grinsen, bevor sie wieder völlig in den Reizen versank, die er in ihr auslöste.

Mit einem zufriedenen Gefühl im Körper zog ich mich auf einen der anderen Stühle zurück, um dabei zuzusehen, wie sie immer weiter die Kontrolle verlor und zu einem chaotischen, erregten Durcheinander wurde, das es einfach nur genoss, diese Art von Sex zu haben.

KADE

You're getting really good at making me crazy.

Es war Himmel und Hölle zugleich, Baileys Pussy um meinen Schwanz zu spüren. Es kostete mich meine gesamte Willenskraft und einen Teil meiner Vernunft, sie nicht sofort so hart zu vögeln, dass wir gleichzeitig übers Ziel schossen.

In manchen Momenten war das vielleicht vollkommen in Ordnung – jetzt gerade genoss ich jede Sekunde, in der ich in ihr war und ihr all diese lustvollen Töne entlockte.

Ich hoffte, die ganze verdammte Insel hörte sie. Damit im übertragenen Sinne alle wussten, dass Bailey O'Hara bei den Wölfen angekommen war. Und zu ihnen gehörte. So unverwechselbar zu uns gehörte, dass es außer Frage stand, wie sie sich übermorgen entscheiden würde.

Eine Vorstellung – die mich noch mehr erregte. Diese Frau in unserem Haus zu haben, ohne sich darum sorgen zu müssen, dass sie in absehbarer Zeit vielleicht wieder aus unseren Leben verschwand ... *Himmlisch*. Genau wie sie.

Ihre Anwesenheit brachte eine Veränderung mit sich, die uns in den letzten Jahren gefehlt hatte. Man konnte eine Familie sein, man konnte zusammenleben … und am Ende hatte es doch nichts zu bedeuten, wenn der Kleber zwischen den Einzelteilen fehlte, der eigentlich alles miteinander verband.

Ich hielt nichts von Atlas' Aberglauben, aber inzwischen war auch ich fest davon überzeugt, dass Bailey uns gefehlt hatte. Die ganze Zeit über.

Meine Gedanken gingen in meinem Verlangen nach ihr unter. Die Bewegungen meiner Hüfte waren längst ungeschickter, grober geworden, nicht mehr ganz so präzise wie noch zu Beginn.

Als Atlas sich von seinem beobachtenden Posten aus einigen Metern Entfernung langsam auf den Weg zu uns machte, wusste ich, dass er sich gleich das nehmen würde, worauf er die ganze Zeit über schon gewartet hatte.

Er hatte sich zurückgenommen – um Bailey in dem Moment zu erwischen, in dem sie eigentlich schon völlig am Ende war. Nur um sie noch einmal in die Nähe eines Höhepunkts zu treiben und sie dann ohne Skrupel hinabzustoßen.

Meine Vorstellungskraft lieferte mir das passende Bild dazu und raubte mir die Kontrolle über meinen Schwanz. Ich hielt Bailey fest, bis das Zucken endete und der Sturm in meinen Eingeweiden vorbeigezogen war.

Dann stand auch schon Atlas neben uns, gönnte ihr keine Verschnaufpause, als er ihre Hand nahm und ihr dabei half, aufzustehen. Bevor ich sie endgültig in seine Obhut entließ, packte ich ihren Hintern, biss in das zarte Fleisch und beobachtete zufrieden, wie sich eine Rötung und die Vorahnung eines blauen Flecks bildeten.

»Viel Spaß, *Leilani*«, sagte ich mit einem Grinsen und wurde nicht enttäuscht.

Atlas nahm sie im Stehen. Vornübergebeugt, sodass sie nach meinem Arm greifen und sich festhalten konnte. Seine Hand lag von Anfang an um ihre Hüfte herum zwischen ihren Beinen, die sie kaum aufrecht halten konnten.

Obwohl mein Fokus vollkommen auf Bailey lag und den Empfindungen, die über ihr Gesicht huschten, entging mir nicht, wie Atlas mit sich selbst kämpfte. Seine Anweisungen waren verstummt ... Also griff ich in ihre Haare, richtete ihr Gesicht in meine Richtung aus und begann mit einem fiesen Grinsen: »Wie nahe warst du die ganze Zeit an einem Orgasmus dran? Ich wette, es ärgert dich, zu sehen, wie wir alle nacheinander kommen, und obwohl du schon mehr als einmal die Gelegenheit dazu hattest, hat er es dir einfach nicht erlaubt. Ich mag zwar kein Fan davon sein ... aber ich erkenne die Vorteile. Das Zittern, der feine Schweißfilm auf deinem Körper, die Feuchtigkeit zwischen den Beinen ... all die wunderbar süßen Laute, die du von dir gibst, weil es dir so gefällt. Es wird dich innerlich zerreißen, wenn er es dir erlaubt. Du wirst so hart kommen, Bailey, dass sich die Welt um dich dreht, weil dir so schwindelig ist.«

Atlas kam – und mit dem Zucken, das durch seinen Körper lief, gab er Bailey ebenfalls die Erlaubnis.

Ich konnte mich nicht daran erinnern, jemals einen so heftigen Orgasmus gesehen zu haben, und mein Schwanz ebenfalls nicht, denn er meldete sich abermals zu Wort. Nur zu gern wäre ich in diesem Moment in ihr gewesen, hätte die Kontraktionen ihrer Muskeln gespürt und mich von dem Gefühl davontragen lassen ...

Als Atlas von ihr abließ, bewahrte ich Bailey davor, nähere Bekanntschaft mit dem Boden zu machen. Mit einer flüssigen Bewegung stand ich auf und hob sie in meine Arme. Es war noch nicht einmal wirklich Abend, aber definitiv Zeit für eine Dusche und das Bett.

Und weil ich keine Proteste von den anderen beiden Männern oder von Bailey selbst hörte, nahm ich sie mit in meines.

BAILEY

When the past is knocking on your door ... better run.

Es war ein verdammt schöner Tag, um in Atlas' *Aston Martin* zu steigen, das Grundstück der Wölfe zu verlassen und der Privatstraße zu folgen, bis sie in der Hauptstraße endete und mich einmal quer über Key Biscayne führte, ehe ich mich auf der Zielgeraden nach Miami befand. Ebenso gut eignete sich der Tag, um den kurzen Ausflug ins *Señorita* zu machen, wie Morgan mich gebeten hatte.

Ein Abstecher, maximal drei Stunden, ehe ich mich auf den Weg zurück zu den Wölfen machte – die am morgigen Tag eine Entscheidung von mir erwarteten, die mein komplettes Leben auf den Kopf stellen könnte.

Für den Moment schob ich den Gedanken von mir. Ich hatte noch die ganze Nacht, um darüber nachzudenken. Immerhin war mein Plan gescheitert und ... Nein. Darüber würde ich jetzt wirklich nicht sinnieren.

Ich zwang mich dazu, mich auf den Verkehr zu konzentrieren. Kühle Luft ergoss sich aus der Klimaanlage in den Innenraum, die Sonne blendete durch die Windschutzscheibe und aus dem Radio tönte irgendein sommerliches Lied, das hervorragend zu meiner guten Laune passte.

Zum ersten Mal seit geraumer Zeit fühlte ich mich vollkommen zufrieden, weil es nicht ein Puzzleteil gab, das mir ernsthaft Sorgen bereitete. Ich freute mich auf Morgan, auf das Casino und auf die Stammkunden.

Diesmal würde kein Atlas in einer Ecke sitzen und mich beobachten, während er ungezogene Skizzen von uns beiden anfertigte, die gut und gern Teil des Kamasutras hätten sein können – denn er wartete auf Biscayne auf meine Rückkehr. So wie die anderen beiden Männer auch. Und Liko. Den ich ohne Bedenken bei ihnen gelassen hatte, weil ich ihnen irgendwie vertraute.

Ich spürte einen leichten Stich in meiner Herzgegend.

Meine Laune besserte sich noch mehr, als ich Little Havanna erreichte und endlich wieder einen Blick auf die vielen bunten Straßen und Menschen werfen konnte. Ich hatte das hier vermisst – ehrlich vermisst. Wie würde es sich dann erst anfühlen, wenn ich all die anderen Casinos wieder betreten konnte? Die Hotels? Die Restaurants? Himmel, ich freute mich darauf, mit den Angestellten zu quatschen, Gäste zu begrüßen – und selbst Papierkram in meinem Büro zu erledigen, klang auf einmal gar nicht mehr so verkehrt.

Der Kontrast zu dem Leben mit den Wölfen in den letzten beiden Wochen war krass. Und willkommen. Ohne das hier konnte ich nicht existieren. Zumindest nicht glücklich.

Ich bog auf den Parkplatz des Casinos, stieg aus dem *Aston Martin* und nahm mir einen Moment, um meinen *Infiniti* ins Auge zu fassen. Ich musste wohl oder übel dafür sorgen, dass Kade ...

Mit einer Grimasse unterbrach ich den Gedanken. *Noch hast du keine Entscheidung getroffen*, ermahnte ich mich.

Es fiel mir so schwer, meine Aufregung zu verbergen, dass ich mit federnden Schritten in Richtung des Haupteingangs lief. Kaum hatte ich die Türschwelle überschritten, schloss ich die Augen und atmete den vertrauten Geruch des *Señorita* ein.

Ja, das hier fühlte sich an wie Zuhause. Wie eines meiner vielen Zuhause, denn die verteilten sich in ganz Florida.

Ich schaffte es ein paar Meter weiter hinein, doch dann war da Morgan, der sich mit grimmigem Blick vor mir aufbaute. Seine Miene lockerte sich, als ich ihn fett angrinste und die Arme anhob, um ihn in eine enge Umarmung zu schließen.

»Irgendwie wollte ich es die ganze Zeit nicht glauben, dass du heute wirklich vorbeikommst«, grummelte er, der Vorwurf in seiner Stimme deutlich herauszuhören.

»Ich hab's versprochen, oder nicht?«

»Hätte ja sein können, dass die dich nicht mehr gehen lassen, O'Hara.«

Kopfschüttelnd löste ich mich von ihm. »Du weißt, dass ich nicht einfach bin.«

»Ehrlich gesagt wundert es mich, dass sie es so lange mit dir ausgehalten haben. Willst du mir die Details erzählen oder soll ich es mir selbst zusammenreimen? Die Geschichten in der Boulevardpresse waren ja ganz interessant, aber es scheint mir dann doch ein bisschen weit hergeholt, dass Atlas sich eine exotische Katalogbraut aus dem Ausland bestellt hat.« Typisch Morgan. Er ließ mich auf nicht so undeutliche Art wissen, dass er Details brauchte, um sich eine Meinung bilden zu können.

Ich zuckte mit den Schultern. »Morgen ist der entscheidende Tag. Davor kauen wir das nicht durch, okay?«

Momentan ging das Thema außer mir niemanden etwas an. Ich hatte die Entscheidung zu fällen. Ich musste mir eine Meinung über das bilden, was in den letzten Wochen passiert war. Und außerdem sollte ich mir Gedanken darüber machen, wie viel ich Morgan wirklich erzählen konnte – durfte. Und vor allem wo.

Sicher nicht an einem öffentlichen Ort wie diesem. Allerdings war es auch fraglich, ob Atlas erlaubte, dass ich ihn mit nach Biscayne brachte. So viele Dinge waren fraglich.

Ich schüttelte den Kopf. »Nimm es mir nicht übel. Ich weihe dich in alles ein, sobald ich eine klare Meinung darüber habe.«

Entschuldigend sah ich zu ihm auf. Es fiel mir nicht leicht, eine klare Grenze zu ziehen. Vor Jahren noch war er die engste Vertrauensperson gewesen, die ich gehabt hatte. Inzwischen waren wir bei einer eher normalen zwischenmenschlichen Beziehung angelangt. Morgan war wie ein Vater für mich, immer schon gewesen, und er verdiente es, die Wahrheit zu erfahren, weil er selbst dann ein Auge auf mich haben würde, wenn es drei andere sehr fähige Männer gab, die auf mich achteten.

»Du weißt, dass ich dir vertraue«, erwiderte er ruhig, aber bestimmt. Er wirkte nicht, als würde es ihn wirklich stören, aber tief im Inneren wusste ich, dass er es sich anders gewünscht hätte.

Es tat mir leid, aber nicht genug, um einen Rückzieher zu machen und ihn zu einem Kaffeekränzchen nach hinten ins Büro zu bringen und ihm die Details meines Aufenthalts bei den Wölfen zu verraten.

»Ach, was anderes: Hinten wartet jemand auf dich. Ein älterer Kerl, der meinte, er würde dich persönlich kennen – von früher. Er will gern mit dir reden.«

Ich nickte. Und weil Morgan ihn nach hinten gelassen hatte, ging ich davon aus, dass er vertrauenswürdig war.

»Ich kümmere mich. Und dann gibst du mir ein Update über die Dinge, die ich verpasst hab? Orlando und die Restaurants?« Ich konnte es kaum erwarten, zu hören, welche Dramen sich wieder abgespielt hatte. Dementsprechend breit grinste ich Morgan auch an, als er nickte.

Anschließend machte ich mich auf den Weg nach hinten in den nicht-öffentlichen Bereich und stieß die Tür zu meinem Büro auf, ein freundliches Lächeln auf den Lippen, in Gedanken ganz dabei, einen Kunden zufriedenzustellen.

Ich musterte den dunkel behaarten Hinterkopf des Mannes. Silberne Strähnen zogen sich durch die Haare und der Geruch eines schweren Parfüms erfüllte den ganzen Raum so penetrant, dass ich einen Moment die Luft anhalten musste, bis ich mich blinzelnd daran gewöhnt hatte.

»Morgan sagte mir, Sie würden ...«

Ich unterbrach mich, als der Mann sich erhob und zu mir umdrehte, um mir eine Hand entgegenzustrecken.

Im gleichen Augenblick erkannte ich ihn, zog die Augenbrauen perplex nach oben und verpasste den Moment, in dem ich seine Hand noch hätte nehmen können, ohne dass es peinlich war.

»Cyrus Fender«, stieß ich aus. »Mit Ihnen habe ich, ehrlich gesagt, nicht gerechnet.«

Mit jedem, nur nicht mit ihm.

Es war Jahre her, dass wir uns gesehen hatten, und damals war ihm das Alter noch nicht so deutlich ins Gesicht geschrieben gewesen. Wie alt war er mittlerweile? Fünfzig?

»Es ist eine Weile her, das stimmt wohl«, erwiderte er nonchalant.

Ich schüttelte den Kopf und ging um ihn herum, um

hinter meinem Schreibtisch Platz zu nehmen. Mir war natürlich nicht entgangen, dass er bewaffnet war – irgendein kleines Kaliber an seinem rechten Fuß. Innenseite.

War das der passende Moment, um eine der Schubladen aufzuziehen und mir den Zugriff auf meine Waffe zu erleichtern?

Offensichtlich war er meinem Blick gefolgt, denn er räusperte sich. »Am besten, Sie vergessen das wieder. Ich war so frei, die Magazine an mich zu nehmen, Bailey.«

Jetzt breitete sich ein unangenehmes Gefühl in meiner Magengegend aus. Ein Kribbeln, das mich vorsichtiger werden ließ. Ich hatte nicht damit gerechnet, ihn jemals wiederzusehen.

Er war ein ehemaliger Freund meines Vaters, hatte mir nach dem Militär eine nicht unbeträchtliche Summe Geld geliehen, damit ich mein erstes Casino eröffnen konnte. War er deswegen hier?

»Das wäre doch nicht nötig gewesen. Oder hat es einen Grund, warum du bewaffnet hier auftauchst, Cyrus?« Ich ging zur persönlicheren Anrede über ... angesichts der Tatsache, dass er mich unterschwellig bedrohte, schien mir das mehr als angebracht.

Er schenkte mir ein breites Grinsen. Früher hatte ihm sein Aussehen sicher den Weg in so manches Schlafzimmer geöffnet. Vermutlich heute noch, wenn ich es mir recht überlegte. Es gab immer Frauen, die reifere Männer bevorzugten. »Es hat sich herumgesprochen, wie ... talentiert du bist. Und ich wollte das Risiko nicht eingehen, immerhin möchte ich dich bitten, mit mir zu kommen.«

Überrascht lachte ich auf. »Was?«

»Nun ja – du weißt, dass ich damals für das Geld nichts weiter als einen Gefallen wollte. Den würde ich heute gern einlösen.«

Heute? Ausgerechnet heute? Die leise Stimme in

meinem Hinterkopf flüsterte mir zu, dass das kein Zufall war. Seit zwei Wochen war ich von der Bildfläche verschwunden und heute, da ich drei Stunden in einem meiner zahlreichen Casinos auftauchte, wartete Cyrus auf mich?

Ich kniff die Augen zusammen. »Was genau stellst du dir denn vor, Cyrus?«

»Du wirst mich heiraten, Bailey.«

»Nein.«

»*Doch*.«

»Ich werde jetzt mein Scheckbuch aus dieser Schublade nehmen und du sagst mir, wie viel Geld du willst. Das doppelte der ursprünglichen Summe? Das Vierfache? Sag es mir und ich gebe es dir.«

Cyrus beugte sich vor und sah mich mit bedrohlichem Blick an. »Ich will kein Geld, Bailey. Du schuldest mir einen Gefallen. Also heiratest du mich, dann sind wir quitt.«

Ich schüttelte den Kopf, noch immer amüsiert. »Nein. Ich hab kein Interesse daran, irgendeinen dahergelaufenen Typen zu heiraten ... aus welchen seltsamen Gründen auch immer.«

Seine flache Hand donnerte auf den Tisch und ich zuckte automatisch zurück. Nicht Angst machte sich in mir breit, sondern Wut.

Was fiel ihm ein, in meinen Laden zu spazieren, solche Forderungen zu stellen und mich zu bedrohen? Ich schuldete ihm etwas, ja. Aber das ließe sich genauso gut mit Geld begleichen. Eine Heirat? Was gab ihm das schon, außer der Trophy-Wife, die er wohl kaum suchte, oder?

Irgendein Detail entzog sich meines Wissens und ich ahnte, dass es essenziell war.

»Das ist keine Frage gewesen, verstanden? Es war eine nett gemeinte Info an dich, damit du dich mental damit anfreunden kannst. Denn du wirst dieses Gebäude mit mir verlassen, freiwillig. Dann kommst du mit mir … und heiratest mich.«

»Wofür? Wieso sollte ich das tun? Was versprichst du dir davon? Ich bin nicht zu haben«, schleuderte ich ihm entgegen.

Er wirkte belustigt, eine Augenbraue erhoben. »Das hab ich schon gehört. Die ganze Stadt spricht darüber, dass du mit den Wölfen anbandelst. Aber das ist nicht passiert, weil du sie mit deiner Pussy verführt hast, oder?«

Ich biss die Zähne zusammen und überlegte, ihn mit einem Satz über den Schreibtisch hinweg auf den Boden zu stoßen und die Kontrolle der Situation an mich zu reißen. Den Kerl, der versucht hatte, die Sicherheitssysteme von *Mahina Industries* zu durchdringen, hatte ich ebenfalls einfach so getötet.

Alvaro würde sich darum kümmern.

»Ich weiß, dass du sie alle vögelst. Also solltest du auch kein Problem damit haben, meine Frau zu werden und mich ranzulassen. Oder ist es dir lieber, wenn dein Körper exklusiv von Wölfen geschändet wird? Ich freue mich wirklich darauf, all diese Gespräche mit dir zu führen, aber wir müssen jetzt verschwinden.«

Ich erhob mich, ohne auf das einzugehen, was er von sich gab. »Ich gehe nirgendwo hin.«

Cyrus rollte mit den Augen. »Du hast keine Wahl, Kind. Ein paar meiner Freunde haben kleine Sprengstoff-Pakete im gesamten Casino verteilt. Wenn du deinen scharfen Hintern jetzt nicht bewegst, sag ich ihnen, dass sie sie nacheinander hochgehen lassen sollen. Und dann sterben alle. Dieser Morgan? Netter Kerl. Aber ich wette, ein wenig Plastiksprengstoff reißt auch ihn in Fetzen. Als Nächstes vielleicht die Mitarbeiter? Und dann der Rest. Wenn du mir nicht glaubst …«

Cyrus zog sein Smartphone aus der Tasche, tippte darauf herum und hielt es mir entgegen. Ein Foto. Aus meinem Lagerraum.

Jacky starrte mir aus großen, tränengefüllten Augen entgegen. Man hatte ihr einen Knebel in den Mund gesteckt. An der Brust meiner besten Freundin war etwas befestigt, das verdammte Ähnlichkeit zu einem Sprengstoffgürtel hatte.

In meiner Magengegend bildete sich ein schwarzes Loch und vor meinen Augen ein roter Schleier.

Gedanklich ging ich den Arbeitsplan durch – und erinnerte mich daran, dass Jacky die Casinos wechselte wie andere ihre Unterhosen. Meistens war sie zum gleichen Zeitpunkt wie ich an den unterschiedlichen Orten, einfach damit wir etwas mehr Zeit miteinander verbringen konnten.

Morgan musste ihr gesagt haben, dass ich heute reinkam. Vor allem nachdem er sie in den letzten beiden Wochen auf meinen Wunsch hin vertröstet hatte.

Es gab keinen Grund, ihm nicht zu glauben, dass er Jacky in seiner Gewalt hatte. Schon damals, als ich den Deal mit ihm eingegangen war, war Cyrus Fender ein gefährlicher Mann gewesen. Und die einzige Möglichkeit, meinen Traum zu verwirklichen. Ich war das Risiko eingegangen – und jetzt bezahlte ich dafür.

Ich versuchte nicht noch einmal, ihm Geld anzubieten. Stattdessen hoffte ich darauf, dass er die Kameratechnik nicht manipuliert hatte und Morgan später das gesamte Gespräch anhören konnte. Und nicht nur Morgan – Kade, Atlas und Bishop ebenfalls. Ich betete, dass Cyrus sein Wort hielt und alle unversehrt hier rauskamen.

Und ich es überlebte, wenn Morgan erfuhr, dass ich doch einen Deal mit Cyrus eingegangen war, nachdem er es mir vor Jahren praktisch verboten hatte, weil er von vornherein gewusst hatte, wie gefährlich dieser Mann war. Hätte er bloß auch ein Gesicht zu dem Namen gehabt, wäre es niemals so weit gekommen.

Vermutlich war Cyrus aber auch nicht in den Laden spaziert und hatte lautstark verkündet, wer er war. Ich biss die Zähne aufeinander.

»Es geht dir gar nicht so sehr um mich, oder? Du wusstest, was mein Vater ist. Und du wusstest, was ich bin. Du glaubst, sie würden …« Ich stieß ein Schnauben aus. »Weißt du was? Lassen wir es darauf ankommen. Wenn ich dich nicht mit meinen Zähnen in Fetzen reiße, werden sie es tun. Das verspreche ich dir.«

Ich umrundete den Schreibtisch und spürte, wie er eine Hand auf meinen unteren Rücken legte. »Keine Sorge, Kind. Die wilde Seite werde ich dir schon wieder austreiben.«

Er klang so angeekelt, wie ich mich fühlte.

Trotzdem war ich mir sicher, genau das Richtige zu tun. Unzählige Menschenleben zu riskieren, war nicht klug, vor allem, weil ich davon ausgehen konnte, dass er die Wahrheit sagte.

Wenn ich ihn hier rausbekam und allein mit ihm war … Vielleicht bot sich die perfekte Gelegenheit, um ihn in seine Schranken zu verweisen.

»Cyrus Fender«, sagte ich. »Wenn du glaubst, dass du lebend aus dieser Sache herauskommst …«

Er lachte.

Und mir lief es eisig den Rücken hinab. »Sie werden dich jagen. Atlas, Kade und Bishop. Sie werden dich jagen und qualvoll sterben lassen, weil du etwas gestohlen hast, das ihnen gehört.«

DREISSIG MINUTEN SPÄTER …

This is a nightmare.

Das Smartphone auf dem Tisch neben mir vibrierte. »Bailey?«

»Nein … Hier ist Morgan.«

»Was wollen Sie?« Ich merkte, wie meine Reaktion sofort ablehnender wurde.

»Sie sind Atlas, oder?«

»Ja«, knurrte ich dem Mann am anderen Ende der Leitung entgegen.

Er räusperte sich. »Ich habe einen Fehler gemacht. Einen dummen, dummen Fehler. Er ist hier aufgetaucht und ich hab ihn in Baileys Büro geschickt. Als sie kam, hab ich ihr gesagt, dass er auf sie wartet und …« Er schluckte.

Auf meiner Haut breitete sich ein Kribbeln aus, das von meinem Kopf bis in meine Zehen reichte. Ich biss die Zähne fest aufeinander, bis ich spürte, wie mein Kiefer knackte.

»Was?«

»Ich war eben nachsehen … Sie ist weg. Dann habe ich

mir die Überwachungsvideos angesehen. Sie ist freiwillig mitgegangen, aber ich glaube nicht, dass sie eine Wahl hatte, so wie sie in die Kamera gesehen hat. Die Tonspur kann ich erst auswerten, wenn ich mit der Sicherheitsfirma Kontakt hatte ... Sie sind vor gut dreißig Minuten weggefahren. Keine Ahnung, mit was für einem Wagen. Ich schätze mit ihrem *Infiniti*, der ist nämlich verschwunden. Sein Gesicht ist auch auf keinem der Videos drauf ... Ich ... *Scheiße*. Es tut mir leid. Bitte helfen Sie mir, Bailey zu finden.«

Er fluchte weiter.

Wir hatten auf den nächsten Schritt des Feindes gewartet. Und nun hatten sie ihre Figur auf dem Schachbrett bewegt und angegriffen. An einer Stelle, die sie besser nicht einmal schräg angesehen hätten. An einer Stelle, an der es besonders schmerzte.

In mir kehrte eine seltsame Ruhe ein. Bis die Sicherung durchknallte, die die ganze Zeit über schon äußerst fragil gewesen war.

Ich brüllte nach Kade und Bishop. Dann donnerte ich meine Faust auf die steinerne Arbeitsplatte, bis Blut spritzte.

Vierundzwanzig Stunden und sie wäre Teil des Rudels geworden. Jetzt war Bailey fort – und ich würde Himmel und Hölle in Bewegung setzen, um sie wieder nach Hause zu holen, darauf konnte dieses Arschloch wetten.

DANKSAGUNG

Ich danke all den Menschen, die mich bisher auf der Reise mit den drei Jungs begleitet haben. Egal, ob das nun in Form von Brainstorming war, oder dem Zusprechen von Mut, dem Testlesen, Korrigieren oder zum (gefühlt) dritten Mal lesen. Allen voran wären da natürlich Jacky, Sanny, Irene, Denise, Enya, Alina und Sonny. Ihr begleitet mich seit so vielen Büchern/Monaten und den Gruppenchat möchte ich wirklich nicht mehr missen. Danke für alles, aber am meisten dafür, dass ihr an mich glaubt.

Außerdem möchte ich auch Susanne, Antje, Ann-Kristin, Luni, Nina und Anne danken. Ihr habt ebenfalls wunderbare Arbeit geleistet und ich bin froh, dass ihr als Testleser dazugestoßen seid.

Falls du das hier liest und einer meiner Leser bist, möchte ich selbstverständlich auch dir danken. Ich hoffe, du hattest Spaß mit den Jungs. Ich würde mich freuen, wenn du eine Rezension verfasst, damit ich weiß, ob es dir in Miami gefallen hat.

Jungs ... Atlas, Kade und Bishop ... ihr begleitet mich jetzt schon seit ein paar Monaten, schon lange bevor ich überhaupt angefangen habe, eure Geschichte aufzuschreiben. Ich hoffe, wir haben noch ein paar Wochen miteinander.

Bailey … keep rocking. Es gibt keine Protagonistin, auf die ich stolzer sein könnte!

Und an den Teufel höchstpersönlich: Wenn du das hier liest, wirst du feststellen, wie viel Input von dir in dieser Geschichte seinen Platz findet!

Die Geschichte
ist selbstverständlich
noch nicht zu Ende.

In Band 2 geht es weiter!